The Children of
the Blue Nun

Los Hijos de la Monja Azul

Deacon Larry Torres,
Professor Emeritus

Outskirts Press, Inc.
http://www.outskirtspress.com

ISBN: 978-1-9772-3999-0

Cover Image: Larry Torres
Cover Design: Phillip J. Padilla

Outskirts Press and the "OP" logo are trademarks belonging to Outskirts Press, Inc.

PRINTED IN THE UNITED STATES OF AMERICA

Foreword

The Children of the Blue Nun
Los Hijos de la Monja Azul
By Deacon Larry Torres, Professor Emeritus

THIS HISTORICAL NOVELLA recounts the life story of a mystic as seen through the eyes of an historical nun who lived in Ágreda, Spain in the greater part of the 1600s. It was researched and written in Spanish by Deacon Larry Torres, Professor Emeritus of UNM-Taos. He also translated the novel into English. All the dates, times and places are authentically accurate. It is presented here in a dual-language format so that its followers may read it is English or Spanish.

Deacon Larry focuses not only on the spiritual flights of the mystic María Ágreda de Jesús, but also on the words narrated to her by the Virgin Mary herself in her work titled "The Mystical City of God." He credits this venerable nun with inspiring many of those who would become her spiritual children, to follow in her footsteps into the Great American Southwest. Her "children" included Sister Blandina Segale, Mother Frances Xavier Cabrini, Mother Katharine Drexel, Fr. Eusebius Kino, and Fr. Junípero Serra.

The Deacon expertly weaves history, culture, and language together as a background for her spiritual battles with the Spanish

Inquisition, the prejudice against indigenous Natives, freed Blacks slaves and even against Hell itself. His goal is meant to promote a lesser-known aspect of the history of the Catholic Church in the Hispanic Southwest.

Deacon Larry loving dedicates this book to the generations of his students across forty-three years, who encouraged him to continue teaching, by means of the printed and virtual word. He is also grateful to *The Taos News* Editor Staci Matlock who permitted him to produce the first printing of this story as a serialized set of bilingual articles to introduce the nun back to her people. Blessings.

Chapter IA
Mary of Agreda Awakens to a New World

IT WAS NOT yet dawn when Maria awoke in her cell. At first she didn't know where she was. The walls were narrow, and she could feel them on either side of her cot with her fingertips. She had awakened with both arms stretched out just like Christ hanging on the Cross. From between her half-opened eyelids she could just make out a small crucifix at her headboard. Stretched thus between the shadows and the early light of dawn, she wondered if she was truly there or if she was still travelling among lands on the other side of the world.

Many a time, Maria de Agreda had awakened thus, without enough understanding of her surroundings. With her arms wide open and her spine outstretched, it seemed to her that she had fallen from the clouds, after yet another night in flight. The hands of the angels had sustained and carried her far away from her cell. She could barely remember what she had seen in the night way off in the Province of New Mexico. Was it perhaps only a dream?

What she did remember were the thick adobe walls of the mission chapel of Isleta del Sur. There in that most holy place she had spoken to one of the Jumanos Indians. But before she could think about it anymore, she heard someone softly rapping at the door and the voice of the Reverend Mother saying: "Hail." This was the signal that everyone in the convent used to indicate that it was time to get up to pray.

Still trying to remember her nightly visions, she put on her vestments one at a time. First she covered her head with a white wimple. Upon her shoulders she draped the blue mantle worn by the Conceptionist Nuns. Last of all she affixed her black habit to her head, took her rosary in hand and walked out of her cell, barefoot. The cold floor stung her feet like a rattlesnake. She moved in the direction of the convent chapel in silence just like the other nuns who were coming to chant the Dawn Song.

The words and the tone of the Dawn Song eclipsed her memories of the night momentarily: *"Let us sing the Dawn Song, for daytime is coming. Let us give thanks, Hail Mary. On this new day, we give thee thanks Oh Almighty God, Lord of all creation."* She was barely aware of the hymn and the praises of the song. Her memory was flying toward those desert lands where the coyotes howled and the scorpions held sway. She would never have thought to find beauty there, but the Virgin Mary had promised her that even in the most abandoned and remote places on Earth, the heart of Jesus reigned.

She was still rather perturbed by these thoughts when suddenly she noticed that the nuns had finished their morning prayers and they had stood up, waiting for the blessing by the Reverend Mother. She placed herself in front of them and observed them calmly, saying in Latin: *"In the name of the Father, the Son and the Holy Spirit, Amen."* After they had made the necessary reverence toward the altar, they left the chapel, in double file.

When her time came to exit, the Reverend Mother motioned to Maria, saying: "Sister Maria, one moment please," while she waited for the other nuns to leave before continuing. Tenderly, the Reverend Mother came close to Sister Maria and said to her: "I have been informed, my daughter, that you have been seen leaving your cell and disappearing into the night. Those who have told me this, suspect that you are a witch. "How do you answer these accusations?" Sister Maria de Agreda gazed on her, astonished. She had never told anything to anyone about her experiences in the New World, much less, did she know how to answer these accusations.

Chapter IB
Is Sister Maria a Witch or Is She Insane?

"**I AM ACCUSED** of witchcraft?" Sister Maria repeated in a low voice. "I have heard that the Holy Office of the Inquisition is looking for wayward nuns to chastise, Mother. Here in Spain the situation has gotten dangerous. Many women have died in the prisons after having been tortured inhumanely. God Himself be my witness that I have not been involved in similar incriminating things."

"I have been so worried about your behavior, daughter," Reverend Mother answered. Trust me, not only as your Reverend Mother, but also as your Spiritual Director and as your friend; I have noticed that you don't sleep at night, but when Sister Doorkeeper tells me that you tend to disappear from your cell, I begin to wonder by what means you do it."

Both of them remained in silence for a little while as happens often in those awkward moments before Confession. Finally, Sister Maria started to speak without fear: "Mother, these are not the wiles of the Devil; may God forgive me, but ever since I came to the age of discernment, I have had certain visions.

"Go on," prodded Reverend Mother.

"At first I thought I was dreaming, Mother," said Sister Maria. "but then I recognized that I was completely lucid. Although it was nighttime, I could see as clearly as if it were day. I could see myself flying across the ocean without fear or fright. And although I could feel the wind passing at my side, everything about me exuded the sublime fragrance of roses mixed with incense as if I were flying through a celestial garden.

Reverend Mother got up and she went to close the door. "Careful daughter," she whispered. "Words like these, lead to ruin. Could it possibly have been a vile trick from the Devil in order to take advantage of your soul?"

"I am ever on guard against his tricks, Mother," answered Sister Maria. "When I had crossed to the other side of the world, from on high, I could perceive a great desert split by a big river. The cacti there cast fantastic and unique shadows among the volcanic expanses. The people there lived in adobe houses stacked one on top of another until they reached great heights like the Tower of Babel. I couldn't make out any kind of grace or beauty in that place until I saw the brilliant horizons shedding their light. Then the harsh heat was transformed into a sweet coolness. It wasn't a land forgotten by God; it became a place of unworldly beauty."

To the Reverend Mother, the words of Sister Maria didn't make any sense. Her words were like a fairy tale fabricated by the innocent imagination of a child. She tried of discern her stability. "Tell me, daughter," she asked her: "Who were your ancestors?"

"My ancestors were from Soría," began Maria. It is a village not too far from here. My great-grandmother's last name was 'Coronel'. Since she was wont to carry herself like a queen, her children used to call her 'La Coronela'. One of my great-uncles travelled to the New World and established himself in a place called 'Abiquiú'.

The Reverend Mother closed her eyes. She hadn't discerned anything in Sister Maria's answer that indicated any sort of madness. She decided to look for a confessor priest to guide her along her uncertain steps.

Chapter IC
Reverend Mother Consults a Mystic

AT MIDDAY, AT the very hour of the Angelus, the Reverend Mother left the convent in order to go see Fr. Alfonso de Benavides at the Monastery of San Ildefonso. It was located in the heights of a nearby mountain crag. She had chosen to go see him because truly he was one of the very few local religious types who had actually visited the New World for themselves. He had lived a few years among the Taino natives on the islands and in other places.

The Mistress of Novices was at her side on her quest, walking cautiously among the uneven rocks. She had heard that this priest was a good spiritual director and a worthy counselor. Brother Doorkeeper admitted them in silence, speaking to them only by hand signals. He indicated to them that Fr. Alfonso was writing; something that he was wont to do after having prayed the Angelus. The priest rested his fountain pen on its inkwell when he saw them enter his cell.

"Mother," Fr. Alfonso said to her, rising to his feet when he saw them enter. He greeted her with the fraternal hug that was common among those orders. "In the name of God, I bid you welcome to my humble abode. But what has happened that you should seek out your servant here?"

"With your permission, Father," the Reverend Mother began.

"I have come to consult you on a grave matter of culture and faith. There is a nun in our convent who verily may be counted among the daughters of God as those who tread the fine and uncertain line between holiness and madness."

Fr. Alfonso raised his eyebrows in astonishment. It was not every day that the head of a convent came with such news about one of her own spiritual daughters. "Father," continued Reverend Mother, "I know that you have travelled those arid lands that are so far from Heaven. Whenever she talks to me about that place, this nun tells me that the Virgin Mary herself has spoken to her and that she encourages her to carry the good news about Christ to the forgotten natives and to announce to them the power of the Holy Cross." And then she added: "What do you think?"

Fr. Alfonso paused for a few moments before answering. "Mother," he said, "the most forgotten souls are those who are in most need of the mercy of God. It doesn't surprise me that my *abba* God had sent His own mother to seek out a servant to do His will.

"And the lands of which she speaks, have a sublime essence. Once I wrote about them thus: 'Lands of the *Sangre de Cristo* bathed in blood; mountains inhabited by wounded Christs; Christs of Hispanic eyes, Christs who sling arrow songs at the Redeemer who dies. Or perhaps to his stock that also perishes. It is the stock of Cids, Quixotes and Theresas; all who fashion madness or poems from life. Today they are but gestures but tomorrow God lives on in American epics. Thus, the flowers sprout at the foot of the leafy Cross. Now the intrepid race bepurples the gray valleys and the flourishing ground turns red in blood communion. Oh, fertile Hispanic race, why do you shed blood in the rhythm of life? As for the agonizing Christ, your acculturating Cross will ever flourish.

The Reverend Superior didn't know how to answer in view of such mystic poetry from the mouth of Fr. Benavides. It seemed to her that only a saint can understand a saint, only a madman

The Reverend Superior didn't know how to answer in view of such mystic poetry from the mouth of Fr. Benavides. It seemed to her that only a saint can understand a saint, only a madman can understand a madman and only a mystic can understand them both.

Chapter IIA
Two Mystics Communicate

REVEREND MOTHER HAD worked late into the night, reviewing Sister María's family history. She found out that María had been born to Francis and Catherine Coronel at the family castle in Ágreda on April 2, 1602. María's entire family had elected to enter a religious life in 1618. Her father and brothers became Franciscan monks. María and her mother both became Conceptionist nuns. The entire family had renounced the terrestrial world, choosing instead to join the celestial world.

Ever since she had been a little girl Mary had been a devout child. She confided in her Guardian Angel whenever she was afraid, and she would chat with the saints as if they had been her best friends. Once, from the confessional, the parish priest had heard her in church talking with the statue of the Virgin Mary. When the parish priest peeked from behind the curtains, it seemed to him that the Virgin was smiling. Perhaps it was only because he was tired and because he wasn't wearing his glasses.

She treated the Virgin Mary as if she were the light of a world lost in darkness. She prayed: "Fair and pure dawn wherein the Divine Son was born as light in the shadows and as redeemer to captives. O Moon who was never eclipsed nor has ever even waned, may you always light our way in this, our exile. To you, as our Most Pious

Mother, we the most unworthy, offer to you this most holy rosary for the greatest joy that welled up in your heart when the Angel Gabriel declared unto you on behalf of the Holy Spirit.

When you visited Elizabeth, you spent a long time burning with pure love, though trembling from cold. I am gladdened by your joys and because of them I beg of you, be our intercessor in all that we ask: success to navigators, solace to the afflicted; may the souls of Purgatory have rest and refreshment. Sending by your grace, an abundant dew that through them we may deserve to see ourselves in Heaven's empire where you Lord, live and reign with God the Father in unity of the Holy Spirit and you are Lord for ever and ever, Amen.

Reverend Mother could not quite understand all of the theology hidden in Sister Maria's prayer. After all her investigations she had learned that Sister Maria had given thirty-seven bits of advice to another mystic named Theresa of Avila, whom many others thought was a mad woman. She had to consult with Sister Mary in order to learn which the thirty-seven bits of advice were that she had given her. Reverend Mother went to bed very late thinking to return back to her own convent and speak to Sister Mary of Agreda.

The sun was already rising when she returned to the convent. Sister Doorkeeper unlocked the door and received her in the hallway. When Mother Superior asked her for Sister Maria, Sister Doorkeeper answered that she had supposed that she was at prayer in the chapel like the rest of the nuns. Upon going to look for her in the chapel though, she was told by the others that she had not risen for prayer with the others.

Very worried, Reverend Mother hurried toward Sister Maria's cell. She found that it was locked from the inside. She became frantic, thinking that perhaps Sister Maria might be ill or worse. With her master key, Mother Superior opened the door, praying through clenched teeth, invoking the favor of God.

When she moved the humble, crude cover that Sister Maria used on her cot, Mother saw that no one had spent the night there. Where might Sister Maria be? She shivered thinking that the nun had flown with the angels to visit her dear Indians on the other side of the world.

Chapter IIB
Sister Maria Hears the Virgin Mary Clearly

WHILE SHE WAS flying, supported by the hands of the angels, Sister Maria could hear the soft voice of the Virgin Mary. She was speaking to her, as if to prepare her for what she would see there. "The place to which you are going," she said, "is called New Spain. I myself went to visit it a hundred years ago in 1531. In a dream I appeared to Archbishop Juan de Zumárraga at Naraza and I promised him that I would come see him in Mexico City. One day the region you see, will be called New Mexico and I need you to be my messenger there."

"Dear Mother," said Sister Maria to the Virgin, "I'm afraid. I barely know myself and I don't know the proper words to be your messenger."

"Do not be worried, my daughter," replied the Virgin. "I was almost your age when the Angel Gabriel declared unto me that I would be the Mother of my Lord. But since I trusted in God, I didn't hesitate in the least and I told him that His holy will should be done."

"Where were you born, my Lady?" Sister Maria asked her.

"My parents Joachim and Anna used to live in Seppharis, a town perched on a very high cliff between Cana and Galilee. They lived alone for many years, without children. One day, my father went to the temple to find out why God had left them so long without any children. The temple priests chased him out of there believing him to be cursed by God. Sadly, he fled to the desert to weep his misery in the desert.

There, the Angel Gabriel comforted him and revealed to him that he and my mother were to have a daughter. Then the Angel went and said the same thing to my mother.

With great joy my father ran toward the town gate. There he found my mother waiting for him. They embraced and my father planted a kiss on one of her cheeks and from that chaste kiss, I was born immaculate; without stain of Original Sin."

"Tell me, my Lady," Sister Maria begged of the Virgin, just as she was approaching a great jungle, "Have you had other messengers here?"

"Yes, my daughter," the voice of the Virgin replied, "One morning I was walking by Tepeyac Hill when I saw a devout Indian named Juan Diego. *Juantsín'* I called to him in his native language, for it means 'Juan, my youngest son'. The Indian paused because on that hill he could smell a sweet and lush perfume and he could hear the song of rare and beautiful birds. I asked him to go to the house of Archbishop Don Juan de Zumárraga in Mexico as my messenger. The message was that I desired that he build me a temple on Tepeyac Hill.

Although Juan; the youngest of my children, was afraid, he did as I asked. After having been rejected four times by the Archbishop, with my help, he finally succeeded in convincing him to fulfill my message. With some flowers that I placed in his cloak, the Archbishop managed to see my likeness emblazoned in it and all of Mexico was converted to Christ through the miracle of the Dark Virgin.

When Sister Maria looked down the second time, she saw an empty desert devoid of all vegetation where there was nothing but rocks, wind and heat. Sister Maria became discouraged until the

Virgin spoke to her again: "My daughter, when it came time for my Son to begin His ministry, He didn't go purify himself in palaces or castles; He went to the desert which was an arid tabernacle. It was there that Jesus learned that even in the most hidden places, God does not create garbage; in the desert there is a cruel beauty that penetrates the soul and it makes Man see that he is dust and unto dust he shall return. Go, my daughter, go and purify your soul where no temptations to distract you from the truth.

Chapter IIC
Sister Maria's First Temptation

"*MEMENTO QUIA PULVIS es et in pulverem reverteris,*" Maria de Agreda whispered softly to herself in Latin, recalling the words the Lord God said to Adam after the Fall from Grace in the Garden of Paradise. "Remember that you are dust and unto dust you shall return."

Sister Maria was standing in the middle of the desert while the hot sand whipped around her from all sides. At first, she thought of standing still without hiding from the storm. She was about to begin her first ministry and she had to purify her soul from all evil. She knelt low saying: "I will kiss this holy ground so that my soul may not be lost nor die without confession, amen."

As she felt the sand between her teeth, she meditated upon the idea of how ecstatic death must be when the soul slips away from the body that binds it to this life. Then, kissing the crucifix that was hanging from her habit, she said: "I will kiss this Holy Cross so that it may shed its light on my soul both in life and in death, Jesus amen.

Suddenly the wind died down. She was standing in a calm spot in the wilderness, as if she were standing in the eye of a hurricane. Among the light of the full moon, Sister Maria could perceive someone walking toward her with a certain smile of treason. It was the tempter who came out from among the shadows with a proposal:

"Sister Maria," he said, "I feel sorry to see you in this forsaken place among so many thorns and weeds. If you were to let me, I would give the angels permission to carry you in their hands to a more comfortable oasis."

Sister Maria was ever alert to the wiles of the Devil and she replied, without looking at him: "I, poor maid that I be, am much less intelligent that thee but I trust in God that all of thy promises are as false today as they were at the beginning of creation."

The Devil thought for an instant as to how he might deceive Sister Maria. He said: "Dearest daughter, I've only come to welcome you to the New World because I knew that one day you would be with me. I want you to know that I can count on several friends here who can be of service to you. In Mexico City I've already visited a certain nun like you. Her name is Sister Juana Inés de la Cruz."

Sister Maria looked at him rather astonished. Her friend, Sister Theresa of Avila, had already told that she had already communicated with the Mexican nun. The poetess Sister Juana Inés de la Cruz was famous in two worlds as "The Tenth Muse." She could write poetry that was both sacred and profane at the same time.

When Sister Maria hesitated for a moment, the Devil began to speak to her, using Sister Juana Inés de la Cruz' own words:

The lovely springtime twice has seen among her trees, their blossoms bear.
Twice too she's seen upon their limbs the bounteous fruit all gathered there.
The fields and woods resisting time, have hardily, two times survived
the rigid winter and summer's hear when each of them at length arrived.
The laughing gullies saw themselves twice bound within the rigid brine
of icy streams, and just as fast, they saw themselves unbound with time.
All of this, Sire, doth but reflect, that speaking in a style uncaged,
the fact that you too have, my Lord, by eight more seasons also aged.

Chapter IIIA
Sister Maria Returns to Her Cell

SISTER MARIA FELT someone touching her shoulder softly. She heard the voice of Reverend Mother telling her: "Come, my daughter, wake up. For the love of God, answer me." Sister Maria opened her eyes as if she were struggling to come out of her lethargy. Reverend Mother offered her a little drink of water. Gazing directly into her face she said to her: "I have a few questions to ask you."

Sister Maria returned her gaze with her own although she was half-befuddled. Without further ado, the Reverend Mother continued: "Dear child, I am totally astonished at what I am about to say: For three nights I have watched here by the side of your cot, begging God to come to your assistance in matters of both body and soul. I have also begged the Virgin to shield you with her mantle. May God de my witness when I say that nobody has been in this cot for three days and three nights and now, you appear before my eyes without an explanation. How is this possible?

"Mother," replied Sister Maria, "I had spent a brief time in the New World, getting used to those remote regions and at the same time, never having set foot out of here. By a singular grace from God I am able to be in two different places at the same time."

"I cannot fathom how it might be possible to be in two places at once," said the Mother.

"And I cannot understand why more people cannot be in two distinct places separated by time and space at the same time," Sister Maria answered. "It is the easiest and most natural thing in the world to do for those who surrender to the mystery."

"And aren't you afraid to be an instrument of so great a mystery, child? asked the Mother.

"When I was little, yes; I was frightened but when I reached the age of reason, I learned to be humble and obedient to the mystery. Whenever a person humbles himself before the mystery of God, that person's life is replete with unknown and sublime graces."

The Reverend Mother paused to reflect upon her answer. "Tell me, daughter," she said at last, "What happened in the New World desert?"

"The Evil-Tempter appeared to me in the desert and he accosted me with his fine words. He promised me an unparalleled life if I were to follow his advice. He tried to convince me that there are other nuns such as I who have followed his counsel, but I was not deceived."

Sister Maria continued her narrative: "Mother," she said to her, "when I was flying over the high plain, I chanced to see vast herds of huge shaggy humpbacked cattle who were so man, that no one could count them. Whenever they moved, these humpbacked cattle created a sound with their hooves that echoed like distant thunder. These humpbacked cattle are the staple food for the indigenous people of that area."

"How do you know the ways of the natives, daughter?" Reverend Mother asked her.

"I visited with some of them, Mother," Sister Maria replied. "I was speaking to some to them about the great mercy of God and about the virtues of sacrifice. Although I spoke in Spanish to them, they understood me as if I had spoken in their own Jumano. In gratitude, they invited me to eat with them."

"What did they give you to eat, my child?" Reverend Mother asked her. "They offered me a rare food, Mother," she answered. "It was a savory meat braised in spicy sauces. The meat came from the same humpbacked cows I mentioned, Mother. They called it 'chile on carne'."

Chapter IIIB
The Reverend Mother
Learns to Make Chile con Carne

"HOW DID YOU say, daughter, that the natives called that marvelous food?" Reverend Mother asked Sister Maria.

"When the pod is on the vine, they call in 'tsileh-nuh'. But when the dish is prepared and braised, they call it *'tsilih'*. It stings to the taste and it even makes them cry when they eat it. The first Hispanic settlers couldn't pronounce the word 'tsileh-nuh', so they learned to call it *'chile'* and they braised it with native meats.

"Did you learn, daughter-," Reverend Mother asked her, "-how the Indians prepare that chile con carne? It seems to me that it must have many health benefits."

"Mother," replied Sister Maria, "The Jumanos prepare that food with many unknown ingredients. They begin with a pound of meat from those shaggy humpbacked cows." *[She drew a North American Buffalo with apiece of charcoal so that she could know what she was saying.]* If you don't have any meat from humpbacked beef, you may substitute a pound of wild boar. *[She drew an image of a wild pig.]*" The Mother gazed at them both very carefully.

"Mother, you will need two pounds of humpbacked beer or antelope, one pound of wild board, four finely chopped garlic cloves, two tablespoons suet or antelope grease, three laurel leaves, two cups of ripe tomatoes, chopped onion about two inches in diameter or one chopped leak.

You will also need one cup of red chile pulp or six teaspoons of chile powder with one tablespoon flour, one tablespoon of oregano, one tablespoon salt, and one teaspoon cumin.

Cube both meats into one-inch square pieces. In a nice-sized kettle melt the grease. Chop the onion, add the garlic and cook for five minutes. Add the meat to the mixture along with three table-spoons water. Cover y let it simmer for five minutes.

Strain the tomatoes through a colander and add them. Put in the chile and cook for twenty minutes. If you use chile powder, mix it first with flour in cold water until it becomes a light rue before adding to the grease, onion and garlic before cooking them. Next, add the oregano, cumin and salt and cook slowly for about two hours. Add a little water to keep it from burning but doesn't become watery. Serve with beans."

"My daughter," Reverend Mother said to her, impressed by her vast knowledge, "how did your learn everything so well? It is as if you were a natural cook."

"While the Jumano Indians were talking to me," Sister Maria answered, "I noticed how they prepared everything. We sat down to eat supper together and I was still with them when I felt you touching me softly on the shoulder."

Sister Maria collapsed in slumber; very exhausted. The Reverend Mother helped her to get back into her cot. As she laid her head on the pillow, she noticed a little paper in her missal. When she looked at it, she saw that an unknown hand had written the following: "The angels and the cherubim with garlands on your brow have crowned thee. They bow most humbly at your feet. Blessed be your purity. Agreda de Jesús you are the center of your nobility. Among every single woman, Blessed be your purity.

Chapter IIIC
The Souls in Purgatory
Come Out One by One

THE REVEREND MOTHER remained thinking about the praises that Sister Maria was offered by an unknown composer. How was it that an adolescent novice who had barely reached the age of reason, was able to inspire such mystic fervor? Sister Maria was sleeping, overcome by a heavy sleep. Nothing could disturb her.

The Reverend Mother picked up the book of prayer from the cot at her side. Suddenly she could make out a little paper stuck between the pages of the missal. It was a personal note signed with the name '-Theresa'. It contained some advice as to how to help the souls come out of Purgatory where they were being purified.

From what the Reverend Mother understood, Holy Mother the Church was divided into three parts: The Church represented by the saints, was called 'The Church Triumphant'. The Church of the living was called "The Church Militant'. The Church of the souls was called "The Church Suffering'. The souls were being purified from all sins in Purgatory.

She knew that the souls needed that the living pray for them before they could ascend to Heaven. She had heard some other nuns whispering that Sister Maria would sometimes talk with the souls of certain dead people, interceding on their behalf. Sister Maria was not afraid of the dead; for her, the souls were her very family. Assuredly, many of the dead had been delivered from their agony through the intercession of Sister Maria. But, how did she do it? That, the Reverend Mother did not know.

All she knew was that certain people were afraid of the dead. Whenever they would see the dead walking among them, they would call them "the Unfleshed Ones." Now that their bodies no longer functioned in this world, some knew them as "The Defunct Ones." While the Reverend Mother was leafing through the missal, she found the prayer that Sister Maria used to pull souls out of Purgatory, one at a time. She read the prayer, word by word quietly:

"Christ Jesus has gone missing and the Virgin seeks him out, from garden spot to garden spot, rosebushes there about. Beneath a bush of roses white, there sits a garden youth: "Dear gardener, for the sake of God, now tell me the whole truth: Have you seen the Christ of Nazareth now pass by here forsooth?" "Yes, Lady, I did see him before the rooster crowed. A cross he had upon his back; he staggered with its load. A crown of thorns that made him faint and falter with great pain. A noose was hung around his neck and stretched with such disdain, and many Jews were at his side that had him bound and towed.

Let's hurry thus, dear Virgin pure, to Calvary on the mound, Regardless of the haste we make, to Cross they'll have Him sorely bound. They've nailed his feet upon the Cross. By now they've nailed his hands, A lance was pointed at his breast but in his side it quickly lands.

The blood he shed, in sacred cup is held there safe and sound. The man who drinks this blood of life in time will be well-blessed; He'll be most favored in this life and crowned within the next.

Whoever says this prayer by day each Friday of the year, Will draw a soul from greatest pain and his own soul from greatest fear. Whoever hears and doesn't heed this message or disdains, On Judgment Day will come to know the power it contains."

Reverend Mother put down the prayer book and placed it on the pillow thinking that Sister Maria must have great patience, endeavoring to pull the souls from Purgatory one by one through her intercessions. She sighed, reflecting on the tenacity of the nun. Perhaps that was the secret of her success in mysticism.

Chapter IVA
Sor María Is Warned by a Freed Soul

SISTER MARÍA WOKE up with a start and found herself alone. Sister Doorkeeper had entered her cell completely disheveled. Sister María was able to perceive the terror in Sister Doorkeeper's eyes. She could barely make out what she was trying to tell her. At Sister Doorkeeper's side, Sister María could see a transparent person who was trying to console her but she seemed unable to see her. Sister Doorkeeper fell into a deep swoon and bumped her forehead. It was then that Sister María realized that the transparent person was a soul freed from Purgatory. The soul spoke to her:

"Sister María, I have come out of the pains that held me bound and I have come to repay you for your charitable prayers. I have to warn you that your life is in great danger. Some guards of The Inquisition are looking for you to harm you."

"What have I to do with the Holy Office?" Sister María asked the soul.

"Do not mock the Holy Office with such carelessness," answered the soul. "All who live a life different from the mandates of Holy Mother the Church are suspect."

"I am only an insignificant nun of little importance," replied Sister María. "What are the mandates of Holy Mother the Church that I've broken?"

"Verily none," answered the soul. "but this world is very treacherous. You are very humble and devout. However, that singular grace of flying and being in two places at a time that you possess, has earned you a phenomenal reputation. They suspect you of witchcraft."

"I, a witch?" Sister María asked incredulously. "Who accuses me?"

"The ministers of The Inquisition," answered the soul. "They have been sent by the Grand Inquisitor himself to come and seize you and after arresting you, to put you in manacles and shackles in the ignoble chambers of the Holy Office. There, you will be submitted to barbarous tortures until you confess your misdeeds before the Church."

"May God be my witness that I am innocent of those accusations," Sister Maria lamented bitterly. "I am only obeying what the Holy Virgin asks of me." Sister Maria paused for a moment. "What kinds of tortures do the inquisitors use to extract confessions from their victims?"

The soul groaned before answering. "First they will fit you with 'The Boot'."

"What is 'The Boot'?" asked Sister Maria.

"It is a tight instrument that they will secure to on your foot. After asking you a few questions, if they don't like your answers, they will tighten a screw that will clamp The Boot down in such a painful way that you will scream, invoking the sweet names of Jesus, Mary and Joseph to be released from such a painful state."

Sister Maria crossed herself thinking about the barbarous tortures.

"There are instruments more horrible they that can impose on you such as the *strepatto*, the *garotte* or the *toca*," the soul said sadly. And should you fall into disgrace because of the forced confession, you will be obligated to wear a white tunic called 'a San Benito'," said the soul.

"What is a 'San Benito'?" asked Sister Maria curiously.

"It is a white vestment with a big yellow cross on the chest which will indicate for all who see it, your disgrace before the eyes of God," answered the soul. "You will have to present yourself before the Grand Inquisitor himself, named Luis de Aliaga."

Chapter IVB
The Inquisition Seizes Sister Maria

"ALIAGA!" SISTER MARIA whispered between clenched teeth. His very name filled her with trepidation. Starting with the Grand Inquisitor Tomás de Torquemada a little over a hundred years ago, the inquisitors had found ninety per cent of accused people guilty of such diverse things as witchery, Judaism, heresy, or of mocking the Holy Office. And now that the soul had warned her, it disappeared and slipped away, blessed by God. Sister Doorkeeper awakened and sidled off in a trance, without saying anything more.

Sister Maria lay in her cot recalling the events she had been told all of her life. Since her birth in 1602, there had been four Inquisitors of the Holy Office: Juan de Zúñiga Flores; Bishop of Cartágena, Juan Bautista de Acevedo; Bishop of Valladolid, Bernardo de Sandoval y Rojas; Archbishop of Toledo and now that she was seventeen, Luis de Aliaga Martínez.

It was said that even as a child, his own mother had rejected him. Ever since then, Luis de Aliaga had harbored suspicions aimed at every woman that he had met. Particularly, he carefully scrutinized the folk healers who talked to plants and gathered remedies by the light of the moon. He imagined that every black cat hid a secret demon or a malevolent spirit, familiar of witches. He led a repugnant life, accusing each woman of being the wife of Satan. Like his predecessors, Luis de Aliaga had believed the writings of a German cleric named Heinrich Kramer.

In 1487 Kramer had written a book that was more popular than the Holy Bible. In Latin it was titled *"Malleus Malificarum"* or "The Hammer of Witches." It was the most hateful book, written to the great discredit of the feminine gender. The cruel Inquisitor Tomás de Torquemada used to read the *"Malleus"* with much enthusiasm and pleasure, being that in life, every woman had rejected him as a disgusting man.

Aliaga was similar to Torquemada in the great hatred that he bore to all women. He liked to preside over the *Sermo Generalis*. It was a ceremony in which the Grand Inquisitor pronounced his decision against the accused. If they were innocent, he would set them free from jail. If the accused confessed his crime, he would assign them a penance according to the Canon Law of Holy Mother the Church. But if they were guilty, they could only expect the severest punishment from the secular authorities because the Inquisitors didn't want to be stained with their blood.

Above all else, more than anything, Sister Maria was afraid of the *auto de fe*. The auto de fe was the time when the accused heretic or witch, would be placed on top of a pile of wood in the public square to be burnt alive before the populace. That is how the holy Joan of Arc of France had died at the hands of the English.

While Sister Maria trembled with cold sweats, she heard a tumult outside of her cell. A few cruel voices asked for her without receiving an answer. The ministers of the Inquisition broke down the door and entered, followed by the barbarous executioners bearing manacles and shackles. Pale as a ghost, Sister Maria tried to rise from her cot, but she fell with fright. Without a word, they seized her with violence and ripped her from her cell, unconscious.

When Sister Maria awoke, she found herself in the sad, dark dungeons of the Holy Office. She didn't have much hope.

Chapter IVC
Sister Maria Is Tormented
in the Dungeons of the Inquisition

SUDDENLY THE HEAVY main door to the chamber opened.
Three people entered with lowered heads and measured steps to the
sound of a drum. The first two were wearing loose, white vestments
that made them seem blurry among the shadows. Their heads were
covered with pointed hoods that hid their identity. The third person
wasn't wearing a disguise; he was a priest with a repugnant face and
with a mouth that exuded bad breath. Sister Maria recognized him
at once: "Aliaga!

The Grand Inquisitor himself had come to oversee the tortures
of "that infamous nun who had strange and unique talents." Despite
the fact that may considered Sister Maria as a saint, Luis de Aliaga
Martinez was nevertheless convinced that Sister Maria had to be
a witch. The Inquisition was always on the lookout and attentive
in seeking witches (sometimes called *"bruxas,"*). They were single
women, elderly homeless women, or women who were mentally
challenged, also poor women or folk healers that became the limit-
less fodder for their public *autos de fe*.

This woman had evaded him for many years and made him the
laughingstock of the Inquisition. On this occasion she would not
escape him. With a face burning with rage the Grand Inquisitor

approached Sister Maria, while telling his assistants: "Tie her to the stretching rack!"

Without further ado, his two assistants seized Sister Maria and dragged her, laying her down violently on the rack. They tied her hands and feet to the four corners, and they tightened her binds with turn screws.

"Now we are going to see if you are ready to confess," he said sneeringly. "With what shall we begin? Shall we pull out all your fingernails one by one, or shall we flay off your whole skin, peeling you like a pear from top to bottom?"

Sister Maria tried not to lend ear to his threats; rather, she raised her eyes to Heaven, imploring the aid of Divine Providence. In the meantime, the two assistants brought several instruments of torture to terrorize her with their sight. First, they placed the *strepatto* with its movable ropes from which they would hang a person like a human yoyo. They also showed her the *toca* and the *garotte* by which they almost drown people by sticking a wet cloth down their throats, waterboarding them drop by drop until they could no longer breathe.

Sister Maria closed her eyes tightly, refusing to look upon those frightening things. The Grand Inquisitor Aliaga wanting to scare her even more, whispered into her ear like a devil incarnate: "Surrender, Sister Maria, if you don't want me to burn your feet. That is by far the most painful."

Suddenly Sister Maria closed her eyes, without saying a word neither to the Inquisitor Aliaga nor to his unknown assistants. Her lips moved as if she were praying. She seemed to be unaware of the horrors around her. As Aliaga and his assistants watched her, she rose into the air, floating effortlessly before their astonished eyes. They were unable to stop her as she faded away from her sight into nothing.

What none of them knew was that at that very moment, Sister Maria was flying on the hands of angels in the direction of her beloved New Mexico.

Chapter VA
There Had Been Other Bilocators

"WHAT THE HELL happened here!?" exclaimed the Grand Inquisitor Luis de Aliaga, exasperatedly. Sister María of Ágreda had changed herself into a mist and disappeared from his clutches. "I am certain that that witch-nun has already flown through the air far away from this place. That wretched enchantress must already be flying in her magic tin washtub, talking to evil spirits and to her ghostly animal totems."

The Grand Inquisitor's two assistants glanced at each other on the sly. "Is Your Grace certain the Sister María is a witch? one of them asked him. "The reports that we have received tell us that she flies on the hands of angels and that she converses with the Blessed Virgin Mary herself."

"Those reports are nothing more than lies and falsehoods fabricated by an insignificant nun who wants to appear to be important in the eyes of the world. The truth is that just like all evil doers, she is a disciple of Satan.

"Is Your Grace absolutely sure?" his second assistant asked him. "There are many here in Spain who consider her to be a saint. They say she flies by the grace of God."

"Devilish propaganda!" exclaimed Don Luis de Aliaga enraged. "Do you not know that it is against the law of the Holy Office to dispute the word of the Grand Inquisitor? If you persist in your error, you might also be burned at the stake."

His two assistants turned deathly pale. They risked falling into great danger themselves. They remained silent until the Grand Inquisitor had withdrawn from them in a huff, murmuring between clenched teeth.

The two looked secretly at each other. "There had been other levitators who could be in two places at the same time," the first said to the second, lowering his voice. There was St. Drogo in 1186, St. Anthony of Padua in 1231, Saint Ludwina of Schiedam in 1433, St. Peter Regalado in 1456, St, Francis of Paula in 1507, and St. Francis Xavier in 1552."

"And don't forget," the second one added, "that St. Catherine of Ricci caused quite a sensation in 1590 as an unparalleled bilocator and in our own times, St. Martin of Porres; the Black friar of Peru, commanded the respect of the Church in the New World."

In a corner of the dark chamber the two knelt down in secret intoning the Prayer of St. Walpurga against all evil. St. Walpurga had been the greatest foe of all things evil. Even after her death, a miraculous oil had burst forth from her own tombstone.

Both men prayed: "Lord Father of the willow, almighty Christ, we pray, deliver us from harmful things; all evil here today. From highwaymen and hassles, from mortal wounds as well, from wild beasts on mountains, on plains and prairie knells. By your hands so deeply wounded, deliver us we pray, from witches and enchanters, and keep downpours away. Safeguard us from the lightning, from whirlwinds and the swarm, and from our wicked neighbors, who might well mean us harm.

Lord Father of the willow, the plague from me do keep, though wounds from that cruel nail I made, upon your sacred feet. Grant me your aid most holy, and venerated crown. When I am called to judgement, my soul confessed O Lord, may take Holy Communion and have my soul restored, amen."

Chapter VB
The Virgin Clarifies
the "Christ of the Poison"

SISTER MARIA HAD just disappeared from the grasp of the Grand Inquisitor of Spain. She had found herself transported to the New World borne by the hands of angels. She had barely gotten to New Mexico once again when she heard the voice of the Virgin talking to her: "I can tell that you have many questions, my daughter," the Virgen told her.

"Yes, Mother," Sister Maria answered. "My questions are many and varied but the most important one among them is this: Can you, as the Mother of the Most High, be able to tell me why God has had so many names across history?"

"My daughter, that is because God has always been revealing His majesty to men in all places and of all languages according how they can understand Him. He is the same God; it is the perceptions of Man that are different, according to their abilities. As soon as all humankind recognizes that we are all children of the same God; brother and sisters in Christ, then there will be true peace on earth."

"Thank you, Mother," Sister Maria said gratefully. "How can Jesus Christ have as many names as the Father? Sometimes he is known as Jesus Christ Victor, Jesus Christ of the Willow, Jesus Christ of Esquípulas or Jesus Christ of the Poison."

"The Son is as great as the Father," said the Virgin with a certain smile. "Some call him Jesus Christ Victor because he came into the world to conquer sin. Others call him Jesus Christ of the Willow because he heals all illnesses. The ancients used to avail themselves of willow bark for centuries as a remedy for headaches. In Latin it is called '*Salix*'. Finally, here people know him as the Lord of Esquípulas because the natives used to call him '*Ek-Kampulá*' or rather, 'the Lord who drives the clouds away'. Jesus Christ of Esquípulas hangs on a living cross with leaves and branches. This indicates to mankind that although Adam and Eve lost the Tree of Life due to sin, the Holy Cross is the new Tree of Life."

"But I am still confused, Mother," added Sister Maria. "Why do they call him 'Jesus Christ of the Poison'? It seems to me that poison is not a good thing."

"What seems to be toxic for some, is salvation for others," said the Virgin. "Once upon a time there was a holy priest who would go every morning to venerate the figure of Christ on the cross. Always, after praying, he would kiss the feet of Christ. Now it so happened that a certain evil-doer grew envious of the love that the priest had for Christ on the cross. 'Let us see if the Christ can save him', he said to himself one evening.

Without anyone seeing him, the evildoer sneaked into the church and covered the feet of the Christ with some rattlesnake poison and he hid behind the curtains of the confessional in order to see what would happen. Soon the devout priest came and after praying, he knelt down to kiss the feet of Christ as he was wont to do. But then, a strange thing happened: Before his lips could touch the feet, the Christ pulled up his knees and moved his legs to one side. Then his feet turned black, his ankles turned black, his shins turned black, his thighs turned black, his waist black, his chest black, his neck black and finally, his head turned black.

Chapter VC
The Wind Restores the Blind Man's Vision

ALONE IN THE barren desert, Sister Maria tried to open her eyes, but she was blinded by the light of dawn. The rays of the bright sun penetrated the shadows on the eastern horizon. Local people recognized it as "the light of dawn" or as "the eye of daybreak." She leaned on a half-wall of warm adobe meditating on all the beauty that is the world.

The first words that would burst forth from the lips of the local people as soon as they woke up, were songs of praise to the Eternal God. *"On this new day, we render thanks de Thee, O almighty God; Lord of all creation."* Every good prayer always began with thanks before beginning to ask for things. Sister Maria marveled to think that all of creation longed to know the Creator.

While the first rays warmed her face, Sister Maria chanced to see an elderly man zigzagging toward her. As he came forward, it was evident that he was an old blind man. He was clinging to the sagebrush and to the boulders with each step, walking cautiously and running his fingers along the face of the half-wall. Suddenly he chanced to touch the hand that was resting on the wall and Sister Maria recoiled it back quickly. He was surprised by the unexpected contact with another human being.

"Pardon me, Your Grace," he said. "I wasn't expecting to find anyone here."

"Every morning I hurry to get to this Chapel of St. Michael before the wind comes up," the blind man answered her. It was built by the Tlaxcalan Indians last year in 1624, directed by the Franciscan friars. Their ancestors had come to the New Mexico Territory with the conqueror Don Francisco Vásquez de Coronado in 1540. I like to sit here, awaiting God's bounty in my life."

Sister Maria thought it curious that the blind man could not expect to see the bounty of anything, unless Jesus Christ himself came by to anoint his eyes with saliva and dust and restore his sight as He had done with the poor blind man at the Pool of Siloam, two thousand years ago. But the blind man had answered her with such certainty that she was driven to ask him: "Perhaps you are trying to tell me that you see the wind; something that is impossible even for those who have good sight?"

With his right index finger, the little old blind man pointed toward an ancient heavy bell that was hanging there on the chapel belfry. "When men try to ring the bell with its rope," the blind man continued, "time passes by as usual but whenever the wind whips up and moves the bell, my sight is restored and I can see everything as clearly as it I had been born with perfect sight."

"How is such a grace possible, little father?" Sister Maria asked him.

"Nothing is impossible with God, Sister," answered the blind man, now that the wind had whipped up. "What men seem to see as wind, is nothing less than the movement of angels' wings the touches the bell. Just as you can travel across the skies on the hands of angels, so too heavy bell also is transformed from lead to a feather likeness in the wind."

Sister Maria was greatly astonished when the blind man began to tell her all about the colors and shapes all around him. But the moment that the wind died down, the poor man fell back into the shadows anew.

"Blessed and praiseworthy be the Lord forever!" Sister María exclaimed with wonder.

Chapter VIA
The Virgin Announces
the Coming of Five Saints

A SOFT MORNING breeze had come with the first rays of sunlight. Sister Maria felt it brushing her face with a fresh, unexpected warmth. When she raised her eyes to look at it, she saw that it was a sun with a unique shape. It wasn't like the sun of Spain. Its rays pointed to the four cardinal directions, spreading its light toward the north, south, east and west. It formed a cross in the sky that announced life for a new day. This symbol of the Zia cross had been sacred to the natives since the beginning of Creation.

While Sister Maria was enjoying the sun, she heard the voice of the Virgin tell her: "This cruciform sun, I confer unto you as a sign of the presence of God in this corner. It will serve as a reminder of your mission here. I do not promise you happiness in this life; I have chosen you for a great sign. In your own lifetime, very few will recognize your efforts. Centuries thereafter though, when you have brought my message to the empire of the sun, others of the faithful will follow your steps hither.

The rays of the sun became stronger and brighter, more than the human eye could stand. Sister Maria felt obliged to squint her eyes in order to be able to see it. She heard the voice of the Virgin once again telling her: "This sun, in the form of a cross, symbolizes

Man's cycle of life. It is surrounded by four rays in every direction. The first four rays point toward the four directions. The second four rays indicate the four times of the day: dawn, midday, evening and nightfall. The third four rays indicate the four ages: childhood, adolescence, adulthood and old age. The last four rays indicate the seasons: spring, summer, fall and winter.

I need you to prepare this corner for the coming of five saints that will blossom from here. Years after you return to God, these four will bring many blessings to the populace. They will be known as *'the Children of the Blue Nun'*. Take this sun in your hands and use it in the service of God."

Sister Maria stretched her hand and ripped the sun from the sky. She felt an unknown power coursing through her veins. She was seen flying across the sky with the unique sun in her hand, blessing the chosen people of God. She could not imagine just who the four chosen saints that would follow her after her death would be and from whence they would come. But, if it was the command of the Virgin, then it was the will of God. She had to fulfill it.

Sister Maria had noted that many people waited until the last moment of life to start preparing themselves for eternal life. Afterwards, when they no longer could, they were in dire straits -pell mell- trying to repent. Mother Superior used to call them: "those who give their flesh to the world and only save their bones for God'.

The love of God must have been great indeed for his children in these parts, that he would send them the healing rays of His sun. A song of praise came to Sister Maria as she was flying with the sun in her hand. They were the words gleaned from the mystics who used to warn the lukewarm and the stray of heart not to leave everything until the last moment because death came in her cart at the most inconvenient time. She started to hum the words of the paean as she undertook her task: "When you are agonizing and your chest is heaving and you've a candle in your hand, what would you like to have done?"

Chapter VIB
The Virgin Mary Was the First Llorona

WHILE SHE WAS looking toward the dusty path that led toward the very door of the Chapel of San Miguel, Sister Maria happened to make out a large procession of women dressed in black who were struggling under the weight of a coffin. They put it down to rest by the side of the pathway. They marked the spot with a little cross that they called *"a resting place."* They all had their heads covered with a black woolen scarf called a *"tápalo."*

While the procession rested, the mother of the dead boy wailed out her grief. Every woman would come up to her in turns, one by one. The mother put place her own *tápalo* over the other grieving woman and she in turn would place her own over the mother. Thus, under both *tápalos*, they were able to share their sorrow with each other.

These local, religious, grieving women were called *"The Carmelites."* In other small towns they were known as *"Bearers of the True Image"*. During Holy Week, they used to accompany the statue of Christ in the representation of *"The Sorrowful Way,"* with great cries of sorrow, but today, they wept over the death of one of their own. Sister Maria approached the resting place to gaze upon the dead boy lying there.

According to local tradition, the body was wrapped in a loose white shroud called *"a death tunic."* The dead boy had his hands crossed over this chest in reverence before his Creator. Between his hands he held the stump of a candle burning with a light flame. Sister Maria spoke to the mother of the dead boy softly:

"Why do you weep for your son?" she asked the wounded mother. "Do you not know that the souls of the just are in the hands of God?"

"My faith understands this well, daughter," the mother answered, wiping away her tears, "but my heart still feels his absence. At the same time, I am happy for him and sad for me."

"That is normal," added Sister Maria. "It forms part of the human condition. Even Jesus, who was the resurrection and the life, cried for his friend, Lazarus. The Virgin also wept for her Son, wailing: *'Woe is me! More woe is me! What has my son done that he should die thus?*

"Sometimes I am ashamed to cry so much," whispered the mother, "but, how it hurts!"

"Never be ashamed of your tears," Sister Maria interrupted her. "Honor your tears because they are the repository where the soul can rest."

"But I am worried that people will call me *'la Llorona'*, said the mother, with eyes lowered.

"The Virgin Mary was the first *Llorona*," smiled Sister Maria. "When she and St. Joseph were returning from their flight of Egypt after thirteen years, the Christ Child wandered away and he was lost for three days. The Virgin wept without respite for the son that she had saved from King Herod but was now lost.

After looking for him among their relatives and acquaintances for three days, they found him in the temple teaching the doctors about the deeper and sublime meanings of Holy Writ. When the Virgin wept with grief before the Child, he asked her: 'Mother did you not know that I have to do my Father's will?' The Child dried her tears and returned with her and his foster father and he was obedient unto them."

The afflicted mother put her *tápalo* back on, but this time she did not cover her head. Sister Maria had so comforted her that -without dismissing her sorrow- she left joyfully to bury her son. Sister Maria heard the voice of the Virgin telling her that it was time for her to return to her cell.

Chapter VIC
How Many Hours Are There in a Day?
-One, Two, Three, Ave Maria

WHEN SHE OPENED her eyes, Sister Maria was in her cell looking at her sandals. They were very dusty. She was cleaning them with a rag when the Reverend Mother knocked at her door. Sister Maria answered: *"Ave Maria."* The Reverend Mother entered and said: *"Offer it up."* Sister Maria answered: *"For the blessed souls."* The Reverend Mother prayed quietly.

[It had been an ancient tradition in the convent to pray whenever someone said *Ave Maria* before they did. Even the children in school used to pray the *"Ave Maria* game." They would take each other by the pinkie fingers of their right hands, swinging their arms back and forth. Then both would say: *"How many hours are there in a day? -One, two, three, Ave Maria."* The child who had beat the other to the *Ave Maria,* could dictate to the other child for whom her should pray.]

"How did it go for you in the Other World, my daughter?" the Reverend Mother asked her, and then she added: "Men from the Inquisition came looking for you."

"God saved me from the grasp of the wild executioners just as He saved the Prophet Daniel from the maw of the lions, so many years ago," murmured Sister Maria, placing her sandals under her cot. "God has chosen me for another task."

"More than that, my daughter," the Reverend Mother said to her; "He saved you from the maw of the Devil himself. Bishop Don Diego de Yepes sealed you with the Holy Spirit when he Confirmed you at the age of four and you decided to be a nun along with your mother, Doña Catalina de Arana. Ever since then, the Bishop advised me to watch you carefully. He had been the Confessor to Teresa of Avila before she died.

The Bishop left a manuscript that you were very devout, very given to contemplative prayer, and at times he reported that he had seen you rise into the air, owned by an unexplainable extasy. I have sent reports to our current Bishop, Don José Jiménez y Samaniego, of your progress here at Immaculate Conception Convent. He is very satisfied with what he reads."

"Why do you speak to me with such clouded words, Mother?" Sister Maria asked her. "Speak to me clearly. "What is this sudden interest in me just now?"

"I am not long for this world, my daughter," replied the Reverend Mother with a sad smile. "I need to start looking from among the nuns for a worthy replacement who may take my place as prioress *locum tenens* after I have returned to the Creator. A prioress is only nominated for the time being until all the nuns confirm a permanent one every three years by casting their vote."

"But I am not worthy to replace you, Mother," said Sister Maria, understanding what was asked of her. She stood at the foot of the cot, looking at the Reverend Mother. "I am the most unworthy of the daughters of God to be considered for such an exalted state. There are still so many preparations that I must consider in the New World before I can limit myself to this one space. I need more time to think."

"Whenever God calls us is because every instant and moment belong to Him. Just as with the Five Prudent Virgins in the Bible, we must always be ready to receive the Divine Bridegroom whenever he deeds us.

"How many hours are there in a day? -No more than the ones we can use to prepare ourselves whenever the Lord calls us."

Chapter VIIA
The Virgin Talks about the Birth of the Baby Jesus

IT WAS CHRISTMAS Eve. Sister Maria was having trouble falling asleep. The Reverend Mother had proposed to her that, after a little while, she would be named Prioress for the time being. Such a great responsibility was reserved for those who could bear it. In the second chapter of St. Luke, the forty-eighth verse clearly said: *"From those to whom much has been given, much will be required."* Sister Maria knelt by the side of her cot, begging for the intercession of the Virgin Mary. "Mother of Perpetual Help," she implored, "on this night of all nights, harken to my plea." Soon she heard the voice of the Virgin answer her:

"On the anniversary of the night when my Son was born, what is bothering you?"

"The Reverend Mother proposes to name me to an exalted post, which I clearly don't deserve. Sweet Mother, how shall I make my decision?" Sister Maria asked her.

"Every decision, my daughter, should begin with prayer. We must trust in God for all things. When the Angel Gabriel declared unto me that I should be the Mother of Jesus, verily, I trembled with fear. Since I too am a daughter of Adam, that proposal made my very soul quake. How could I be worthy of such a grace? My parents Joachim and Anne were already dead and I was raised alone by Zachariah and the prophetess Anna in the temple. I was innocent to the ways of the world, but I gave my consent to the angel, telling him: 'be in done to me accord to thy word'." The Virgin continued.

"Who would have known that I would have nine months to make my decision? I went off to seek the counsel of my aged cousin Elizabeth, which was not an easy thing since she lived far away from me. I walked alone in the wilderness among the shadows of a dangerous and unknown world. By day I hid from robbers who might assault and kill me. By night I was afraid of wild animals and viper serpents. Thus, I learned to walk softly in life; I learned to advance with measured steps but always putting my trust in God. That is what is known as 'having faith'."

"But Mother," Sister Maria answered her, "you were to be the Mother of Christ himself. You must have known that everything would turn out well."

"I trusted in God, but I had not been told of all the sorrows I would suffer in life; Seven Spiritual Swords were to pierce my heart. Neither was I told that my aged cousin Elizabeth was with child until I saw her. It was then that the child within her womb leapt when he recognized the child within mine. The fetus of John the Baptist knelt before the fetus of Jesus. Having the completed the Visitation, I returned home to await the birth," the Virgin said.

"When it came time to give birth, would helped you?" Sister Maria asked.

"Joseph and I could not find a dwelling that might take us in. Finally, two midwives led us to a stable in a cave where farm animals were kept. The older midwife was named Salome and the younger one was Philomena. When the child finally came into the world, Philomena said to Salome: 'She was a virgin before birth, a virgin during birth and a virgin after birth'. Salome, who had already helped in many births, did not believe her. She lifted up my garment in order to see for yourself. Because of that lack of faith, her hand withered dry. It was not restituted to her until she had wiped it on the diaper of the Baby Jesus." Sister Maria learned that a great faith first begins with great obedience.

Chapter VIIB
The Virgin Begins to Narrate the Mystical City of God

NEW YEAR'S EVE had come and with it, so had the Feast of St. Sylvester. This holy pontiff had baptized the Roman Emperor Constantine so many centuries past. All of the bishops of the Ancient World had come together to formalize *The Nicene Creed* and to establish the dogma of the Catholic Church in 325. They had been directed by Pope Sylvester, who was subsequently named the Patron Saint of New Beginnings.

Now, on this midnight, Sister Maria found herself alone in her cell, pondering just how her life might change during the new season. She curled up, preparing herself to sleep. She had blown the light off from her candle wick when suddenly, the cell was filled with an unimaginable clarity. Sister Maria raised her eyes and she beheld the very Virgin Mary sitting in a corner of the little room with the Child Jesus in her arms.

Sister Maria prostrated herself on her knees before such a great favor and she bowed her head. The Virgin, with a certain smile, spoke to her: "I wanted you to get to know the fruit of my womb, Jesus."

The Holy Child stretched his arms toward Sister Maria as if wanting to touch her, but she could do no more than look at him, overcome with emotion. Sister Maria murmured: "And how is it that the Mother of my Lord should come to me?", echoing the words of St. Elizabeth.

"I wanted you to know me better by way of my Son," the Virgin said to her. "In Latin, the saying is: *'Pro Deo per Mariam'; To God through Mary';* The Son and I share the same essence; my blood flows through his veins and his divine spirit reigns in my heart."

"This union between mother and son enfolds a great mystery," Sister Maria said in a low voice. "I would like to know how the mystery of maternity and virginity are intertwined."

"Write down, daughter, everything that I shall tell you, until the day that you are with God in Heaven," the Virgin answered. Sister Maria rose to her feet and took up a pen and a parchment from the table stand to write. The Virgin continued: "*The Mystical City of God,* for all who seek it, is found in the temple of the heart. Some think that the heart and the head are enemies, but it is not true.

Both share the same reality. They regulate each other. The head sends understanding and knowledge to the heart and the heart causes the head to understand tenderness and compassion. When the Child God humbled himself to the mortal state by means of His Incarnation, he not only redeemed, but also consecrated humanity by means of participating in it. Thus, as my blood nurtured the Spirit of God and infused it with mortal life, so did His Spirit give me to understand the most sublime mysteries of the Most Holy Trinity."

There were many questions that Sister Maria wanted to ask the Virgin, but she could not take her dictation and ponder the beauty of the mysteries at the same time. What she did understand was that in a most unique way, she had started to write down the autobiography of the Virgin Mary in her own words. She was filled with humility just to think that the very same Lady who had participated in the birth, life, Passion and death of the Child Jesus in her arms, now deemed it worthy to communicate with her in her cell.

At that unguarded moment as she was writing, the Child Jesus gave her such a look of love that dissolved all her fears. The following words came to her lips: *"Holy Child of Atocha, most powerful saint; most miraculous saint, grant that all my fears may now be turned into joy."*

Chapter VIIC
Sister Maria Tonsures Her Hair

WHEN SISTER MARIA awoke from her dream, it had already been three hours since the other nuns had sung *The Dawn Song*. Now they were already busy with their corporal and spiritual works of mercy. She was overly tired, since she had written during the greater part of the night. Suddenly she sat up in her cot, remembering her interview with the Virgin Mary the previous night. Now though, the Virgin and her Son; the Baby Jesus, were no longer there.

Casting an eye towards the little corner table, Sister Maria gazed on her manuscript filled with many scribbles. She got up and walked slowly toward the pile. She recognized her own handwriting in the prologue of the papers. She began to read the sketchy letters of the title: *Mystical City of God, miracle of His omnipotence: the Divine History and life of the Virgin, Mother of God, Queen and Our Lady, Blessed Mary, Restorer of Eve's fault, and Mediatrix of Grace, manifested in these recent years by the same Lady to her slave; Sister Maria of the Village of Agreda, Abbess of the Convent of the Immaculate Conception of the Village of Agreda, of the Province of Burgos, [...] for the New Light of the World, Joy of the Catholic Church, and Cornerstone of mortals of the Regular Observance of N. S. P. S. Francisco as a New Light to the world, Joy of the Catholic Church, and Trust for mortals.*

Sister Maria opened her lips, astonished; overcome by surprise.

In the title of the manuscript, she had written that she herself was 'Abbess of the Convent of the Immaculate Conception of the Village of Agreda…'. She had never aspired to any title other than to be the slave of the Lord and of the Virgin. And now, in the light of day, she remembered that the Virgin had referred to her as *"Mother Abbess."* She thought anew about her exalted post:

She raised the wimple from her head and when she removed it, with her fingertips she felt that throughout the time that she had been journeying to the New World, her hair had grown a little. She had a few thin wisps on the sides and crown of her head. In the little drawer of the corner table, there was a pair of scissors. She smiled, thinking that she was about to shear her wool like a little sheep in the Lord's flock. "An abbess," she said to herself, "is a lady who is in charge of a convent. In centuries past, the novice who had the longest and most beautiful hair was chosen as *the Mother Abbess.* Her hair would be tonsured and used to adorn the statues of the saints for Lent. Thus then, she earned the privilege of being the Lady Veronica with the most seniority."

While Sister Maria was tonsuring the thin wisps from her head, she prayed the words from the Offering Ceremony: *"My divine Jesus, grant that I too may imitate Mary Magdalene, who laved thy feet with tears of contrition and dried them with her hair. May I be moved to imitation of Saint Claire of Assisi, who sacrificed her hair, freeing herself from her treasure for love of Thee. By the same examples, permit me Lord, that I may give Thee from my very self, all of my little vanities and that my sacrifice may be used for the greater honor and glory of God in reparation for the sins of the world and for my own salvation. Amen, Jesus and Mary."*

Sister Maria raised her eyes toward Heaven overcome by a spirit of peace. Her heart felt as light as if her few wisps of hair that had been tonsured, had been as heavy as all the sins of the world. Her soul sang praises proper to the liberation of the slavery or indecision. Now she knew how she had to go forward in life through the grace of God. A hymn of joy burst forth from her: *"Forgiveness O Lord, forgiveness and indulgence, forgiveness and clemency, forgiveness and mercy."*

Chapter VIIIA
Sister Maria Enters into the Deep Mysteries

SISTER MARIA HAD awakened full of joy, as she gazed at the Virgin rocking the Child in her arms with such tenderness. The Virgin was dictating everything about the life of her family to her. She told her about how she herself had been the daughter of the elderly Joachim and Ana and the wife of Joseph. Her life had not been different from many others in Nazareth. They used to follow the same daily patterns as the rest of the village. Sister Maria stopped writing down her dictation, and she smiled to herself, recalling a lullaby that mentioned the life of the Child Jesus. She began to sing:

"Go to sleep, my baby for I've work to do: I must wash your diapers and make supper too. Go to sleep, my baby, soul of mine as one, my beloved treasure; first light of the dawn. Beloved Saint Anna, Joachim do keep this, my little baby who doth want to sleep. Beloved Saint Anna, ring the bell on high, because, for an apple, the Baby doth cry. Joachim, most holy, play your violin for the Baby whimpers for a tiny thing. Joseph did the washing; Mary hung the chore: the snowy-white diapers that the Baby wore. Mary did the washing, Joseph hung it out and the Child whimpered from the cold without."

Sister Maria paused in the middle of singing her lullaby and in her rapture, she exclaimed: "This story is like something magical and miraculous!"

"Careful, daughter," the Virgin admonished her, still rocking the Child, "Things that are magical are, but illusions and they don't really exist. On the other hand, miracles are part of normal, daily life and they blossom at every moment from the most ordinary things. Miracles are the right arm of faith."

Sister Maria put down her pen while the Virgin explained the deepest mysteries to her: "I did not reveal these mysteries to the early Church because they are so great that the faithful would have seen themselves lost as they contemplated and admired them at a time when it was necessary to establish the Law of Grace and the Gospels more firmly. Although the mysteries of religion coordinate in harmony with one another, human ignorance could cause them to doubt and to move away from their immensity when faith in the Incarnation and in the Redemption and the precept of the New Law of the Gospel had barely begun."

'I don't understand, Mother," Sister Maria interrupted her, "why might it be difficult for men to accept the truths of God?"

"The nature of God," began the Virgin, "is so enfolded in the deepest mysteries that He has to reveal them by small degrees through the prophets so that men may not be confused by them. For this reason, the Incarnate Word told them to his disciples at the Last Supper: 'I have many things to tell you; but you are not yet ready to receive them'. He addressed these words to the whole world, because it was not yet capable of giving its full obedience to the Law of Grace and to place its faith on the Son, and much less was it prepared to be introduced into the mysteries of His Mother.

But now mankind has grave need for this manifestation and this need urges me to put aside its evil inclinations. And if men are now disposed to seek my favor by means of reverence, living and studying the mysteries, which are so intimately linked with this Mother of Mercy, and if they begin to seek her intercession whole-heartedly, then the whole world will find immense relief."

"Saint Paul told us that in the fullness of time, everything will be understood," said Sister Maria as she wrote down the Virgin's words.

Chapter VIIIB
The Gates of Heaven Have No Locks

THE NIGHT AFTER Sister María had begun to write *The Mystical City of God*, she was dreaming comfortably about the Virgin Mary. In her dream, she was flying with a choir of Seraph angels and she could hear them singing a litany of names attributed to The Virgin: "Holy Mother of God, Holy Virgin of virgins, Mother of Christ, Mother of the Church, Mother of divine grace, Mother most pure, Mother most chaste, Mother undefiled, Immaculate Mother, Mother most amiable, Mother most admirable, Mother of good counsel, Mother of the Creator, Mother of the Savior, Virgin most prudent, Virgin worthy of veneration, Virgin most clement, Virgin most faithful, Mirror of justice, Throne of wisdom, and Cause of our joy."

To her right, there was a choir of Cherub angels who took up the praises singing: "Spiritual vessel of honor, Vessel worthy of praise, Vessel of singular devotion, Mystical rose, Tower of David, Tower of ivory, House of gold, Ark of the Covenant, Gate of Heaven, Morning star, Health of the sick, Refuge of sinners, Comforter of the afflicted, and Help of Christians.

Finally, she was accompanied by Virtues angels singing: "Queen of Angels, Queen of Patriarchs, Queen of Prophets, Queen of Apostles, Queen of Martyrs, Queen of Confessors, Queen of Virgins,

Queen of all Saints, Queen conceived without Original Sin, Queen assumed into Heaven, Queen of the Most Holy Rosary, Queen of the family, and Queen of peace."

Sister María stretched her arms heavenward, ecstatic at being able to share this revelation with the holy angels. More and more she felt unworthy of being deserving of such grace. But the Virgin Mary whispered to her: "Humility is the key that unlocks the gates of Heaven. If you are humble then you have no excuse nor reason; the gates of Heaven have no locks. Whenever God calls us, it is best of render Him *'Fiat!'*; be it done to me according to Thy Word."

The Virgin enjoyed all of these praises, but she declared that the title that struck closest to her heart was that of *'Refuge of sinners,'* because all the sons of Adam flocked to her aide, imploring her mercy.

"I am reminded of a certain prayer that makes me happy with what it says: 'At the edge of a spring of water an angel most sadly did weep, thus moved by a soul's condemnation whose charge had been put in his keep. The Virgin then said to the angel: 'Weep not here, celestial youth, for I'll beg from Christ his forgiveness that he may be pardoned in truth.' The Virgen then said unto Jesus: 'Dear son, nearest one to my heart, by the milk that once gave you nourish, to this soul grant another fresh start.' 'Dearest mother, my heart's own reflection, now I tell you with fervor so great: If this soul you are greatly esteeming, pull him forth from his fiery fate.'

The Virgin, as Mother of Mercy, now entered that great flame unseen and she then with her scapular holy, the devoted soul she pulled out, clean. The Devil enraged, full of fury, up to heaven he climbed and said he: 'Lord, that soul that to me you had given, your mother has taken from me.' 'Get thee hence, thou spirit unholy; Begone now, thou O demon most sly. Whatever performeth my mother as my truth most sacred hold I.'

The Devil, with self-righteous anger, from Heaven above had been staved. The angel, then sang full of rapture to all, for his ward had been saved. May God grant us all grace and blessings as He, had to Mary bestowed. May He save us with His great compassion as He did to the Shepherd of old. If every person that's Christian to her will were himself to commend, not a soul would be lost to God's glory; everyone would be saved in the end."

Still in a dreamlike state, Sister María could hear a most horrible groan. It was like the howling of a wolf, the bleating of a goat and the hissing of the serpent. Afterwards she found out that the very Devil was hiding underneath her cot.

Chapter VIIIC
Sister Maria Has
a Dangerous Conversation with the Demon

AT DAYBREAK, SISTER Maria turned around under the covers. Her dream of angels singing the litany of praises to the Virgin Mary was already fading from her memory. She would have liked to safeguard that celestial vision all of her life but suddenly she remembered the noise that had emanated from beneath the cot. She sat up in a flash. She remembered that there had been a terrifying noise that had left her very disquieted. The cot was still leaning toward the side as if there was still something under it.

From underneath the cot she heard a sweet voice that no longer sounded like the howling of a wolf nor the bleating of a goat nor the hissing of a serpent. She was surprised because it sounded more like an angelic voice, not dissimilar to the others that had sung the litany to the Virgin. Now it gave off a sublime and ephemeral tone.

"Who are you?" Sister Maria asked the voice.

"I was created at the beginning of Creation as the eldest of the angels," he replied, without poking out his head. "I was the oldest spiritual son engendered by God. I was so brilliant that He gave me the name 'Lucifer' or rather, 'the bearer of light'. I was more scintillating than nine suns. But when God decided to create the man Adam from the dust, I believed that Adam was coming to wrench away my empire and increase my disgrace. Because of that envy, I rebelled against the Highest."

"Was it because you hated God thus that you separated yourself from him?" asked Sister Maria.

"It wasn't so much because of my hatred but rather because God chose to love another more than He loved me," answered Lucifer. "I wanted to be the only one loved by Him, but today because of my vain pride, I live banished from the Kingdom."

"If you were banished from the Kingdom, then where do you and the other rebel angels live?" Sister Maria asked him.

"We dwell in a place of torments in the lower regions called *'Pandemonium'* or rather, *'the place of all the evil spirits'.*" Lucifer said.

"And why do you say that it is a place of torments?" Sister Maria prodded him.

"The absence of God is the cause of the greatest torments. The lack of the love of God produces a living Hell," Lucifer answered gravely.

"If at one time you were an angel of the Celestial Court," continued Sister Maria, "why then didn't you come out when the Virgin was here?"

"In the Garden of Paradise, God placed enmity between the descendants of Adam and me. The whole world knows me not as *'Lucifer'* but rather as *'Satan'* or *'the Enemy'*. The Virgin Mary, as Mother of the Redeemer, crushes my head and with only one look, she causes me to tremble," he answered her from under the bed. "Among the names in the litany of the Virgin Mary, there is one titled *'Guadalupe'*, which means *'she who steps on the serpent'*. That's why I didn't come out to see her."

Sister Maria knew that it was dangerous to converse with the Demon and that only the most astute people had managed to come out well after such discourses. Among them, Solomon the Wise; son of King David, had learned how to control demons in his famous

"Key of King Solomon." Saint Teresa de Avila always had a crucifix with her, which caused the Demon to declare: "It is not so much the crucifix that I fear; what makes me tremble is the faith that you place on it. Taking the small crucifix that she always rested under her pillow, Sister Maria kissed it and placed it under the cot. In a cloud of sulfur, the Demon vanished.

Chapter IXA
Fr. Benavides Writes about
Sister Maria's Revelations

FR. ALONSO DE Benavides sat down that morning to decipher the chicken scratches that he had written in years past. There had not been any reason to investigate or doubt them until now that interest in the life of Sister Maria had increased. The nuns who had found her last night, had smelled the odor of sulfur emanating from underneath the door of her cell. An unworldly howl had also awakened them. When they had broken through the door, they found her floating in the air as easily as if she were lying on her cot. The Reverend Mother dispatched them to give an accounting to Fr. Benavides in his Convent of San Ildefonso.

Looking at the notes that he had already written, Fr. Alfonso had noted that Sister Maria was widely recognized among the tribes of the Jumano Indians that lived in New Mexico and in Texas. Sister Maria referred to the Texas group as *"los Tixtlas."* She had written that there were two kinds of Jumano Indians: There were the Plains Jumanos who hunted buffalo and the Puebloan Jumanos who lived in adobe houses and cultivated cotton and corn.

The Jumano chief was a brave man who was known as "The One-Eyed Captain," because he had lost an eye in battle. This is what the Spaniards had nicknamed him. The One-Eyed Captain would gather the other tribes such as the Chillescas, the Carbucos and the Jumanos. Fr. Alonso had also noted that every pueblo had its own chieftain: San Juan had Popay, Picurís had Luis and Lorenzo Tupatú, the village of Cochití had Antonio Malacate, San Ildefonso had Francisco el Ollita and Nicolás Jonva. In Tesuque, the chieftain was Domingo Romero, Santa Fe had Antonio Bolsas, and Cristóbal Yope led the village of San Lázaro. The chieftain Alonso Catiti led Santo Domingo, El Jaca was in Taos, and Domingo Naranjo was the head of the village of Santa Clara. These twelve chieftains used to follow the teachings of an ancient spiritual wise man who lived in the mountain caves north of the village of Taos. They used to refer to him as *"Yo'he'yemo."*

In the hundreds of times that Sister Maria de Agreda had visited the New World, she had spoken to these tribes about the salvific power of the crucified Jesus. She would explain to them the necessity of being merciful not only to those among them but to their enemies as well. Bishop Manso was interested in knowing if the Indians had advanced in their great spiritual knowledge by their service to God alone or if they had learned it after the appearance of Sister Maria among them.

His confessor, Fr. Sebastian Marcillaone, had written to Don Francisco Manso y Zúñiga in 1622. He was His Lordship, the Archbishop of Mexico at that time. Upon reading about Sister Maria's observations bearing on the different tribes, Archbishop Manso was convinced that in the near future, what she had written, would be useful in pacifying the uneasy relations between the Spaniards and the Indians.

In May of 1628, Archbishop Manso read Fr. Alonso de Benavides' reports and he appointed Fr. Estevan de Perea to take over his missionary work in New Mexico. Fr. Perea himself hand-carried his petition to New Mexico when he traveled there by caravan between 1628 and 1629. The caravan arrived at Isleta on June 3, 1629.

The Jumano Indians used to present themselves there at Isleta every year. They begged to be baptized by the sixteen priests there. When they would ask them just how they had learned about the Sacrament of Baptism in their faith, they would answer that a young, nun who was fair of face, dressed in blue and wearing a black habit on her head, used to preach to them about it often. They could repeat the Baptismal Promises just as she had taught them to do. They used to revere her for her wisdom.

Chapter IXB
King Philip IV Cultivates
Sister Maria's Friendship

FR. ALONSO DE Benavides had been working for a full year. Finally, he finished writing a 111-page-long document titled *"Memorial of 1630."* Based on Sister Maria's observations, he had noted down his impressions of the thousands of Jumano Indians and their way of life in great detail. Including the other tribes, Fr. Alonso noted that among the ninety pueblos that she had visited, she had counted more than six thousand Christianized Natives. These pueblos dispersed across twenty-five missionary districts, attributed their miraculous conversion to the inspiration of a *"Lady dressed in Blue."*

Fr. Alonso noted down that this lady was similar in face to the one known as *"Mother Luisa,"* but this second one had been much older than her. When they had shown him the portrait of Mother Luisa, The One-Eyed Captain had only said: *"A lady in a similar dress walks among us, preaching to us about her God."* The Jumano Indians had not reported the younger Sister Maria to anyone because they had assumed that the Spaniards already knew who she was.

Fr. Alonso also noted that Conceptionist Nuns donned the grayish-brown habit of St. Francis of Assisi but that they would drape a blue cape over it along with a black headpiece especially wherever they moved about in public. The priest had determined that he would send a report to King Phillip IV of Spain. He was obeying the command of Archbishop Manso of Mexico to tell him *"of the notable and unusual things that are happening on our watch."*

When the Franciscan Minister met with Fr. Alonso, he told him that the Blue Nun was undoubtedly the famous Abbess of Spain. In the fall of the following year, Fr. Alonso visited Sister Maria and he affirmed that Sister Maria had known The One-Eyed Captain very well and she gave him a description of the man in great detail. Her reports inspired many missionaries who were called, by the grace of God, to serve in the territories of Spain in the New World.

King Philip IV became very interested in Fr. Alonso de Benavides' reports and he thought about adopting Sister Maria as his personal counselor in matters of both the internal and external governance of Spain. The Holy Office of the Inquisition was opposed to her writings and bilocations as false exaggerations. King Philip Domingo Victor de la Cruz however, held her opinion in high degree, perhaps because he himself had been born on a Good Friday, on the eighth day of April 1605. For him, his day was indicative of a great favor by Divine Providence.

Sister Maria's mystical flights without ever leaving her cell, had brought upon her, the notice of King Phillip. When he began to inquire more into the visits by this nun to the New World, he made arrangements to meet her face to face one day when he was in route to defend a border. The King arrived with his retinue at the Convent of the Immaculate Conception at the time when Sister Maria was still in prayer. He knew that Sister Maria had a particular devotion to the Virgin Mary in her manifestation as *"The Virgin of the Miracles."*

King Philip himself had a painting of this fourteenth century statue that was supposed to have miraculous powers: The Virgin in the painting, sometimes called *"Holy Mary of Rábida,"* was said to have the ability to raise and lower its eyes in response to petitions from her devotees. The original statue had always been venerated at

La Rábida Monastery in the city of Palos de la Frontera in Huelva, Spain. It had been lowered into the sea and hidden there during Spain's Arabic Wars with the Saracens. Later it was caught in a net by some fishermen who returned it to its home at the monastery.

Chapter IXC
King Philip and Sister Maria
Venerate Our Lady of La Rábida

WHEN SISTER MARIA finished praying, she stood up before the image of the Virgin of the Miracles, bowed down reverently and she turned around. She was surprised to find that King Philip IV himself was kneeling in a shadowy corner of the chapel, praying along with her. "Highness--," she murmured, kneeling down before him.

"Do not kneel before an earthly king," he answered her, raising her up. Then he added: "I am pleased to see that here also, Our Lady of La Rábida is venerated.

Sister Maria had a certain attraction for the Virgin's links to the New World and for the many visitors that had come to venerate her. In 1485, when Christopher Columbus was going to propose his famous discovery enterprise in order to confirm that the world was round, he came to the Monastery of La Rábida and there he consulted with the Franciscan friars Juan Pérez and Antonio de Marchena. Both had helped and counseled him on how to contact the Catholic Royals, Ferdinand and Isabella. They also accompanied him to those newly discovered lands. Besides this, they put him in contact with Martín Alonso Pinzon, who was a co-discoverer of America with Christopher Columbus.

In 1519, the conquistador Hernan Cortés went to Mexico and conquered the Aztecs there. After many tumbles with King Moctezuma, he returned to Spain, and went to visit the Monastery of La Rábida in order to thank the Virgin for having looked after him and kept him safe. At the same time, Don Francisco Pizarro, who had conquered the Inca, arrived and thereafter he went to kneel before Our Lady of La Rábida also. All of these beacons had lit the way for Sister Maria when she first thought of traveling to the Unknown World.

King Philip took Sister Maria's hand with gentleness and tenderness and he said to her: "Devout daughter of the Virgin, I should like to have a heart similar to thine, filled with love for my Lord, Jesus Christ although I have never seen him."

"How can it be that my Lord has never seen him, when He is present at every instant and moment?" Sister Maria replied. "Every time that thou goest to Holy Mass, thou singst a hymn that says: *'I believe, O my God, that you are at the altar, hidden in the Host; I come to adore you'*. What is the meaning of that hymn?"

"In my way of understanding things," the king answered, "Jesus is present in the altar bread."

"Thou sayest that thou believest this but it cannot be true, Majesty," Sister Maria told him abruptly." "If thou believest this verily, thou wouldst be on thy knees in front of the tabernacle every day and night. God is much more that a symbol and He is not only for the moment when thou receivest the Sacred Host upon thy tongue; He is true God from true God. He is alive and eternal. He is as present in Heaven as He is present in our hearts and in the Sacred Host."

While Sister Maria was explaining the basic theology of the Faith to the King, he was gazing at her with admiration. He asked her, "Where art thou right now, here or in the New World?"

"Even as I am speaking to thee here, I am also in the desert talking to the One-Eyed Captain," Sister Maria told him. "By the grace of God, I can have my right foot here the my left one there."

King Philip took Sister Maria's hands in his and said: "I kiss Thy Grace's hands."

Sister Maria kissed the King's hands and said: "May God make a saint of Thee and may He increase thy devotion." They both knew that they could trust in this new friendship.

From that moment, the King and his humble subject became spiritual siblings. They knelt down in front of the Miraculous Virgin of La Rábida and they rendered their hearts unto the Mother of God. Outside in the wilderness, the Demon raged in anger.

Chapter XA
Saint Theresa of Avila's
Thirty-Seven Bits of Advice Help Sister María

AS MOTHER ABBESS, Sister Maria had much to ponder. She needed an exemplary model for her life. That evening, before going to bed, she remembered that she had a book that contained the thirty-seven bits of advice that Saint Theresa of Avila had written, but she couldn't remember just were she had put it. When Saint Theresa was born on the twenty eighth day of March, 1555, she had been baptized Teresa Sánchez de Cepeda y Ahumada. However, due to the fact that because she had died on the fourth day of October 1582, her writings had been preserved as treasures of religious life. In 1622, -forty days after she had died, Theresa was canonized by Pope Gregory XV. When Sister Maria moved some knickknacks about in her cell, she found that mystic Carmelite nun's book tucked underneath her cot.

She began to read Saint Theresa's first seven bits of advice: "Let nothing disturb thee, let nothing frighten thee, everything passes; only God remains. Pain does not last forever. It is good to go astray once in a while in order to gain experience. If we put our trust in the human things, then we will miss out on divine things. God is happy when we ask for great things. Praise God for his mercy. As a priest not thou to do great things, lest thou failest at everything." Sister Maria paused to think about them for a while.

She continued: "God gave us talents to use here until they are needed for a divine purpose. Our souls are wont to lose their peace if we criticize things that don't matter. Never comment on anything until you know it to be true. Be thou courageous in all things that happen in life. Be gentle to all but severe with thyself. We will never understand ourselves if we don't try to understand God first. Remember that thou only hast one soul, one life and one eternal glory." As a disciple of Saint Theresa of Avila, Sister Maria paused to pray for the needs of humanity.

She read onward: "The earth, if not cultivated, produces nothing more than thistles and thorns; thus, is it also with the mind of men. Christ hath no body but thine. Trust in God that thou art where thou needest to be. Love changeth work into rest. Souls without prayer are like people without bodies, feet or hands. Prayer meaneth having a friendship with God. Prayer is an act of love." Sister Maria started to understand that the divine is sought first in oneself; it is *"The Interior Castle"* of Saint Theresa of Avila.

Now Sister Maria's meditations were able to penetrate into a deeper level. Saint Theresa also wrote: "Truth suffereth but it never dies. The will of God is that his works have no boundaries. It is useless to think that thou art going to Heaven without entering into thyself first; that is where God is. God denieth not himself to anyone. Seek God and thou wilt certainly find Him. Cometh to know God by knowing His friends." "The truly humble person should walk happily along the road that leadeth to the Lord," Sister Maria said, meditating on *"The Road to Perfection."*

As far as the nature of man goes, Sister Maria understood that: "It is no great failing not to know our origins. The closer thou comest to God, the less complicated He becometh. Never thinkest that the person who suffereth, is not praying; he is offering his sufferings as prayer. Suffering is a great favor that God giveth to us. Exchange thine own will for the will of God. God doth give us great favor when He placeth us with good people. Only love giveth value to all things. Comparisons are hateful. More tears are shed over prayers that are answered than over prayers that be not answered."

Pondering over Saint Theresa's petitions, Sister Maria got to perfect her love of God by means of a dialogue with Him, in her meditation over the words of God and by contemplating on his countenance. Mental prayers can increase the value of our dialogues with God.

Chapter XB
Every Cloud Has a Silver Lining

"CAN AN IMPERFECT human being aspire to a Divine Grace through the mercy of God?" Sister Maria asked the Virgin one night while she was writing.

"The mercy of God has no limits," the Virgin answered her. "When Saint Paul grew in wisdom after having spent a big part of his life mistreating the first Christians, Jesus caused his compatriot Ananias to open his eyes as easily as the Angel Raphael had opened the eyes of Tobit's father with the liver of a fish. Whenever one door closes, another one opens; every cloud has a silver lining. Let me tell thee of a great evil that began with the birth of Jesus and was fulfilled with the good that came from the Cross."

Sister Maria paused in her writing to listen to the Virgin's lesson:

"After the birth of Jesus, the Three Wise Men foretold His coming because of a bright star. They followed the star toward Bethlehem where they had an audience with King Herod. The Angel of the Lord had warned the Three Wise Men that King Herod intended to kill the Infant Jesus. When the time came for them to return home from Bethlehem, they chose different routes in order to avoid seeing him.

The night after their departure, Saint Joseph was asleep. Suddenly, in his dreams, he heard the voice of the same angel saying:

'Rise quickly, Joseph. Take thy wife and Child and flee to Egypt. Herod intends to do the Infant harm. Such a great cry of anguish will be heard throughout the region as has not been heard since the Angel of Death cut down the firstborn children of Egypt at the time of Moses. These innocent children will be the first martyrs for the love of Jesus'.

Saint Joseph awoke in the dark and he harnessed his donkey, loading it with supplies to sustain them in their flight. That very night, King Herod ordered a great massacre of all the children under the age of two years. Even as their children were being slain, so too were the hearts of the afflicted mothers cut in twain. The Holy Family fled in the shadows on that sad night. After having walked all night long, they stopped to rest in the shade of a date tree close to a half-dried cistern. Soon a small family took refuge by them to rest also.

The family that had arrived, consisted of a thief, his wife and a baby thief. The baby was named Dismas. While the families were resting, the little thief Dismas felt a certain attraction for the Child Jesus. Both babies smiled at each other and soon they began to play together. That same evening, the other mother and I decided to bathe the children. Since there was not much water in the cistern, we bathed the Child Jesus and the baby thief in the same water. Joyfully the Baby Jesus splashed bath water over the head of the little thief, Dismas.

Thus, the baby thief Dismas was baptized with the holy water of the Lord. Although he had been a sinner all of his like, that baptism with the Lord's water, served him well all of his life and when he was finally crucified at the side of Jesus, he had the grace of repentance and he was able to confess his misdeeds before dying. Dismas asked Him, *Lord, remember me when you come into your Kingdom*'. Thus, the crucified Jesus was able to promise him: *'This very evening you will be with me in Paradise'*.

Yes, there are a lot of good things that can be put to a bad use, and there are also a lot bad things that can be put to a good use," the Virgin concluded. "The Jumano Indian have a bad herb called *Jimson weed*' that is very poisonous. Sometimes however, the Indian folk healers dissolve it in water and use it to cure rheumatism for the sick."

"The Mother has great wisdom," Sister Maria said to herself. Then, on her parchment her wrote down the following: "Man can cure but only God can heal."

Chapter XC
Los Hermanos Penitentes
Write a Song of Praise for Sister María

"MOTHER," SISTER MARIA said to the Virgin, as she paused from writing *The Mystical City of God*, "I have known some very unique people in the New World who have lived among the Indians. They are Hispanic mystics who get together to pray in their chapter houses. I do not understand their religious practices, especially, their penitential rites during the holy time of Lent."

"Oh daughter!" the Virgin exclaimed, "Surely, thou speakest of the Fraternity of the Penitent Brothers of the Passion and Death of Our Lord Jesus Christ. They belong to a cult that was formed here in Europe when we were first touched by the pestilence called *'the Black Bubonic Plague'* that came from the Orient in 1347. These flagellants incorporated the flagellum into their prayers just as others did, like St. Anthony Abbot, St. Jerome, St. Benedict. St. Bernard, St. Damian, St. Francis and St. Ignatius of Loyola. They pray for the salvation of the world.

"But, how did they get to that part of the world, Mother?" Sister Maria asked her.

"Christopher Columbus was an *Hermano Penitente* just like many of his compatriots in Spain, Portugal, Italy and Germany. When the conquistadors set sail for the New World, Don Juan de Oñate led an expedition that ended up in the Pueblo of San Juan. The first thing that the army troops did on Good Friday of 1598, was to shed their shirts and whip themselves on the shoulders with their flagella in gratitude for a safe arrival. They left the earth bepurpled there with their blood. They were the first flagellators in the New World. They are very devoted to the Passion of my Son, and they try to imitate his sufferings when He was bound to the pillar."

"Yes Mother," said Sister Maria. Many deepened their knowledge of the Passion of the Lord."

"Because of this, my Son will crown thee one day, daughter," said the Virgin. "And the Penitent Brothers will honor thee with a hymn that will recall your memory: 'María Ágreda de Jesús; María, of great magnanimity, Mystical City of light, blessed be your purity. María, Mother of Jesus, City princess with surety, the angels give your light, blessed be your purity. You are the mother of Jesus, and so great your beauty be. The angels shed their light upon you; blessed be your purity. The angels and the cherubim with garlands, your brow have crowned thee. They bow most humbly at your feet; blessed be your purity. Ágreda de Jesús you are the center of all nobility. Among every single woman, blessed me your purity. City to which God has come, you hold in noble humility. Hearken then to your praises; blessed be your purity.

Mother, Ágreda de Jesús, you were in noble majesty, all of the mysteries of light; blessed be your purity. By the thirty-seven words of council, of such great moral immensity, which you were given by Saint Teresa; blessed be your purity. By God himself you were chosen, to have your brow thus crowned for thee. Mother Ágreda of my life; blessed be your purity. Ágreda de Jesús, whosoever to your comely singularity joins in singing with the saints; blessed by your purity. All the seraphs sing of your magnanimity and adored by all the cherubs; blessed be your purity.

Ágreda, by God you've been granted to bear from him the

prophecy. Mother, thus you shall fulfill it; blessed be your purity. You're the mother of all goodness; All the world confesses your bounty, so for Jesus' sake, have mercy; blessed be your purity. God has given you his creatures, that you hold with such security. We thus beg you, virgin purest; blessed be your purity. The Eternal Father in Mary gave the Messiah with such certainty by making the Word, Flesh in your beauty; blessed be your purity. Mother Ágreda, we implore you by your heart and spontaneity, that you take us with you to Heaven; blessed be your purity. The Eternal Father and his Son hold for you Heaven's nobility, filled with virtue and with portents; blessed be your purity'."

Sister Maria shed tears upon hearing that hymn. She exclaimed: Lord, I am not worthy!"

Chapter XIA
The Corporal and Spiritual Works
Hold a Complete Catechism

"I'M FRIGHTENED, MOTHER!, Sister Maria exclaimed, not daring to raise her eyes to the Virgin Mary. I am not worthy of deserving the divine graces and promises of my Lord. How may I fulfill all that God expects of me?"

"My Son; the Lord, does not ask anything from thee without giving thee the strength to fulfill it," the Virgin answered her. "Thou wilt have to fortify thyself as did Saint Scholastica and be bold in the Lord. Prayer is always good, but thou wilt have to combine it with corporal and spiritual works of mercy."

"Be bold in the Lord," Sister Maria said to herself, reflecting on the words of the Virgin. "This requires that I focus on doing works of charity in life. The Corporal Works of Mercy are seven: Feed the hungry. This means that we should provide for the needs of our neighbor and give him his daily bread. We must give drink to the thirsty just as Jesus on the Cross asked that we satiate his thirst. We should clothe the naked. Saint Luke tells us: 'He who hath two vestments ought to share with the one who hath none'. We saw that Saint Martin of Tours shared half of his cloak with a beggar who was none other than the Lord.

We need to shelter the homeless just as some took in when Saint

Joseph and Mary when thy time came to give birth. We should visit the ill, following the example of the Good Samaritan. We ought to visit those in jail much as the angel did when he visited Saint Peter in chains. We have to bury the dead as John and Nicodemus descended the Lord from the Cross and put him in a sepulcher with dignity.

Clearly Saint Matthew the Evangelist says that the king will say: 'I assure thee, that whatsoever thou didst to the least of my brothers, that thou didst unto me as well for I was hungry and thou gave me to eat, thirsty and thou gave me to drink, a stranger and thou took me in, naked and thou didst clothe me, ill and thou didst visit me, in jail and thou didst go see me'."

"Thou knowest the Corporal Works of Mercy and what they contain well," the Virgin Mary replied. Now tell me how thou understandeth the Spiritual Works of Mercy, my daughter."

"The first work asks us to admonish the ignorant. We should do so without judging, condemning or diminishing his self-concept. The second work is similar to the first one: Counsel the one who needs it. The Letter of Saint James urges us to be watchful and ready to hear but to be cautious and slow in how we speak and to avoid anger, for wrath doth not match the good of God. We should treat our neighbor as our brother. The third work asks us to correct him who is in error. We need to avoid blame. The Lord asks that if our brother sins against us, we need to point out his fault in private, without witnesses. Is that right, Mother?"

"Yes, my daughter," the Virgin answered her. "Always remember that every advice must be given with unfailing love, for God is love eternal and all human beings are made in His image. This new wisdom comes from Him."

"Forgive all insults because we are all sinners. Counsel the sad and destitute because a few words of encouragement bring a lot of hope. Bear with patience everyone's imperfections and do not attempt to remove the thorn from your brother's eye without first removing the beam from your own. Finally, we need to pray to God for the living and the dead because at one time or another we all are and were temples of the Holy Spirit. Treat all cemeteries with respect and dignity."

Chapter XIB
The Virgin Dispels Sister Maria's Doubts

"AM I READY, Mother?" Sister Maria asked the Virgin Mary, still doubtful about her ability to be a proper Mother Abbess.

The Virgin smiled, thinking about this novice who was going to advance so much in the service of God. "Remember daughter," she began by saying, "that when Jerome of Gratian was going to be the first Provincial of the Order of the Discalced Carmelites, he never suspected that one day, when he became her Spiritual Director, he would count Theresa of Avila among his flock. In similar fashion, thou wert chosen from the beginning of thy life to clarify my life to both believers and non-believers alike.

Ever since thou wert born on the second day of April of 1602, thy mother Catherine knew that thou wouldst be a 'special blessing' to her, being that thy birth had caused her only the slightest discomfort. At the age of four, it became apparent that thou couldst hear heavenly voices and that thou wouldst play with unseen companions. Thy parents didn't understand thy divine madness and they would discipline thee rigorously, causing thee to feel hurt and rejected by everybody. The angelic voices were thine only friends. When thou attainest the age of eight, thou proclaimest thy vow of chastity and a desire to join a convent.

I remember well that at the age of eighteen years, thou wert praying in the chapel when suddenly thy face turned as pale as the plaster on the wall, and thou fellest in a stupor. A beggar who was watching thee from the entrance of the church, perceived that an intense blue light embraced thee with splendor and thy unconscious body was lifted into the air in a trance for several minutes. Four years thereafter, thou receivest the tonsure in Saint Anne's Convent in the village of Tarazona. Thy parents converted their ancestral castle into a convent dedicated to the Immaculate Conception and moved thee there.

Thou receivest the bluish and gray-brown habit of the Franciscan Order. Thou boundest thy waist with the cincture of three knots which emphasizes the virtues of poverty, chastity and obedience. Thou placest the rosary of the Franciscan crown upon thy brow which symbolizeth my presence within it. Despite the fact that thou comest from a lineage of Jewish converts and that thou wert persecuted by the Inquisition, thou havest not lost thy courage.

Thy mystical abilities have won for thee, not the admiration but rather the derision of thy sisters. The demons interrupt thy dreams, but thy focus be always to carry the word of God to the Native souls in the New World so that none may be lost through their lack of knowledge of the Father who sacrificed his Son for them also.

Hundreds of times thou hast visited the bronze-skinned Natives in New Spain, while at the same time, being possessed by a spiritual rapture in thy cell. How well hast thou described the wilderness where thou speakest to the Indians in their own languages, instructing them in the basics of the Faith. Gratefully, have they received from thy hands, the holy rosary and they have learned to pray it with devotion. With the sign of the Holy Cross thou hast healed their illnesses and thou hast won many converts among them. Thou hast encouraged the Franciscan Friars to build more missions for the adoration of God and joyfully would thou have given thine own soul for the salvation of one of their own.

Thine own Mother Superior hath contacted Brother Anthony de Villacre, who is the Provincial from Burgos, to give thee an ecclesiastical examination. The good Provincial thereby determined and publicized his conclusion that thou art neither silly nor mad but rather that thou breathest true sanctity with every word and deed. Now thine own sisters here at the convent honor thee and they have chosen to name thee, Mother María de Jesús de Ágreda."

Sister Maria bowed her head, submitting herself to the words of the Virgin.

Chapter XIC
King Philip IV Confesses His Sins

DESPITE EVERYTHING THAT Sister Maria had written about her mystic contacts in New Spain, the Holy Office of Inquisition still held her to be among the unhappy souls who claimed that they possessed a mystic interior illumination. As one of these said *"Enlightened Ones"* owing to her unknown and hidden knowledge of the Faith, she posed a great threat to the entire Magisterium. *The Enlightened Ones* challenged the authority of priests and ecclesiastics similar to the way in which Jesus had challenged the authority of the Pharisees in the temple and of the Sadducees who didn't believe in the resurrection of the body and life everlasting of the soul.

There were some in Spain who considered *The Enlightened Ones* to be a little less than Jews, Moors and Protestants as enemies of the Holy Office. Like them, they were in danger of being burnt alive at the stake in Seville in 1630 and in Toledo in 1640. Sister María de Jesús de Ágreda was aware of the fact that many of her suspicions as an Enlightened One were the result of the investigations that the Holy Office had made regarding her Judaic origins. Despite the suspicions that The Inquisition had spread about her, Pope Urban VIII had given permission for her to be elevated to the position of Mother Abbess at twenty-five although some considered her too young.

Meanwhile, King Philip IV continued to court Sister Maria's friendship but at the same time he wanted to continue his adulterous life with various women from the court. All told, he had sired over two dozen illegitimate children and Sister Maria, as his counselor, had to speak to him frankly about his atrocities for his own good as they might tear his kingdom in New Spain apart.

She sent him to ponder his mortality and his misdeeds in the Pantheon of El Escorial. This site was a combined royal fort, a monastery and a repository where the bones of Spanish royalty lay. *"Un escorial"* had a double meaning of being a place where metals such as gold and silver were separated from an exhausted mine and it also stood for the place where the skin was excoriated from the body leaving it flayed. In a small room where only the monks could enter, they waited for the flesh to fall away from the human bones after fifty years before they were placed in an urn. It was called *"the putreficator."* In a crypt that would one day be his own sepulcher, the King thought about his sins. Philip IV really needed to go to confession and be cleansed of his sins.

He knelt in a small crypt and he began to pray: "Through my fault, through my fault, through my most grievous fault; therefore I beseech Blessed Mary Ever-Virgin, all the angels and saints and thee my brothers, to pray for me to the Lord, our God. Jesus my Lord, true God and true Man, Creator and Redeemer, because thou art whom thou art and because I love thee above all things, I am wholeheartedly sorry for having offended thee and I propose never to sin again, to separate myself from the near-occasion of sin, to confess and to fulfill the penance thou givest me.

I offer Lord, my life, prayers, works, labors, thoughts, joys and suffering in remission for my sins; and even as I beg of thee, I trust in thy divine goodness and infinite mercy that thou wilt forgive me by the merits of thy most precious blood, passion and death, and that thou wilt give me the grace to atone and persevere in thy holy grace until the end of my life, Amen."

While King Philip prayed, Sister Maria felt rather despondent about her future as Mother Abbess of the Convent of the Immaculate Conception of Mary. There was still so much to do among the Indians in order to win their souls to God and her time was already very limited.

Chapter XIIA
The Virgin Carifies
la Life of Sister Luisa de Colmenares

"DOST THOU REMEMBER, daughter," the Virgin asked Sister Maria one night as she was dictating her autobiography to her, "that at one time the Indians of the New World had informed Fr. Benavides that they had thought that the nun, Sister Luisa Colmenares and thou, had been one and the same nun? The Franciscan friars had shown them a picture and they answered that the only difference between both was that Sister Luisa was old and that thou hadst smooth skin."

"I remember, Mother," Sister Maria said in reply. "What ever happened to her?"

"She has passed on to a better life," the Virgin answered her. "In 1609 she became the Mother Abbess of the Convent of Saint Claire in Carrion. For a few years, she fasted daily for the salvation of the world, consuming only the Holy Eucharist. But a few of her envious colleague nuns, led by the aristocratic ladies, Doña Inés Manrique de Lara and Doña Jerónima de Osorio, had caused them to doubt that Sister Luisa was capable of living without eating for so many weeks only through the help of Divine Intercession. Thus, her sisters accused Sister Luisa de Colmenares of secretly eating in order to deceive them all with her false penitence. Therefore, they promulgated their accusations before the Holy Office itself.

"Help me see clearly, Mother," Sister Maria asked of the Virgin. "Why did they envy Sister Luisa Colmenares so much?"

"Sister Luisa Colmenares," began the Virgin, "was very pious as much in deed as in prayer. She possessed an unequaled understanding of her faith at a time when there were very few illustrious women. The Inquisition always suspected these ladies of being servants of the Devil because they threatened the dogmatic order which only men were supposed to understand. By her teachings and by her way of living, Sister Luisa proclaimed that I, the Virgin, had been born without stain of Original Sin; that thou knowest as 'the Immaculate Conception'. Such a challenge could not be tolerated; How could a nun praise me unreservedly, since truly educated men considered all of the female gender inferior to them?

The nuns in her own convent opted to see Sister Luisa's piety and deep faith as a fraud, because if she were to advance my cause of The Immaculate Conception, she would have cast doubt on what the wisest men had not been able to determine among themselves for centuries. Sister Luisa stood firm on the point that I had been free of sin since before my conception. If they found this to be true, it would raise the status of a woman, though she might be the Mother of Jesus, as a model of human perfection. The priestly cohort, traditionally male, considered such a proclamation by Sister Luisa Colmenares, ridiculous and unacceptable.

The men of The Inquisition wanted to test her testimony. She explained to them that she had been born Luisa Colmenares Cabezón, in Madrid on May of 1565. Her parents, Don Juan Ruiz de Colmenares and Doña Gerónima de Solís, lived in Carrion de los Condes but they had moved to Madrid. It was a noble and honored family. Luisa's father had been raised in the King's court and her mother, already had three daughters from a previous marriage. When she was widowed from her first husband; Cristóbal de Urbina, Gerónima married Don Juan Ruiz, with whom she had three more daughters; among them, Luisa. After spending a few years in Madrid, her family returned to Carrion. Three years thereafter, on the tenth of May 1584, Luis professed her vows at the Convent of Saint Claire in Carrion. The wild executioners did everything possible to see to it that Sister Luisa renounced her declaration of my Immaculate Conception, but she stood firm in her faith and finally the Holy Office had to declare her innocence of the false charges from the ladies and the nuns. Death came for her before she could hear of the restitution of her honor."

Chapter XIIB
Sister Luisa Defends
the Dogma of Immaculateness

SISTER LUISA COLMENARES de Carrion passed away on October 28, 1636. The idea of *"immaculateness"* was a dangerous concept for the Church even though Sister Luisa used to receive friendly and laudable letters from both Popes Urban VIII and Gregory XV. Only the Order of Franciscan friars used to promote *"immaculateness"* if not as a dogma, then as a doctrine, since the Eighth Century. Some in the early Church based this concept on a story in the *Protevangelium* by the Apostle James. Later, the Italian Bishop Jacobus de Voragine told the same tale in his book *"The Golden Legend"* of the Thirteenth Century.

His narrative, called *"The Chaste Kiss"* told the story of the elderly Saint Joachim and Saint Anne, who could not have any children. Although they had prayed to have a daughter, they never had one. Then, when they were most desperate, the angel of the Lord visited Saint Joachim in the desert and promised him that he would have a daughter. At the same time, he visited Saint Anne at home, telling her the same thing. Filled with joy, both hastened to the city gate where they met. Overcome with rapture, they hugged each other, and Saint Joachim planted a chaste kiss on Saint Anne's cheek. At that instant, the Virgin Mary was conceived without Original Sin.

The Holy Office spent many years trying to figure out the events that led to the fraud of which Sister Luisa had been accused but finally in 1640, she was declared absolved. Her fame and her reputation were restored but the nuns were forbidden to venerate the dead Luisa as a saint.

Ready to sleep that night, Sister Maria curled in her cot thinking about The Immaculate Conception of the Virgin Mary. She was recalling a hymn that her mother used to sing to her:

"Hail, o hail," they sang unto Mary. "None be purer than thou; God alone, and in Heaven a voice kept repeating, None be purer than thou; God alone. With such torrents of light that surround thee, the archangels bow low at thy feet, and the stars crown thy brow radiating; God complacently nods from his seat."

When they call thee "most pure and most sinless," all the worlds on their knees, bending low, and thy spirit ecstatic encircles, so much faith, so much love so much glow. Blessed be the great Lord who from nothing, formed thy soul pure and stainless to be, as a mountain brings forth a rare diamond, and its pearls then are born in the sea.

To behold thee between life and none-being, thine own body exclaimed without scorn: "From the womb thou'll be born pure and sinless. From this being I choose to be born." From the clouds, blooms of flowers are falling, as they honor the Virgin most pure, and the Heavens her majesty extolling, and all men as their Mother for sure. She begs virtue instead of green laurels, hearts for temples and altars she claims. With the light of her eyes, souls she's craving, who aspire her love to proclaim."

Sister Luisa had founded a confraternity known as the Defenders of the Most Immaculate Conception of the Virgin that had over eighty thousand members. She used to encourage them all to chastise their bodies with mortifications, prayers and penance in atonement for their sins and the afflictions they deserved for them. The

Inquisition had tried to erase her teachings because they believed that by her teachings, Sister Luisa was trying to raise a woman to a higher status than that of learnèd men as an example of virtue and excellence. She was a threat to their ambitions. Sister Maria fell asleep, praying. She didn't know that the world would have to wait two centuries more before a future Pope would make a declaration about the dogma of faith and it would accept the Immaculate Conception of the Virgin without any doubt. Neither did she know that her own efforts would go far to promote and advance this concept.

Chapter XIIC
The Virgin Foretells
the Pueblo Rebellion of 1680

IT WAS STILL midnight when Sister Maria started whispering between her teeth. A few dear words had escaped from her lips: "Mother of Sorrows, remember that on the cross, Jesus named you as the Mother of all sinners." She awoke alone, looking at a resplendent light that came into being in a corner of her cell. The Virgin Mary spoke to her from there:

"I am the mother of all who have no mother," the Virgin said unto her. "That is the reason that I want for you to make another appearance in New Spain and that you promote me more than ever there among the Indians. I want them to know that they are not orphans. I've have never abandoned them and I want them to know that I will always be with them. I am the mother of all the children of God, my heart is pierced whenever I see my children fighting and killing one another. A mother's deepest sorrow is to see her children dying because of spats and misunderstandings. They must learn to communicate by means of prayer."

"What art thou saying, Mother?" Sister Maria asked her, surprised at seeing and hearing her suddenly.

"I know that thou art preoccupied because of my immaculate conception, daughter. But all that thou canst do in life is to sow the seeds of a good deed and, if it be the will of God, the seeds will fall on good soil and take root. The dogma of The Immaculate Conception will be declared as an infallible doctrine in two hundred years.

But now I must tell thee another thing: fifteen years after thine own death in 1665, a major, sad event will take place in the territory called New Mexico. The Indians are going to revolt again the Spaniards and the faith will suffer very much because of this. In their eagerness to advance their religion in the New World, the Spaniards shall destroy many of the customs and traditions of the Indigents. They will demolish their kivas and destroy their beliefs.

The wrath of the Indians shall be so great that they will bathe in the streams in order to erase

their Christian baptisms with water. They will begin with the profanation of the churches, destroying the sacred images, stomping on and mocking the Holy Eucharist. They will exile the Spaniards from their land. Twenty one out of thirty-three Franciscan friars will be martyred at the very gates of the pueblo and no stone will be left upon stone in the convents and churches as they vent their wrath in hatred of the Spanish Nation."

"When will this abomination take place, Mother?" Sister Maria asked her.

"This disaster will take place in 1680, my daughter, the Virgin replied. "For this reason, it is necessary that you return there as soon as possible."

"Will brotherhood and harmony be restituted among them, Mother?" Sister Maria asked her.

"The uneasy interlude will last twelve years, my child," answered the Virgin. "Then the Spaniards will return in procession, suing for peace, following a statue that they will carry, made in my image. She will be called 'The Lady of the Conquest'."

"Wilt thou return to conquer the Indians, Mother?" Sister Maria asked her.

"No, my daughter; I shall return to conquer the hearts of all my children," the Virgin replied. "I shall visit them as 'The Lady of Peace'. I shall cover them all with my mantle and I shall bless them with the Holy Spirit. But now, rise, daughter. I am sending thou on a mission. Teach them this prayer: 'O Mary, Mother Mary, O great comfort of mortals, watch over me and guide me to the celestial place. With Mary's angel, celebrate her greatness, transported with full joy, her fine nature publicizes. Hail O jubilee of Heaven of the great, sweet magnet, hail, enchantress of this floor; so triumphant over Satan'." At that moment, Sister Maria felt herself rise through the air.

Chapter XIIIA
Sister Maria Learns the Difference between Human Time and Divine Time

WITH THE WIND blowing softly in her ear, Sister Maria was flying toward the New World. What was fascinating to her though was not so much the speed with which the angels were carrying her, but rather, the changing landscape passing underneath her. She could perceive big Pueblo Indian-style buildings but much more elegant and with patios, filled with flowers and with Spanish-style wrought iron gratings on the windows. In one of the patios, a fountain of crystal-clear water gurgled. In the meantime, the voice of the Virgin spoke to her sweetly telling her: "What thou seest now are things that do not exist as of yet; thou art looking into the future. Thou art flying through space and across time.

"How can it be, Mother," Sister Maria asked her, "that I may see what had not yet transpired? -No one can foresee the future."

"For God, time is not limited," the Virgin replied. "The Greeks used to call human time 'cronos' but God's time, they called 'kairos'. Cronos time has a past, a present and a future but *kairos*, that is to say, divine time, always exists in the present or, as Holy Writ tells us, 'as it was in the beginning, is now and ever shall be forever'. God lives in the eternal now. He is not evolving as humans do."

"Wherefore dost thou want for me to see these things, Mother?" Sister Maria asked her.

"These things are not important, my daughter," the Virgin told her. "I've had you transported hither that thou mayest behold those who will one day be thy spiritual children. They will be those who shall guide the souls in this site."

While Sister Maria was pondering the future, she could distinguish a missionary nun who wore the habit of the Sisters of Charity. The nun was working and praying at the same time. "Who is that young lady who is so dedicated to the service of the poor, the sick and the immigrants, Mother?" Sister Maria asked her.

"She will be named Rosa Maria Segale. She will be born in a small mountain village two hundred years from now, in 1850, in the village of Cicagna, in Genoa. Her parents will be Francesco and Giovanna Malatesta who will have roots in the Valley of Fontanabuona. Later on, at the age of four, Rosa will emigrate with her family to the United States of America. At the age of sixteen she will consecrate her virginity in the service of God and when she doth receive the habit, she will take on the name of Sister Blandina, in memory of the martyr Saint Blandina who perished in 177 A. D. during the time of the Romans.

On the 27 of November 1872, at the age of twenty-two, the Order will send her to teach school to the children of Steubenville and Dayton in Ohio before sending her to Trinidad, Colorado, where thou seest her now. She will be needed there to aid the Sisters of Charity in establishing a mission church.

This shall be the only site named for the Three Divine Persons in one God, known as the Father, the Son and the Holy Spirit of the Most Holy Trinity. There, she shall meet her older sister, Maria Maddalena, who will also take the veil, following her younger sister's example. When she hath fulfilled her novitiate and professed her vows, Maria Maddalena shall take on the name of Sister Juana.

Sister Blandina shall fight against all the injustices that the Spaniards will commit against the indigent Indians and she will always come to the aid of their civil rights. Whenever she thinkest of them she shall say: "Bless their wild hearts; how they have felt full of rancor and anger at being treated so inhumanely!"

Chapter XIIIB
The Children of the Blue Nun
Start to Emerge

"WHY DOST THOU call the people similar to Sister Blandina my 'spiritual children', Mother?" Sister Maria asked the Virgin.

"It is because without thine example, very few lady missionaries would have dared to challenge this most inhospitable land. What thou hast written in thy parchments has given confidence and courage to various religious ladies to take dangerous journeys in defense of the faith. And just as Saint Theresa of Avila encouraged Saint John of the Cross to follow her example, thus too did several priests, deacons, friars and nuns fill this wilderness by their example, following the example of lady missionaries because woman is the conscience of man."

Sister Maria turned her eyes toward far off Trinidad to gaze at Sister Blandina again. She perceived her already fat away, walking on dusty trails in unknown lands, without fear; accompanied by the courage that surges from the souls of people who follow and do the will of God.

"Whither dost Sister Blandina go in such a hurry, Mother? She asked the Virgin.

"Thou shalt see that she is making tracks toward the railroad, to take the train to Santa Fe," the Virgin said to her. "The date is

December of 1873 and Sister Blandina has received a letter from Mother Superior, asking her to go to Santa Fe in New Mexico in order that she may help her establish an Order of the Sisters of Charity more firmly there. She will have to found Catholic schools, orphanages, hospitals and look after the Indians and Spaniards.

"Those are mandates that are expected any missionary to follow, Mother," Sister Maria commented. "Besides having a lot of energy, what other attributes does she possess?"

"She hath much love for all human beings without regard for whom they may be, since for her, they are all children of God. Holy Writ very clearly reminds everyone that God send the rain down on Earth where its dew refreshingly falls on the unjust as it doth on the just. Sister Blandina brings to this territory a message of mercy and not of condemnation. She likes to visit those little corners that lie far from villages. She visits those without hope where men labor, building railroads after the American Civil War and she speaks to them of the love of God. In Santa Fe she will raise funds in order to build Saint Vincent's hospital. Her mercy shall reach those who are the most separated from the love of God."

"Who are those who are 'most separated from the love of God', Mother?" Sister Maria asked.

"They are people like the hungry, bandits, those fleeing from human justice, and prisoners who have been convicted without due process of law. Sister Blandina shall win the friendship and grati-tude of an unfortunate young man known everywhere as Billy the Kid. He killed a man who had mistreated his mother. In her letters, Sister Blandina will describe him thus: 'he has bluish-gray eyes, a rosy complexion and to me he seems to be no more than seventeen years old His immature innocence shows a firmness of purpose that could easily be impelled towards good as much as toward evil'; bless his heart."

When Sister Blandina learned that a violent death had taken his life, she prayed a prayer for the repose of his soul: 'Lord God who didst bequeath to us the sign of thy passion and death; the burial cloth in which thy most holy body was wrapped when thou wert descended from the cross by Joseph, grant to us O Lord, O most merciful Savior that by thy death and holy sepulcher, thou mayst take the soul of the late Billy the Kid to a place of rest and refreshment to rest at the glory of thy Resurrection where thou Lord livest and reignest together with God the Father, in unity with the Holy Spirit, one God forever and ever, amen'."

Sister Blandina began to understand why her followers were called 'children of the blue nun'.

Chapter XIIIC
Sister Blandina Follows
in the Steps of the Blue Nun

"**IS IT POSSIBLE** to say, Mother," Sister Maria asked the Virgin, "that Sister Blandina introduced the Catholic faith to the American frontier?"

"Yes, clearly, my daughter," the Virgin replied. "At first, she emigrated to the United States with her family when she was barely four years old and later, when she reached the age of reason, she joined the Sisters of Charity founded by Sister Elizabeth Seton. From thence in Cincinnati, where she had begun, her Order sent her to Trinidad, Colorado and finally, she went to continue her works of charity in Albuquerque, New Mexico."

"And afterwards, Mother," Sister Maria continued, "why did Sister Blandina return to Cincinnati for the second time in 1894? Didn't she have enough to do in Trinidad?"

"There was still more for her to do in Cincinnati, my daughter," the Virgin told her. "Sister Blandina was very tenacious and brave, with no fear of hard work. She was the ideal missionary who could defend the rights of poor immigrants and of those without hope. She had a special fondness for social justice. When she returned to Cincinnati, she founded the Santa Maria Institute in 1897 filling the needs of her poor and marginalized until 1933. And as if that were not enough, she returned once again to Albuquerque and served there for two years more between 1900 and 1902 where he started building St. Joseph's Hospital."

"At times it seems to me that Sister Blandina did more flying than I do, Mother," Sister Maria told the Virgin, jokingly.

"Thou flyest on the hands of angels, my daughter," the Virgin smiled. "She flies by means of her quick feet, by means of trains that crisscross the various points on the frontier and by her sheer determination. Prayer without actions is empty."

"How is prayer turned into action, Mother?" Sister Maria asked her now.

"It bursts forth from the joy that comes from living in God, my daughter," continued the Virgin. "Human humility bestows God's clemency on all of the blessings of daily life."

"While Sister Maria was listening, she heard Sister Blandina singing a hymn of praise to God from far-off Cincinnati: "Holy, Holy, Holy be God verily, three-in-one together; equal unity. Father ever holy, in Heaven above, be thou moved to mercy; show us clemency. Only Son begotten, come to save mankind, be thou moved to mercy; show us clemency. Come thou, Holy Spirit, equal to the rest, be thou moved to mercy; show us clemency. Trinity most holy, hidden as One God, be thou moved to mercy; show us clemency."

"Mother, when shall Sister Blandina pass away?" Sister Maria asked her.

"She shall die on the twenty third day of February 1941, exactly one month before her ninety first birthday, daughter," the Virgin said. "When she was in Cincinnati, a friend of hers gave her five dollars to launch a mission that might aide the poor. Despite her great determination however, her health began to wane slowly but surely until Sister Blandina herself said 'sta compiuto'; 'it is done, and she surrendered her soul to God."

Sister Maria was pondering the words of the Virgin when she

noticed that little by little the angels had been flying her to the north of Denver City, to a wilderness among the rocks and hills.

"Whither are we flying, Mother?" Sister María asked her, somewhat taken aback.

"I am having thee taken to a site where another of thine Italian children shall come to honor the Sacred Heart of Jesus," the Virgin answered Sister Maria.

"How shall my second Italian daughter be called, Mother?" Sister María asked her.

"The world shall know her as 'Mother Frances Xavier Cabrini'," the Virgin said.

Chapter XIVA
Sister Francis Xavier Arrives in Colorado

STILL LOOKING TOWARD the round hills and the pointy rocks, Sister Maria was able to make out a small group of nuns working the land. In vain were they trying to move the natural obstacles so as to start building their convent. The poor nuns though, were not very strong and their throats were parched with thirst. "Mother," they called out to Sister Frances Xavier, "for the love of God, please help us find water for we do not wish to die of thirst in this lonely place."

"The very Jesus Christ himself died of thirst on the Cross," she replied. "Art thou better than Christ?" Embarrassed and humiliated by their lack of faith, they stopped moaning. Taking the cane upon which she leaned, at hand, Sister Frances went on: "Men have never been to do miracles only by willing it. None even Moses was able to draw water from a rock in order to satiate the thirst of the children of Israel. Only God can do so by sheer will.

Then Sister Frances raised her voice and she exclaimed: "Be it done for the love of God," and she struck a mighty blow on the rock by her side. Immediately a spring of fresh water gushed forth from it. The novices opened their eyes in astonishment upon seeing the water flowing in that arid wilderness. They knelt down and they filled their hands with the crystalline water so as to drink.

"For decades thereafter," said the Virgin, "the water will continue to flow that it may refresh the many pilgrims that shall come to visit this sacred site."

Sister Maria realized that for that moment on, the lips of the nuns had begun to fall silent as they all placed their trust in the humble Italian servant of God.

"How could Sister Frances have brought about that flow of water from the rock, Mother?" Sister Maria asked the Virgin.

"Jesus proclaimed that if anyone has a bit of faith the size of a mustard seed, he could command a mountain to become uprooted and cast itself into the sea, and it would do it. Sister Frances has a great faith based on a total obedience to God.

Mary Frances Cabrini will be born," continued the Virgin, "on July 15, 1850. She will be the youngest child of a poor family of farmers. Her parents, Agostino Cabrini and Stella Oldini had had thirteen children but only four of them survived. Mary Frances had always been a weak girl and after the death of her parents, she joined the congregation of the Daughters of the Sacred Heart of Jesus. For the rest of her life she safeguarded her great devotion to the Sacred Heart. When Mary Frances professed her vows in 1877, she added the name of 'Xavier' to her own, in honor of St. Francis Xavier who had been a great Jesuit missionary.

Just as St. Francis Xavier was a missionary in the Orient, Sister Frances chose to offer her own life in the service of Chinese and Japanese children, but when she presented her proposal to the Pope, he told her that he needed her more in the service of the United States of America, helping the multitude of Italian immigrants who were trying to make a better life for themselves. Since she had promised obedience to the Pope, Sister Frances Cabrini came hither."

Still gazing at her, Sister Maria noticed that Sister Frances and her nuns had carried armloads of white quartz rock to the top of a high hill. Kneeling there, Sister Frances took the quartz rocks in her own hands and arranged them in the shape of the Sacred Heart of Jesus. As she was doing this, her nuns started praying the rosary of the Sacred Heart: 'Most sweet heart of Jesus, be thou my love. Most sweet heart of Mary, be thou my salvation'.

When she completed forming the shape of the stone heart, Sister Frances said: 'Jesus, Joseph and Mary I give thee my heart and soul. Jesus, Joseph, and Mary, help me in my final moments. Jesus, Joseph, and Mary, may my soul find rest and peace with thee, amen'."

Chapter XIVB
The Tomassini Brothers
Followed the Example of Mother Frances

"WHEN I WAS a child, Mother," Sister Maria commented to the Virgin one night when she was writing *The Mystical City of God*, "my lady mother told me that in France, a young nun named Marguerite Marie Alacoque, had had a revelation of the Sacred Heart of Jesus. Christ had showed her his open heart full of the great love that he had for all of his children and he asked that she might propagate his devotion to all his devotees in all parts of the world. Saint Marguerite wrote the twelve promises of the Sacred Heart for whosoever venerated it and she took on the name of Marguerite Marie of the Visitation.

The twelve promises of Jesus included that he would grant his devotees the necessary graces to advance in their state of being, that he would being peace into their families, that he would comfort them in all their sorrows, that he would be their true help in life in above all, in death. To this, he added that he would sow plenty of blessings on all their endeavors, that sinners would find in his Heart, a font and sea of infinite mercy, and that he would set their lukewarm hearts ablaze and that fervent souls would rise steadily to a state of perfection.

Beside this, Jesus promised that he would thus bless the homes where the image of his Sacred Heart were to be exposed and honored, that he would grant priests the talent to move the hearts of the most hardened, that all who promoted this devotion would have their names written with indelible letters upon his Heart and that he would promise them, in the overwhelming mercy of his Heart, his all-powerful love and that he would concede to all who received communion for nine consecutive first Fridays, the grace of final repentance, that they should not die in sin and without receiving his Sacraments, and that his Divine Heart, in their final hour, would turn to their help.

Sister Frances, and the seven virgins who had professed religious vows with her, had founded the Congregation of the Religious Missionaries of the Sacred Heart of Jesus. Soon Sister Frances began to recruit many of the pious who might advance this devotion. Among them were two Italian brother priests, Fr. Pascual Tommasini and Fr. Francis Tommasini. They carried this holy practice throughout the whole San Luis Valley in Colorado, to the indigent pueblos and from there, to the Church of St. Phillip Neri in Albuquerque, New Mexico.

The nuns gathered unto them, orphans and abandoned children and they opened schools for them. Whenever they weren't teaching classes, their nimble fingers made fine embroideries that they sold for a few cents. In the first years, their congregation had built seven homes, one free school and a kindergarten. Pope Leo XIII recognized her efforts with gratitude.

Sister Maria looked on all of this from the heights while Sister Frances arranged the white quartz rocks they investigated what she was doing. They came in processions, singing the hymn that was appropriate to that site: "May the Sacred Heart of Jesus cover us with his mantle; may he give us his blessing, with the Holy Spirit."

The Virgin spoke to her softly saying: "Even as thou seest her here, one day thou wilt also recognize her as thine own sister in Heaven."

Sister Maria marveled at the fact that in the centuries after her own death, her spiritual children would create an earthly paradise in this hostile wilderness. Slowly but surely she began to see that the seeds that she would sow in life, would not have fallen upon fallow soil; they would take root and prosper.

Chapter XIVC
Sister María Comes to Understand
"the Divine Passive Tense"

THE VIRGIN WAS speaking to Sister Maria asking her: "Art thou still surprised that the visions that I am sharing with thee be hidden from other mortal eyes, daughter? God always keeps certain events hidden unto himself until he can prepare the hearts of men so as to receive and understand them. This action is called 'the divine passive tense' of the verb. God is the Word made flesh. They are things that may happen, but only if they be the will of God. Without taking anything away from Man's free will, God waits to give his consent before acting.

"I don't understand this very well, Mother," Sister Maria answered. "Can thou give me an example of how this happens in the world?"

"According to the Gospel of Saint Luke, in the days following the crucifixion of Jesus, two of his disciples, named Cleopas and Simeon, were walking toward a small village named Emmaus. As they were talking and discussing, Jesus came up to them and he began to walk with them; but, the eyes of the disciples were veiled and they did not recognize him."

"Dost thou mean to say, Mother," Sister Maria asked her, "that God did not let them see the truth of the Resurrection until they were made ready? That is how I understand it when thou sayest that 'their eyes were veiled'."

"Exactly, daughter," the Virgin told her. "Both had been his followers and they were even close relatives to Jesus on the side of his adoptive father Joseph, but, His moment had not yet come. His disciples were telling Jesus what they knew about all the events that they had heard dealing with the death and crucifixion, and what the pious women had found when they had visited his empty tomb after the third day.

When Jesus tried to continue walking along the road, Cleopas and Simeon begged him to spend the evening with them. Jesus agreed to it and he sat down at table with them, blessed the bread and broke it and then, says St. Luke-, 'their eyes were opened and they recognized him'."

"There is the divine passive form of the verb!" Sister Maria exclaimed, finally understanding it. "It is as thou sayest: 'They be events that may happen but, only if it be the will of God. Without taking anything away from Man's free will, God withholds his consent before acting'. He waits until we say: 'be it done to me according to His holy will'."

"That is the reason that thou art seeing events that will not happen yet for a few centuries, daughter," the Virgin replied. "Thy heart had to be prepared to receive the Word."

"What will happen to Sister Frances, Mother?" Sister Maria asked the Virgin.

"That dynamic little lady shall build sixty seven institutes in New York, in Chicago, in Seattle, in New Orleans, in Denver and in Golden, Colorado, not including the ones she will also found in Latin America, in Europe and later, after her death, in the Orient, just as she had first thought.

Whenever she reaches the age of sixty-seven years of age, she shall die of complications related to malaria near Christmas time, as she is preparing some candy for the local children. She shall be entombed in one of the orphanages that she founded but later, he body she be exhumed and divided among her devotees: her head shall be preserved in the chapel of her Congregation in Rome, her heart shall lie in Codogno where she was born, her arm shall lie in her shrine in Chicago and the rest of her body shall be kept in New York.

On the thirteenth of November 1938 she shall be beatified by Pope Pius XI and finally, she shall be canonized by Pope Pius XII, faithful to be obedience to the tense of the divine passive form of the Verb," said the Virgin.

Chapter XVA
Sister Maria Gets to Know a Wealthy Saint

"MY TWO SPIRITUAL daughters, Mother," Sister Maria sighed, "are both humble and poor. I believe that what the Bible says is true: that it is easier for a camel to pass through the eye of a needle than for a rich man to be saved because money is the root of all evil."

"Thou cannot take everything in the Bible literally, daughter," the Virgin answered her. "It is not human history as thou knowest it to be. The words of Jesus have hidden and deeper meanings. 'The eye of a needle' was the low and narrow door through which people entered a city. The other door was bigger and it was through there that the animals were brought in to be counted because their owners had to pay the tax on them. More important than taxable and non-taxable gates though, are the words of Jesus: 'I am the way, the truth, and the life.'

The other part of thine observation was not correct however, daughter. In no part does the Bible proclaim that 'money is the root of all evil'. What Holy Scripture does say is that 'the love of money is the root of all evil'. That is to say that whenever thou adorest money; whenever thou makest thy money into a god, that is what leads to perdition. Never worship money, but use it for the advancement of charitable works, daughter," she ended by saying.

"Has there ever been a case where a rich person has done the will of God, Mother?" Sister Maria asked her. "I believe that in this part of the world, surely that has never happened."

"Charity, daughter," the Virgin smiled, "takes many forms. We shall now have thee carried to Santa Fe, New Mexico to introduce thee to thy third daughter." Having said this, a host of wingèd cherubim came and flew with them to Santa Fe. "There thou seest thy third daughter," the Virgin said unto her, pointing down.

Sister Maria saw another nun but this one however, did not look anything like the other two Italian immigrants. She was gentle and aristocratic and she traipsed with dignity like a noble lady or at least like one of high society. The Virgin presented Mother Katharine Drexel to her.

"Katharine shall be the second of two daughters born to her parents Anthony Drexel and to his wife Hannah Langstroth. Mr. Drexel will be a banker who will have been widowed only five weeks after Katharine is born on November 26, 1858. He will be remarried to Emma Bouvier and from this union will be born Louisa, the third daughter. The Drexels shall be a very wealthy family, not only financially speaking but spiritually speaking as well. They shall set an example for their daughters of how to live, by doing works of corporal and spiritual mercy.

Every evening Katharine shall watch her dad on his knees, praying for half an hour and she shall take note of her stepmother opening the doors of the great house to the poor in order to feed them and dress them with decency. Modestly, by means of charitable visits, she shall help ladies who are too afraid to come to the house. Although her family will belong to the high society of her time, her riches will never affect Katharine's life adversely.

Young Katharine will begin to notice that not even money can alleviate suffering for someone one is chosen to suffer in this life. Little by little she will be imbued with love for God and for her fellow human beings. By slow degrees, she will begin to be concerned with the well-being of Blacks and of American Natives. When she travels across the Great American Southwest with her family in 1884, she will see for herself the deplorable condition in which the Indigents live and she will begin to foster the desire to help them. With this in mind, she will go see her confessor and spiritual director, Fr. James O'Connor of Philadelphia."

Chapter XVB
Mother Katharine Follows
the Footsteps of St. Joseph to New Mexico

KATHARINE DREXEL AND her two sisters came from a family that was both financially and spiritually well to do. Every evening they would watch their father meditating and praying on his knees for half an hour. Their mother would open the mansion up to the poor every week, giving them clothes, food and praying with them and offered them up as corporal and spiritual works of mercy. Fr. O'Connor was both confessor and Spiritual Director to Katharine. It was he who suggested that the three sisters visit the Holy Father on their journey to Europe.

When they were visiting Europe in 1887, the Holy Pontiff, Pope Leo XIII granted a private audience to the three sisters. They told the Pope that they needed missionaries for the missions that they were financing. The Pope suggested that Katharine herself might be a missionary. She decided to give her life and her inheritance in the service of God by way of his Indians and Blacks. In one of her diaries, Mother Katharine wrote: The Feast of Saint Joseph brought me the grace to give my life to the Indians and Blacks."

After her father had passed away, one of her first acts was to contribute money to the Mission of St. Francis in the Rosebud Reservation in South Dakota. It was then that she began her postulate with the Sisters of the Convent of Mercy in Pittsburgh in 1889.

Stemming from her age at thirty-three until she died, Mother Katharine dedicated her life and her fortune in fulfilling her promise. She opened the first boarding school and she named it: 'Saint Catherine's Boarding School' in Santa Fe, New Mexico. To the Indians, she was now the mother hen and they were little baby chicks. With her help, soon other schools opened up east of the Mississippi River for the education of the children of former slaves.

It was Archbishop Jean Baptist Lamy suggested to the nuns that they might use the services of French architects, Antoine Mouly and his son Projectus. They had done much of the work on his cathedral. They designed that the new chapel to be Gothic in nature, paralleling the *Sainte Chapelle* of Paris that housed the crown of thorn of Jesus. Unfortunately, Gothic buildings tend to be taller than they are long. When it was completed, it was found that any staircase to the choir loft would take up most of the space in the chapel. The Sisters of Loretto didn't know what to do.

They decided to pray a novena imploring the help of St. Joseph, who is the patron saint of carpenters. On the last night of their novena, an unknown man presented himself at the chapel door and offered to build a staircase for them. He only asked that he be allowed to work by himself without any outside help. He used only a saw, a hammer, some glue and tubs of hot water in which he soaked his lumber. Slowly he was able to twist the wood into a great helix making two complete turns.

The wood was not native to the area; the wood grain resembled that of the cedar of Lebanon. The unknown man attached thirty-three steps to the spiral staircase with wooden pegs, one for each year in the life of Christ. The staircase did not have a central support; only the perfection of the work kept it in place. When the nuns sought to pay him, the man had disappeared without pay. He was never paid for the wood nor la labor. The unknown man never said a word; just as it was never known that Saint Joseph ever uttered anything in public.

It was near to this place, which had been so honored by the hands of Saint Joseph that Mother Katharine decided to build the boarding school for her beloved Indian children.

Chapter XVC
The Declining Years of Mother Katharine

"WISE MEN SPEAKING among themselves say that God always gives with both hands, Mother," Sister Maria commented.

"Whenever thou askest something from God, always pray that God may grant it to thee if it be for the good of thy soul and for His glory. That is the great virtue that God bestowed on Mother Katharine," the Virgin added. "She is determined that all the goods she has in life be the property of God. Always remember Saint Ignatius of Loyola's prayer: 'Take Lord, receive all my liberty, my memory, understanding, my entire will. Give me only thy love and thy grace; they're enough for me. Thy love and thy grace are enough for me'.

When she was yet a child, and she was called "Kitty" by her sister Elizabeth, Katharine would spend long hours meditating on the goodness of God, kneeling before the Most Blessed Sacrament in the tabernacle. She would contemplate the generosity of the Hidden Jesus there: She used to love to repeat the canticle of local people who intoned: 'I believe O my God, that thou art on the altar, hidden in the host; I come to adore thee. I adore the host; the body of Jesus, which is his precious blood which he gave for me on the cross.

Not satisfied with only providing schools to the Indians of New Mexico, Mother Katharine asked the friars of St. John the Baptist if they might help her open missions for the Navajo Indians in Arizona, adding that she herself would finance their labors with them. A few years thereafter, in 1910, Mother Katharine paid for the publication of five hundred copies of a Navajo and English catechism. It was to be a doctrine printed for use by the Navajos in the study of questions and answers pertaining to Catholicism.\

Still wanting to give with both hands, in 1915, Mother Katharine founded Xavier University in New Orleans, Louisiana. It was the first university in the United States for the education of Afro-Americans. This deed along was extraordinary, given the in the years immediately following the American Civil War, there was plenty of opposition to the education of Blacks who had formerly been slaves. She received a letter of opposition to her efforts from a few veterans of the Civil War in Pulaski, Tennessee. They had formed a group dedicated to the political intimidation of Blacks and to the advancement of White supremacy in the Southeast.

Their group was called the "Ku Klax Klan," whose title came from the word 'kuklos' which means "circle" in Greek. At the time of her death, there were more than five hundred religious Sisters teaching in sixty-three schools across the country. Mother Katherine had already established fifty missions for Native Americans in sixteen States. Nevertheless, the members and advocates of the "Clan" set fire to many of the schools that Mother Katharine had established for the Indians in the Southern States where there was plenty of anti-education feeling for the Indians.

She named her school for Indians in Santa Fe in honor of St. Catherine of Sienna who promoted education for her people between 1347 and 1380. It was not easy for a Dominican nun to elevate her people and to reconcile The Church which was divided between the politics of the Popes of Rome and Avignon. The social situation in Europe must be considered and all the people who had survived the hundreds of years when the Bubonic Plague had spread all over Italy.

Mother Katharine suffered from a heart attack when she was seventy-seven years old. As a result of this, she had to retire. For nineteen years she led a peaceful life of prayer. She passed away on March 3, 1955 when she was ninety-six years old.

Chapter XVIA
Sister Juana Inés de la Cruz
Honors Fr. Eusebio Kino

SISTER MARIA SMELLED the odor of a beeswax candle burning. She opened her eyes and she saw that she was back in her cell at the Convent of the Immaculate Conception in Agreda. It was midnight. She was rather tired and so she put her hands akimbo on either side of her hips. Suddenly she felt that the Virgin Mary had been watching her when she woke up. The Virgin gazed at her fondly and she asked her "Did thou like thy visit into future time? We are now here, back in present time. Thou hast seen what will happen in two or three centuries hence."

"Dost thou mean, Mother," Sister Maria paused, "that in some future time there will be three religious sisters named Blandina, Cabrini and Drexel who will live in those sites that I've already visited, making thee known in that part of the world?"

"Yes daughter," the Virgin answered. "but more importantly than getting to know about me, is that they will carry the word of God to the inhabitants of that fearsome place."

"Isn't there anyone in the present time who might encourage those poor unknown souls?" Sister Maria asked the Virgin.

"Clearly, my child," she answered her. "The missionaries are those who give their lives for the illumination of a dark world. Recently, on the tenth of August 1645, a child was born in Segno, Italy as the son of Francisco Chini and Marguerite Lucchi. He comes from a noble family. He is going to study to be a Jesuit missionary, an explorer, a mapmaker and an important astronomer. His name shall be Eusebius Franciscus Chini but in Spanish his last name shall be 'Kino'.

Although he wants to go to the Orient to serve souls there, his Order shall send him off to New Spain. It wasn't meant for him to set off immediately, however since he missed the boat. He had to wait in Cadiz, Spain for a full year without much to do. As he is without much to do there, he will begin to write down certain observations about Kirsch's Comet. His comments will be published as the *Astronomical Exposition on the comet*'.

Before his time, people used to believe that if the tail of a comet were to touch down on earth, everything would catch on fire and the world would come to an end. Father Kino's logic and brilliant reasoning shall inspire a colonial nun in New Spain. Sister Juana Inez de la Cruz, will honor him by composing a sonnet praising his wisdom in absolving the comet from evil portents:

'Although be bright the light of Heaven pure, as sister to that Moon and clearest Stars, this light which flashes from the comet far, now speeds by air and borne by flames secure. Although this light doth cost and dearly pays with its brief life, great strife to endless wind, and to slick lightning with his path refined, with fearful light the gloomy dark allays. All human knowledge then becomes but dull, when pierced by wings that mortals dare to hinge, upon their shoulders to advance us all. O proud and daring Icarus who didst dispel false knowledge and to wisdom call; Eusebio Kino's mind unbinds God's Light.

"I am surprised, Mother," Sister Maria observed, "that the good Jesuit priest should put himself in the position of defending the separation between science from religion."

"Science and Religion are not separate disciplines," the Virgin replied. "Only men treat them as opposite enemies fighting for the same field, but the fact is that they are both two sides of the same coin, where they both seek to illuminate truth. Everything that God created is good; it is silly mankind that pits them against each other."

"New Spain needs the wisdom of a good man like Father Kino, Sister Maria de Agreda smiled.

Chapter XVIB
Fr. Kino Prays Like the Indians

FR. KINO HAS a phenomenal mental spirit the likes of which has been seen since the time of St. Thomas Aquinas four hundred years ago," the Virgin marked. "He lives in the world of man but he belongs to the world of God. The last twenty-four years of his life he will spend working in the region known as *'Pimería Alta'*, in Sonora in New Spain. Thereafter that region will be known as 'Mexico' and the territory of Arizona and Baja California in the United States of America. His first task there will be to lead the Admiral Isidro de Atondo y Antillón Expedition. At that time he will establish St. Bruno's Mission in 1683 but owing to a long drought, the Jesuits will be forced to abandon the mission and return to Mexico City."

"How much time will be spend there, Mother?" Sister Maria asked the Virgin.

"After a couple of years in Mexico City he will launch off toward the village of Cucurpe in Sonora. The name of that village comes from an 'Ópata Indian word meaning 'where the dove calls'. Fr. Kino will always have a secret belief that the 'dove' which had called him, was none other than the Holy Spirit itself, guiding him toward the Pimería Alta on the morning of March 1687. The good Jesuit was to travel more than fifty thousand square miles on horseback charting maps of the trails in that geographic region.

He will preach to sixteen tribes beyond the Pima territories. Among them, he will include the Cocopa, the Eudeve, the Hia C-ed O'odham (which Fr. Kino will call the Yuma), the Kamia, the Kavelchadon, the Kiliwa, the Maricopa, the Mountain Pima, the Ópata, the Quechan, the Gils River Pimas, the Seri, the Tohono O'odham, the Sobaipuri, the Apache, the Yavapai, and the Yaqui. He will scatter European fruit seeds, medicinal herbs and unknown grain among them. Fr. Kino will be the first to teach them how to raise herds of cattle, flocks of sheep and goats there.

By that time he will have already encountered the Diné, whom he will call 'the Navajo'. He will teach them to pray the Our Father in their own language: '*NihiTaa' yá'ąąshdi honílóonii, Nízhi' diyingo óolzin le', Bee nóhólníihii náásgóó k'ee'ąą yilzhish le', Áádóó bee íinínízinii t'áá yá'ąąshdi áánííígi át'éego Nahasdzáán bikáa'gi áánííł le'. Ch'iyáán t'áá ákwíí jį' niha'iyííłsódígíí díí jį' nihaa náádiní'aah. Áádóó t'áá nihich'į' bąąhági ádaanííłii bá yóó'adahidiit'aahígi át'éego Nich'į' nda'ayiilzíhígíí nihá yóó'ahidí'aah. Áádóó nihí hodínóotahjį' nihi'óółníih lágo, Ndi bąąhági'át'éii bits'ą'ąjį' yisdánihiyínííł. Háálá ahóyéel'áágóó ni t'éí nóhólníih áádóó t'áadoo bee nóodziilí da, índa ayóó'ánt'é. T'áá ák'óee doo'.*

(Our Father in heaven, you who are there, your name is being holy. Let it be kept this, your Kingdom. Further on, let it be increased, and may your Will work, just like it works at heaven, let it work on the Earth. The food you feed us every day, give it to us again today. And those who do wrong toward us let us forgive. Like that, forgive us for our mistakes and sins. Do not send us to the tempting place but keep us away from it. Because only you who are in charge forever and ever and there's nothing stronger than you. Also, you are the great one. Let it be that way).

The good priest will walk along the desert trails one day at a time, pausing only to rest and sleep every ten to twelve miles. He will call these sites 'rest stops'. Thence people will come forth to receive them and the rest stops will be turned into 'visiting places'. Besides the royal forts that he will visit in those lands of the Spanish Crown, he will give Holy Mass only where Holy Mother the Church is already established. He will also administer the Sacraments in Indian village chapels. In the Indian missions themselves, where there are no resident priests, he will baptize and preach on the Holy Days of Obligation."

Chapter XVIC
When Aquinas and Kino
Play a Game of Cosmic Chess

SISTER MARIA WAS looking at the crucifix on the wall of her cell. She was struck by the great miracles that God had wrought through his creatures. She whole-heartedly admired the fact that a man, as knowledgeable in the sciences as he was in theology as Fr. Kino was, could communicate with the Natives in their own language. "If St. Thomas Aquinas and Father Eusebius Kino had lived at the same time, they might have redefined the whole world. -The world of Aquinas and Kino-," she commented with a smile.

"Dost thou not believe, daughter," the Virgin said to her, looking straight into her eyes, "that someday both men will be in Heaven, astounded by the paucity of the little that they knew compared to the immeasurable wisdom of God?"

"Whenever I realize that I know precious little about the nature of God, Mother," Sister Maria said sadly, "I am ashamed. I would also never dare to compare the nothing that I am to the grandeur of Aquinas and Kino. It seems to me that such great mentalities are trying to engage me into a game of cosmic chess."

"Whenever Aquinas or Kino plays a game of chess, daughter," the Virgin answered her, "they are playing against themselves instead of against another person. Thus whenever they make a move, they can also see all the opposite points of view at the same time and they can defend their own stances. And one more thing," she added, "There is great merit in humility. In admitting that we do not know much, we are sowing the first seeds of wisdom. Is there anything else that thou wouldst like to know about Fr. Kino?"

"Yes, Mother," Sister Maria said to her. "Which missions will he found in Arizona?"

There are various ones, daughter. Some will last for many years and other will be destroyed soon. Among them are the following: Our Lady of Guadalupe, Saint Bruno's Mission, the Mission of Our Lady of Sorrows, the Mission of Our Lady of Remedies, Saint Ignatius of Cabórica, the Mission of Saints Peter and Paul of Tubutama, and the Mission of Saint Theresa of Átil.

He will also found the Mission of Saint Mary Magdalene, Saint Joseph of Ímuris, Our Lady of the Pillar and Saint James of Cocóspera. He will follow with Saint Anthony of Padua of Oquitoa, Saint James of Pitiquito, Saint Louis Bacoancos, and with the Mission of Saint Cajetan of Tumacácori, Later on, Saint Cajetan of Calabasas will be built in another place and from thence, will come Saint Joseph of Tumacácori.

He will follow through with the Mission of Saint Gabriel de Guevavi and the Mission of the Holy Angels of Guevavi. We can also include the Mission of Saint Lazarus, Saint Xavier of Bac, **the Chapel of Saints Cosmas and Damian of** Tucsón, the Chapel of the Holy Kings of Sonoita, Saint Ignatius of Sonoitac, the Chapel of Saint Martin of Aribac, the Most Pure Conception of Our Lady of Caborca, Holy Mary Suamca, Saint Valentine of Busanic, Our Lady of Loretto and Saint Marcel of Sonoyta, and Our lady of the Assumption of Opodepe.

Thou wilt recall though, that before Arizona and New Mexico were separated, both territories belonged to New Spain. The ancient documents called this vast place 'The Land of Jauja' or 'The Land of Moctezuma'. It will not be until 1912 that Arizona will break away from *'la Nueva Mexico'*, thus named after Mexico City. Father Kino will die of the fever on the fifteenth of March 1711."

Chapter XVIIA
Why So I Need Feet
When God Provides Me with Wings to Fly?

"THOU HAST ALREADY visited the New World more than five hundred times, daughter, the Virgin commented one night as Sister Maria was writing.

"Yes, Mother," Sister Maria replied. "Thy servants: the Seraphim, the Cherubim, the Dominions, the Thrones, the Powers, the Principalities, the Virtues, the Archangels and the Angels have all lent me their wings to fly." She paused from writing and she added: "Why do I need feet, when God gives me the wings to fly?"

"Not everyone has received such singular graces," the Virgin said. "There is a time for every purpose under Heaven. A child may only be three years old and already be filled with knowledge and wisdom. At the same time a person may live to be three hundred years old and remain as innocent as the day he was born. Thou hadst feet before thy wings were lent unto thee."

"Why art thou speaking to me about feet tonight, Mother?" Sister Maria asked her.

"I am preparing thee to fly to the New World one last time, daughter," the Virgin smiled.

"On this last voyage you are going to get to know another of thy spiritual children. He is a lame priest who will cross vast territories in the California Provinces, even though he hast an injury on both his foot and leg. That man will be born on the twenty fourth of November 1723 in the small village of Petra on the Isle of Mallorca.

He shall be named Miquel Josep Serra I Ferrer, legitimate son of his parents, Anthony Nadal Serra and Margaret Rose Ferrer. From a very early age, he will show a great interest in joining the Franciscan Friars in the capital of Palma de Mallorca, very near his home. At the age of sixteen, he will take vows in the Alcantarine Order of the Friars Minor. It will be then that he shall receive the name of *Junípero'* in honor of Brother Juniper (1210-1258) who was known as 'the Jester of God'. Saint Francis himself often said 'would to God that I had a forest full of nothing but junipers'.

As soon as he reaches the age of twenty-four, he shall be ordained priest, still dreaming of traveling to distant, unknown lands, where he might win more souls for the Kingdom of God. Thereafter, at the age of thirty-five, his former students, Francis Palóu and John Crespí, will follow him as missionaries into the New World.

So great shall be Fr. Serra's joy in serving God that at times he shall mortify his flesh with cruel, spiked whips. As he shall consider himself to be a 'great sinner', he will beat his chest violently and painfully with enormous rocks and in the middle of the night, he shall burn his chest with candle flames, in imitation of St. John Capistrano. As he tries to understand Jesus' sufferings, God shall give him an impediment: a great wound on his left foot.

The priest will learn to sing thus: 'With love shaft burning, into this heart, my God and Savior, thrust forth thy dart. Oh, my sweet Jesus, my sins pierced thee, caused such deep sorrow, 'Twas me, 'twas me! 'Twas my deep madness! Ominous fate! I, such a cruel death, put in this thy place. 'Twas not the soldier; who ripped thy heart; 'Twas my irreverence that slit apart. My fault most wretched, unhappy soul, 'Twas I who made it no longer whole! The blood that's flowing from painful side, flows forth to wipe clean my hurtful pride. Thou canst with it, Lord, your slayer lave, restore my health and my life canst save. For from thy heart, Lord, a river springs of love eternal which healing brings; I come before thee, though stained with sin. Wash me completely; Lord let me in. For this deep wound, Lord, opened for me, is Heaven's gate that hath set me free.

Chapter XVIIB
Sister Maria Finds Out Some More about the Wounded Priest

"SEND ME, LADY Mother," Sister Maria asked the Virgin, "on my last flight to those far-off lands. My very heart urgently bids me to get to know the penitent, lame priest."

"I shall fulfill thy desire, daughter," the Virgin answered her, "being that from him, thou shalt learn the value of the true suffering that thou canst see in the countenance of Jesus. This lesson shall be very useful to thee insomuch as thou shalt return to thy cell. Sometimes thou makest plans as to just how thy life will go but God knows better. Whenever we think that God is sending us chastisements, verily they are things that lead us toward our purification by means of sacrifice.

Fr. Junípero shall disembark in Vera Cruz, Mexico in 1749, accompanied by twenty Franciscan friars. They shall all ride on horseback en route to Mexico City, except for Fr. Junípero and another friar from Andalusia. They will prefer to walk according to the Franciscan Order *that 'all friars are not to mount on horseback unless they be obliged to do so by manifest necessity or by infirmity'*. Fr. Junípero shall arrive in Mexico City with a bloody and inflamed wound on his leg.

As Fr. Junípero gazes down at his painful wound, he shall raise

THE CHILDREN OF THE BLUE NUN

his voice in praise to God with a spiritual hymn that he had learned from some nuns in Mexico City: 'Seeking, know not what I'm seeking. It must be an image that was lost to me. Feeling, feeling so nostalgic for something that's missing since when I was born. Wounded, I am wholly wounded. I'm filled with such emptiness. Wounded, I am wholly wounded, but one look from thee and then I will be healed. Title, I don't know thy title, but I know thou wand'rst very close to me. Wounded, I am wholly wounded. I'm filled with such emptiness. River, I'm a restless river, and thou boundless ocean, guide me thence to thee'."

"My heart burns upon hearing such a sad hymn, Lady Mother," Sister María lamented.

"Yes, daughter," the Virgin agreed. "They are the lyrical words of the voice of a soul lost in the wilderness who's desperately missing the presence of God in its life.

"Tell me more, Lady Mother," Sister Maria insisted, "about the wounded priest there."

"Fr. Junípero," continued the Virgin, "will be sent to replace some friars at Sierra Gorda who had died. Brother Francisco Palóu will also go help him at the mission. In the village of Jalpan they shall convert the Pame Indians, but it will not be an easy feat being that the natives there worship Cachúm as the Mother of the Sun. Seeking to give the Wounded Priest more authority, the Inquisition named Junípero Serra as Grand Inquisitor in Mexico.

"While there, he had to denounce a mulatto woman named Melchora de los Reyes Acosta of the most 'detestable crimes of witchcraft and devil worship'. Another mulato woman named Cayetana Perez confessed that in the mission there were 'a large congregation of people who would fly through the air and who would meet in a cave in Saucillo to worship and sacrifice to the demons who would visit them disguised as young kid goats and other such animals'."

"Those same accusations were leveled against me when The

Inquisition learned that I could fly through the air, Lady Mother," Sister Maria murmured.

The Wounded Priest will not be very comfortable in being The Grand Inquisitor but even though he will suffer much from his wound, he will decide to advance forward in the service of God among the Indians of the Californias. The voice of God would guide him thither."

Chapter XVIIC
Fr. Junípero Serra Is Buried
at the Church of St. Charles Borromeo

"JUST HOW WILL Fr. Junípero Serra get to the Lower California and Upper California, Lady Mother?" Sister Maria asked the Virgin Mary.

"He will barely get there, daugther," she replied. "Whenever someone aspires to great things in life, he must be armed with penance, which is the only way to succeed. The new Governor of Lower California, Don Gaspar de Portolá, will be very anxious to meet Fr. Junípero, but the moment that he starts to set out, the priest will have much trouble balancing on his feet. In his diary he will write: *'My left foot is so inflamed that I've barely been able to stand it for more than an year, but now the inflammation reaches halfway up my leg'*.

Governor Portolá will be so concerned that Fr. Junípero might not be strong enough to continue toward his first mission, but the good father's faith will not let him consider turning back from his journey. *'Though I may die en route, I shall not go back. They may bury me wherever they may consider it most appropriate, be it in this Indian land, if it be the will of God'*.

Nevertheless, Fr. Junípero will ask one of his muleteers, named Juan Antonio Coronel, to prepare a remedy for him that he may treat his wound. The muleteer shall hesitate since his experience was more limited to that of veterinarians. Fr. Junípero shall advise him: *'My son, treat me as you would treat an animal'*. The muleteer will then heat up some medicinal herbs mixed with tallow and ground them between two rocks'. He will place the poultice on the priest's wound. The next day, Fr. Junípero will feel much more refreshed and he will be able to celebrate Holy Mass. He shall then take up his cross and follow his path.

In March of 1768, Fr. Junípero shall go on board the ship *San Blas* on the Gulf of Lower California. Two week later, he will disembark at the Loretto Mission but his infection will be intolerable. He shall proceed forward and on May fifth, the priest will celebrate the Feast of the Assumption in the abandoned Church of Calamajué. Thereafter, on the Day of Pentecost 1769 he shall found his first mission. He shall name it *'the Mission of San Fernando, King of Spain of Velicatá'*. Twelve native converts will help him. The priest will note that *'they are completely naked as was our father Adam in paradise before his fall from grace'*. Finally, he will arrive in San Diego on July 1, 1769,

Despite his wound, Fr. Junípero will found the Mission of San Diego de Alcalá in 1769. In 1770, he will found the Mission of St. Charles Borromeo in Carmel. In 1771, he will establish the Carmel Mission as well as the Mission of San Antonio de Padua on July 14, 1771. He will continue with St. Gabriel the Archangel. On September 8, 1771, he will found the Mission of St. Louis, Bishop of Tolosa. On September 1, 1772, he will found the Mission of San Juan Capistrano. On November 1, he will found the Mission of San Francisco of Assisi and in 1776 he will found the Mission of Santa Clara of Assisi and on January 12, 1777, he will establish the Mission of Saint Bonaventure.

In the chapel of the Mission of San Juan Capistrano, built ten years thereafter in 1782, Fr. Junípero will Confirm over five thousand natives. He will die on August 28, 1784 at the age of seventy.

He will be interred underneath the sanctuary of the Mission of St. Charles Borromeo."

"May the missionary rest in peace, Sister Maria commented. "And now that I've seen now things are to transpire, what must I do, Lady Mother?"

"He is not resting in peace yet, daughter, since he has yet to live out his life. Now the time has come for thee to finish the narratives from which the world must learn about me. Thereafter, all thou needest is to prepare thyself for thine own death," the Virgin replied.

Chapter XVIIIA
Sister Maria Sings Praises
to the Virgin Mary

HAVING RECENTLY RETURNED from the Californias in the New World, Sister Maria sat at the edge of her cot to catch her breath. The admired the speed with which the angels had brought her thither. It had been many weeks that she had been absent from the convent. She stood up there in her cell and she began to read the hundreds upon hundreds of pages on the parchment on top of her small table. She began to glance at her first notes and she read: "The Most High has given me many commands as has the Queen of Heaven. They both command me to write my thoughts about the life of the Holy Virgin. I, however, was fearful of putting these heavenly commands into doubt since I first began to write them down in 1637."

Sister Maria paused, remembering that when she first started to write down the narrations of the Virgin Mary, that many had treated her as a madwoman. Her own Confessor believed that women should not write, and because of this, Sister Maria had burned her manuscript and tried not to think any more about it. She noted: "I had to tolerate many accusations and despises because of this, not only from my Confessor, but also from my superiors, all of whom knew my life as well as I knew it. Trying to force me to amend my words, they threatened me with censure. The Most Sovereign King and Queen of Heaven repeated their desire that I obey them. With the great favor the God, I began to rewrite this narrative on the 8 December 1655, which was also the Day of the Immaculate Conception."

Sister Maria knelt down to pray, meditating upon the first words of the Virgin. She raised her voice in praise: "Blessed be thy purity and may it be so eternally, for one sole God in totality, relishes such gracious beauty. To thee, O celestial princess, Most Holy Virgin Mary, I offer thee on this day, my soul, my life and my heart. Look upon us with compassion, do not let us, my Mother, I say HAIL MARY without stain of original sin, grant us, my Mother, our final penance. Virgin of the Incarnation, Mother of the Word Incarnate, give us thy blessing and guide us through the right path, Amen."

She continued reading from her manuscript and her heart was overwhelmed, thinking about what she had written: "A great and mysterious sign appeared to me in the Heavens: I saw a Lady, a very fine lady, regal as a queen, crowned with stars, clad with the sun and with the moon under her feet. The very holy angels told me: 'This is the Holy Lady that St. John saw in the Book of the Apocalypse. I saw this and other marvels'."

The full effect of her reports as to just how she could be in two places at the same time, perplexed most of the world. Among those who wanted to learn more about the details of her bilocations, were the Franciscan friars, being that their most driving force was to win more native souls to the Church. Sister Maria had avoided the cruel fiery immolations from the Inquisition. She was always thankful to God for the aide and help that King Phillip IV of Spain had granted her.

Once she had even stopped writing the mystic narratives that the Virgin dictated to her in her contacts with her, given that some of the details that she wrote down cast doubt because they revealed much that was not found in the Bible. When the Virgin explained their hidden meanings, the Ecclesiastical Magisterium of the most astute cardinals and bishops couldn't believe her private revelations. Sister Maria still hadn't realized that her monumental writings would surpass 2676 pages.

Chapter XVIIIB
The Virgin and Sister Maria
Communicate Heart to Heart

"HELP ME, LADY Mother," Sister Maria asked of the Virgin one evening, "to understand the meanings of some to the deepest passages in Holy Scripture."

"What confuses thee, daughter?" the Virgin asked her.

"In his parable of the workers in the vineyard, Jesus says that 'the first shall be last and the last shall be first'. How shall I be able to understand that sentence whose first part ends with a contradictory phrase?"

"It is not so important who thou art or what thou hast done in this life as long as thou believest firmly in Him whenever thy time comest to meet him. The Word of God will be made clear when the moment is right for the one who trusts in Him. Always trust in God, not only now, for many years after thou hast passed away, there will be many who will misquote thee. They will be those who will try to undo thy life, tearing it apart with their envious tongues," the Virgin advised her.

"Some people will challenge the words that thou writest concerning me because their knowledge of the true meaning of Holy Writ is very poor. This is why I must give thee knowledge of the deepest message that God sends to the world. At first glance, in the feeble spirit of men, every thought exists at only one level. God, on the other hand, perceives every thought of his children from top to bottom, from right to left, from front to back, and from its visible to its invisible aspect because heavenly truth has no limits.

In many faiths, Jesus is known as *'Abdullah'* as the Arabs would say, or *'Servus Dei'* as the Romans used to say in Latin. In Latin, *'servus'* has a double meaning. It means both *'servant'* and *'savior'* at the same time. When Jesus washes the feet of his disciples, Jesus is the servant but when he gives his life for them, Jesus is the savior. The servant is also the savior; in other words, the last becomes the first and the first becomes the last."

"I am beginning to understand it better, Lady Mother," Sister Maria said to her. "When he says: *'my yoke is easy'* it is not because he wants to relieve us from our work, rather, it is because he is inviting us to enter into companionship in the same yoke as a team of oxen. Thus he adds: *'make an effort on your own first and I will help you'*."

"Very good, dear daughter," the Virgin Mary smiled. "Step by step one gets to Heaven. Jesus also proclaimed: 'I will praise thee, Father, the Lord of Heaven and Earth for, though thou hast hidden these things from the wise and learnèd, thou hast revealed them to the innocent'." The Virgin was very pleased with the way in which Sister Maria was progressing.

Sister Maria lay down on her cot, overcome with a spiritual ecstasy. She saw the Virgin floating at her side and they understood each other without saying a single word, seized by the same symbiotic transcendence. This time there were no little angels holding her up in the air.

It was a pure, deep understanding of the faith in God that held her in this state. The Virgin was reaching out to her, heart to heart, even as St. John had understood Jesus when he laid his ear on Jesus' chest at the Last Supper. Just as the waves of the sea crash upon the rocks on the shore, the Virgin's thoughts flooded Sister Maria's soul with an unknown happiness.

Chapter XVIIIC
They Are Three Hearts: The Sacred,
el Immaculate and the Most Chaste

"I DON'T KNOW just how the Sacred Heart of Jesus and the Immaculate Heart of Mary may share in the same knowledge," Sister Maria wondered at midnight as she sat at the table in her cell resting her head upon it all alone."

While Sister Maria slept, the voice of the Virgin was speaking to her, saying: "Whenever a woman is with child, her blood flows from her heart to the heart of the baby. At the same time, the baby's blood takes its being from its mother's blood and then returns it back to her. When I was carrying, my blood nourished the Baby Jesus in my womb, infusing into Him the knowledge of what it is to be human and at the same time, his blood in my veins gave me to understand his Divine nature as the Son of God.

When I lost the Infant Jesus for three days and then I found him teaching the doctors in the temple, my heart burned with sadness for Him. But I also understood in that moment, Jesus had reached the age of full reason of his own divinity. My human blood still loved Him but his Heavenly Father's divinity was guiding Him. At the Wedding of Cana, when Jesus thought that his time had not yet come to make himself manifest to the world, my blood spoke to his, assuring Him that he was ready. When the cruel executioners whipped Jesus during his Passion, my blood in Him wept with each blow."

Sister Maria smiled in her dreams, for although she was asleep, she had understood the relationship between the Sacred Heart of Jesus and the Immaculate Heart of Mary. Now she had but to get the know the third part that completed the triangle of hallowed hearts. It was that of His adopted father, St. Joseph. He was Jesus' human father, who guided all dreams.

Still with her head on the table, Sister Maria understood that St. Joseph's heart had taught the Holy Child the grace of keeping chaste, for the human body is the very tabernacle of the Holy Spirit. Never was it known in Holy Writ that St. Joseph had ever uttered a single word. By this example, Sister Maria had also understood that chastity finds its resting place in the beauty of silence. Silence then, was the key to a pure life. In some future time, another of Sister Maria's children, a holy man in Mexico named José María Escriva, was to praise chastity, saying: 'Many people live in this world like chaste angels. And you? -Why do you not count yourself among the chaste also'?"

Sister Maria suddenly awoke from her lethargy. It was three o'clock in the morning. She was so full of joy that it didn't surprise her in the least when she suddenly rose into the air, laid out in the form of the cross. From her lips burst forth a hymn of praise: "Holy God, holy mighty one, holy immortal one: free us, Lord from every harm. Holy God, until death, I am ever ready to praise thee and without ceasing to adore thee, I proclaim that thou art most powerful. As we wait for that blessed time in thy celestial home, let us sing, immortal God, to Jesus, father and counselor, whilst I go to see thee in Heaven. Holy, Holy, Holy, Lord God of the heavenly hosts, the heavens and earth are filled of thy glory. Glory to the Father. Glory to the Son and to the Holy Spirit. Glory to the Most Holy Trinity, and to the Most Holy Sacrament of the altar."

Chapter XIXA
Sister Maria Gets into
the Coffin for the First Time

IT HAD NOT yet dawned when Sister Maria woke up in her cot. She could hardly see the few rays of light streaming through the small window of her cell. She was trying to remember the last thing that happened before she lay down to sleep the night before. She got up and immediately she got on her knees. She was able to recall the prayer that her mother always recited along with her before they surrendered to sleep:

"I recline in this bed; 'tis the grave where I'll be, and these blankets be the sod wherein they'll lay me. In this pillow thus cradled, right here in this place is the rock everlasting where I'll lay down my face. I bless thee, O bedstead, safeguard my entire home; Keep it from all evil; safe for the Virgin alone. I bless thee, O bedstead from all the bad charms; May the Spirit alone come within reach of my arms."

Suddenly she rose to her feet: Just then she remembered a vision that was revealed to her wherein she saw herself lying in a crystal coffin. The Virgin herself had suggested to her that she should practice for her own death a little every day by lying as if she were already dead. She brought her hands forward and she crossed them over her breast. She felt no sense of horror lying in that position.

Her mother had told her once, when she was young, that in days gone by in the convent, the nuns used to prostrate themselves on the ground, one by one. While they kissed the holy dirt, they could feel the dust between their clenched teeth and they would recall the words from God to his servant Adam: *"Memento homo, quia pulvis es et in pulverem reverteris."* (Remember man that thou art and unto dust thou shalt return.) As she was murmuring the prayer, Sister Maria felt that the Virgin was looking at her.

"Lying there in thy crystal coffin thou lookest just like an enchanted princess in a fairy tale," the Virgin said to her. "Now thou mayest really be called 'the Blue Nun'."

"It is not a name that I would have chosen for myself," Sister Maria replied, without opening her eyes. "I do not relish it much because it is similar to the title of 'Prince Charming' who is a fantasy that never actually lived."

"Close thine eyelids now then, my daughter," the Virgin said unto her. "Free thyself from the sleep of reason and surrender thyself to the sleep of faith. In faith thou shalt find the strength to do spiritual battle with all the demons that never cease to tempt thee even unto the very last moment. Against the power of faith, neither the incubi nor the succubae have power over thy soul. Sister Maria sighed in her coffin, saying:

"Hail Mary Most Pure, conceived without Original Sin! By the sign of the Holy Cross, deliver us O Lord, our God from our enemies in the name of the Father, the Son and the Holy Spirit, Amen. Before I surrender down to slumber, to which night invites me, I pray: I give thee thanks, O my sweet Jesus, for all the bounties of this day. Put aside then all my failings, I repent of them and say that for them I ask your mercy, by your precious blood today. All my kin and both my parents, at thy feet I thus allay. Guard them all O dearest Mary; give them blessings if you may. And you, good Guardian

Angel, please be at my side, I pray you defend me from the evil one who haunts my soul, each day."

She dozed off into deepest sleep while St. Joseph guided her into the arms of Morpheus.

Chapter XIXB
Sister Maria Learns
the Meaning of the Sandals

WHILE SISTER MARIA was lying in the coffin with her eyes closed, the Virgin Mary spoke to her softly: "At the beginning of the world, God the Father, guided by Holy Wisdom, created Adam and Eve thinking that they should live forever. But, because of their disobedience, when they were deceived by the serpent, Death entered the world and came to form part of the children of our first parents," she whispered. "Death, nevertheless, is not the end of our road. As the hymn says: *'We are not the flesh of a blind destiny'*. Death is a deep sleep wherein we rest in the love of God until we enter eternal life."

"When thou fellest asleep in Christ, Lady, Mother," Sister Maria asked her, "didst thou also die in Christ?"

"No, my daughter," the Virgin replied. "Death never had dominion over me. When I left my terrestrial life, Jesus himself came for me in body and soul, and assumed me into Heaven along with his own Ascension, without harm to neither my dream nor my transition to life in God."

"Jesus Christ gave un the parable of the Prodigal Son, Lady Mother," Sister Maria said to the Virgin. "He told us that Heaven may be likened to a rich man who had two sons; the first one was obedient but the younger one, wanted to follow his own path and to do his own will. He asked his father for his whole inheritance and when he received it, he went off to spend his riches pursuing a vile life and pleasing his own lust. It so happened that a famine ravaged the land and the Prodigal Son was obliged to return to his father's home, humble and repentant. His father, caught sight of him while he was still far away and he ran to greet him with open arms. What is the meaning to this parable, Lady Mother?"

"As thou surmiseth, daughter, "the father stands for God the Father who distributes all his riches among both the bad and the good. When the Prodigal Son returns home, contrite of spirit, his father sends his servants to put a new garment on him, to put a ring on his finger and to put sandals on his feet. How wouldst thou interpret those symbols, daughter?" she asked her softly.

"The garment that his father draped on him, represents the robe of glory that God gives us whenever we return contritely to him. The ring that he put on his son's finger, is the symbol of authority over the evil that he had overcome, but I can't even venture a guess at the meaning of the sandals, Lady Mother."

"The sandals, my daughter," smiled the Virgin, "stand for our steps in life: the sandals can lead us toward God, they can lead us away from God, or they can lead us to walk with God."

"Thank you, Lady Mother," Sister Maria said to the Virgin, engulfed in a supreme delirium. "I appreciate thine explanation. Our humble sandals, so oftentimes unappreciated, can lead the rest of the body toward eternal life where God can wipe away the dust from our lives and he washes our feet even as he did it for his Apostles."

"Sometimes the lack of sandals can remind thee that it is necessary to be humble before God," added the Virgin Mary. "When thou professest thy vows as a Conceptionist and Franciscan nun, thou stoodest unshod, even as God had done unto Moses when he spoke unto him on Mount Horeb." When Sister Maria awoke, her sister nuns were looking at her.

Chapter XIXC
Sister Maria Lays Dying

"WHY ART THOU looking at me so strangely?" Sister Maria asked her sister nuns.

"It's just thou caught us by surprise, sister," one of them answered her. "We've already gotten used to seeing thee lost in thoughts of death, looking down at the bones of thine own father in his sepulcher as if thou couldst discern him way beyond death. When we came to join thee in morning prayers, we found thee lying in the coffin with a pair of sandals by thy head. They seemed strange to us because all the women in our Order are discalced."

It was then that Sister Maria recalled the conversation that she had had with the Virgin the night before about the meaning of the sandals. Surely she herself must have placed them at her head after she fell asleep.

"Thou seemeth rather pale, Sister María of Jesus," said another one of the nuns. "Dost thou not feel well? Thine eyes seem rather dim."

"I am beginning to die, sister," Sister María replied to her from her resting place. "The Virgin Mary sent one of her cherub angels to reveal to me how much time I have left. I will begin dying between the Feast of the Ascension of the Lord and the Day of Pentecost when the Holy Spirit comes."

"All the nuns sighed in unison upon learning the news that her days were numbered, until Sister María reminded them that none of her sisters knew neither the day nor the hour when the Lord would come to gather them away. She was remembering the parable of the five foolish virgins and the five prudent virgins. She were astounded when Sister María told them: "Do not worried about me, for I am the most insignificant worm and the most vile sinner. I am not worthy that the Lord should enter under my roof."

They looked at one another with great surprise, being that they considered that this damsel who would fly on the hands of angels and could appear in various parts of the world, to be a holy lady. They didn't understand her deep humility instead of reveling in their presence.

"Who shall guide thy first steps into eternity, sister?" they asked her.

"It shall be the man who taught the Holy Child how to be human and how to join his humanity to his divinity," Sister María explained to them. "In theological terms, this is called the *Hypostatic Union* by which Jesus is completely human and completely God at the same time. His adoptive father, Saint Joseph, taught him how to live out both his natures as one."

"Saint Joseph is the father of dreams and the patron saint of sacred silence," the nuns exclaimed all together.

In the meantime, Sister María closed her eyes and, with a beatific smile, she started to intone the words for a happy death: "Good Saint Joseph of Death ever blessed, in thine arms we are hoping to die. After death then with thee ever praying, forth we hope into Heaven to fly; forth with thee into Heaven to fly. Good Saint Joseph of Death ever blessed, thou who died in God's arms ever blest. We beseech thee to come unto us with such fervor, when swift Death takes us unto our rest, when swift Death takes us unto our rest."

A bright light was seen to come toward the coffin. Sister María murmured: *"Into thy hands, O Lord I commend my spirit."*

Chapter XXA
Everything in the Old Testament
Is Fulfilled in the New

SISTER MARIA HAD already stopped breathing. She could no longer move, although she could still hear what was happening about her. The auditory sense was the last one to shut down after death. Her fellow nuns were crying for her. The convent priest hastened to toll the bell so as to announce to the world that she had died. Sister María de Jesús was resting in peace while the stiffness of death took possession of her body.

The Virgin Mary spoke to her in the unheard voice used by two hearts that can communicate without speaking. "What art thou thinking right now, daughter?" she asked.

"I am waiting for the arrival of Saint Joseph to shatter my dream and lift me unto thee, Lady Mother," Sister Maria replied. "I was remembering that in days gone by in the Old Testament, it so happened that a youth named Joseph: one of the twelve sons of Jacob, was sold by his jealous brothers to a caravan of Ishmaelites. They envied him greatly because their father had given him a magnificent coat of many colors. This apt young man was perishing alone in an Egyptian prison hoping that his destiny would change. As he was waiting there, he was able to interpret a dream for the Pharaoh's cupbearer positively. In the meantime, Joseph heard that a dream was troubling the sleep of the Egyptian Pharaoh.

In his dream, the Pharaoh saw seven fat cows come out of the Nile. After them came seven skinny cows that ate up the seven fat ones. This dream had snatched away the Pharaoh's nightly rest. Soon his cupbearer suggested to the Pharaoh that there was a youth in jail who could interpret dreams very well.

The youthful Joseph was summoned into the Pharaoh's presence. When the Pharaoh revealed his dream to him, Joseph was able to tell me the meaning of his nighttime symbols. He spoke to the Pharaoh, telling him that the seven fat cows represented seven years of agricultural plenty wherein there would be much to eat. The seven skinny cows that devoured them, stood for seven years of famine that would seize the land of Egypt. He advised Pharaoh to hoard abundant grain that could support his subjects during the seven years of famine. Immediately the Pharaoh put Joseph in charge of this project.

Centuries later, in the New Testament, Saint Joseph heard the voice of the angel of God who told him to take the Holy Family out of Bethlehem and hide them from King Herod in Egypt. Thus, the Child Jesus was able to grow to adolescence, without fear of King Herod. It seems to me that the second Joseph had prepared the way for the second Joseph."

"I'm happy that thou entertainest such thoughts as this moment, daughter," answered the Virgin Mary. "All that is predicted in the Old Testament is fulfilled in the New Testament. Jesus' entire life is a summation of the Old Testament.

"It must be that when Moses and Elijah encountered Jesus on top of Mt. Tabor during the Transfiguration, it marked the exact point when the Old Testament met the New," said Sister Maria. "Moses represents the Law and Elijah represents the prophets of the Old Testament. Jesus represents the New Law of both."

Chapter XXB
The Virgin Sings the Praises of Saint Joseph

"**I AM SO** pleased to learn, my daughter, that thou hast a great devotion for my companion spouse," Sister Maria heard the Virgin say. "Saint Joseph has an eminent holiness the likes of which no mortal can understand aside from the beatific vision. When he will be found prostrate before God himself, all will be astonished by the fact that humble man, will be the most noble among the saints in the Heavenly Jerusalem."

"He who says nothing, can hear everything, Lady Mother," Sister Maria replied.

"That is why he is patron of a blessed death," the Virgin added. "In the first moments when Death comes for a human being, that person has only enough strength to listen. Silence is the key that opens the door from one life to the next."

"Now I understand it better," Sister said to her by way of signs.

"On Judgment Day, when the souls of all men will be weighed, the wretched shall lament their sins without the aid of Saint Joseph to offer them help as their intercessor," continued the Virgin. "He is the only one who can cultivate a friendship with the Just Judge. All men will then learn how much they had despised and under-valued the privileges bestowed by my blessed husband. They don't realize how his intercession can come to their aid before the Divine

Presence. He can stay the powerful divine vengeance of the Almighty as the best of lawyers."

The Virgin offered her counsel to Sister Maria. "Always be grateful to the Divine Goodness that has illuminated thine understanding of this mystery; this is why I am revealing it to thee now. Pray though, in these final moments, that the devotion to Saint Joseph may be spread throughout the world. Give thanks to the Lord who has favored thee with such high privileges and for having given thee such joy in knowing his excellencies.

Seek out his intercession for all thy needs. Always encourage others to venerate him and especially, encourage thine own spiritual daughters to make themselves known through their devotion to him. Whatever he asks of God will be made manifest in the world. Many rely on his intercession when they become worthy of receiving it. God has bestowed all of these privileges on Saint Joseph thanks to his loving perfection and he shall bestow his mercies on all who ask for this help."

Sister Maria didn't know if she was only dreaming the voice of the Virgin or if she was really talking to her. So great was her ecstasy that she even felt her body rise from the coffin and float a few feet through the room. She was weightless and only the slightest breeze moved her.

Sister Maria felt some soft wings flying toward her. She couldn't distinguish anything, being that she was blinded by a bright, white, and pure light. It was early in the morning of May 24, 1665. Dawn had faded away and it was barely nine but it seemed as if it were midday since the sun had already reach its zenith. It was the Day of Pentecost, as it had been when he had descended upon the Apostles, when the Holy Spirit came to receive the soul of Sister Maria while some heavenly voices sang *"Veni, Sancte Spiritum."* While the voices intoned the canonical hour, another powerful, heavenly voice repeated: "Come, come, come." In a sweet ecstasy which was the voice of the Virgin, Sister Maria climbed to take her place among the elect.

Chapter XXC
The Virgin Defends Sister Maria against Hell Itself

THERE WAS GREAT rejoicing among the infernal spirits upon learning that Sister Maria had died! They had always included this maiden, who had praised the Virgin Mary in her lauds and writings, among their greatest enemies. She had clarified so many of the unknown mysteries and she had revealed the deeper meaning of the parables in Holy Writ. The death of Sister Maria Agreda de Jesús was the best news for them all. The Supreme Emperor Lucifer, summoned his Prime Minister Lucifagus, to share in the good news with him. In turn, he sent for Baal, Agars, and Murgas; who controlled worldly riches and treasures.

Satanaquía, who was the Major General and who lorded it over all witches, gave orders to those under his command: Prusias, Amon, y a Asmodeus were to accompany him to the funereal celebration. Prince Beelzebub danced for joy along with his Captain Agaliarepet. That wretched spirit was in charge of the occult secrets of the world. His three understudies were Boer, Gason, and Mephistopheles, who mocked the nun's death whom they perceived to be in a helpless state.

The Lieutenant General Malfleurette gave orders to his companions Batin, Pursan, and Abijar to create a dark and impenetrable night, battered by hail all about. Sister Maria's departure was to be an occasion celebrated by every evildoers in all of creation.

So as to cause even more confusion, Astaroth; the Grand Duke, gave orders to his Highest Chief Sargantan, to bring thither all of the other evil spirits to impede Sister Maria's way forth. He rendered them invisible with the help of the demons: Lorai, Valefar, and Foran. Finally, the Camp Marshall Neburus caused sickness among the religious nuns in the convent. With the help of Aiperus, Neburus sent forth pandemics along with the evil spirits in charge of damnèd plagues.

Sister Maria's death seemed to be a sad occasion and her life on earth was seen as an ill-spent time, as the result of a useless and meaningless faith. When everything seemed to be a lost cause, a prayer burst forth from Sister Maria's soul: "Saint Michael the Archangel, defend us in the battle; be our protector against the wickedness and snares of the Devil; may God rebuke him, we humbly pray. And do thou, o Prince of the Heavenly Hosts, by the power that God has given thee, cast into Hell Satan and all the evil spirits who prowl throughout the world seeking the ruins of souls, amen."

The gates of Heaven were flung open and Sister Maria could see the Virgin Mary stretching forth her arms to welcome her into the Heavenly Jerusalem. She was accompanied by a multitude of angels and saints, whose intercession before the Most Holy Trinity caused the fall of the devils and lit up the *Road to Perfection*, as Saint Theresa used to call it. Upon seeing the Virgin Mary; that humble and purest Mother of God, the evil spirits desperately tried to flee from her presence as quickly as possible. Sister Maria smiled confidently upon gazing at "Mary, the Terror of Hell;" a name which she added to her litany of praises. Saint Michael lost no time in locking the hinges of Hell and handing its keys over to Our Lady of the Immaculate Conception. The Queen of Heaven introduced Sister Maria to the celestial court. She recognized the thousands upon thousands of souls who had been saved by means of her intercession and her writings on *The Mystical City of God*.

Chapter *XXIA*
When She Passes Away,
Sister Maria Appears in Many Places

THE VENGEFUL DEVILS had fled en masse all the way down to the very gates of the netherworld. There, they regrouped in order to try to figure out just how they might attack Sister Maria at the first possible opportunity.

In the meantime, Sister Maria was lying still in her coffin, thinking about just how the world keeps on turning even after death, insensitive to those who no longer enjoy its bounty. Sister Maria started thinking about Saint Laurence; the Deacon of Rome, who had been burned alive on a gridiron after he had refused to hand over the earthly treasures to the Prefect of Rome. Instead, Laurence turned over to him the heavenly treasures which were the ostracized, the mistreated and the beaten down of the world.

Lying thus in silence, she began to ponder the miracle that occurs in the transition between death and eternal life. She began to compose a hymn to the saint. Alone now, she whispered to herself: "Send us wind, more wind, Saint Laurence of the golden bars."

She paused for a moment and soon she remembered the story of his death in God:

"Once upon a time in Rome, near the sacred, hillside dome, a cruel Prefect was installed and Saint Laurence thence he called: He demanded all the gold, which the Church in trust did hold, He told Laurence forth to hand it; Laurence feigned to understand it. So instead of bringing treasure in great piles without measure, he brought forth from all the highways, lepers ostracized in byways. 'These despised folk are the riches brought to tables from their niches, offered here before the Godhead,' is what Laurence to him said. The cruel Prefect swears and thunders; fills Saint Laurence with dire wonders, for the jokes on him he played, he's condemned to death and flayed.

Quickly he was immolated, laid on flames where he was fated. On the gridiron he was roasted 'til he was so very toasted. From the flames they all could hear it, the great joy that was his spirit. 'For the blind my life endanger. For the poor I face great danger. For the lame and mute forsaken, those whose very lives are shaken. As a witness for their trials, my own life demands denials. This, my body, soft and slender is now cooked so very tender, my own heart is done like clover. You may all now turn me over'. And his soul from its own pyre rose to meet his God afire, praying for God's love unfurled for the poor in all the world."

Even as she sang the praises of Saint Laurence, without ever leaving her coffin, Sister Maria felt that her life was being repeated in many places. She could see those far off lands that she had visited hundreds of times in the New World. Her spirit appeared to the penitent brothers in their chapter houses in the Southwest. She could see herself conversing with the Jumano Indians in the mission church of Isleta Pueblo. She gazed fondly at the places visited by her spiritual children: Sister Blandina Segal, Sister Francis Xavier Cabrini, Sister Katharine Drexel, Father Eusebius Kino, and the wounded priest Junípero Serra. She saw herself flying over the great deserts, blessing all the tribes with the sign of the Holy Cross which was the Zia symbol.

The moment that Sister María passed away, many of her devotees reported miracles from all corners of the world. Christians near death were either healed of their afflictions or they died in the arms of St. Joseph of the Happy Death according to the will of God. The afflicted of body and soul, received comfort, and the souls in Purgatory felt a fresh balm of hope waft over them.

In her coffin, Sister Maria smiled because she knew that this action was not her doing, but rather it was the Immaculate Conception of the Mother of God herself who was using Maria's death to manifest her own glory by means of the Blue Nun.

Chapter XXIB
The Virgin Mary
Proclaims Sister Maria "Incorrupt"

FOR VARIOUS HOURS after her death, a crowd of devotees had gathered to hold vigil over her while they prayed for Sister Maria. Many little lights from their candles lit up the night sky as they mourned for her. Now that Sister Maria had gone on to a better life, their desperation to see her, knew no bounds. The nuns of the convent found themselves in the position of having to hire a deputy to be near her coffin in order to maintain discipline, respect and order.

But, just where could the beloved nun be? Her body was lying in the coffin, but the reports from the many who saw her from so many places in Europe, put Holy Mother the Church in a conundrum. The Magisterium feared that the most devout among them might want to proclaim her saint and demand her immediate canonization. Much of what Sister Maria had written about the Virgin couldn't be proved other than by the words in her manuscript. Many decades would have to go by before they could proclaim the infallible dogmas: The Immaculate Conception of Mary, Mary's Perpetual Virginity, and Mary's motherhood as the Mother of the Living God. They still had to come to a decision about her Dormition along with her Assumption and her Coronation as Queen of Heaven.

While Sister Maria Agreda de Jesús was resting, the Virgin

Mary spoke unto her even though she had been dead for three days. "I shall allow thy body to remain in an incorruptible state for many centuries that it may serve as a sign that all that I have told thee in my autobiography is just and right. Someday thou shalt be recognized as *'The Incorrupt Saint'*. Thy body shall receive great honor as a relic of what it means to honor me.

In the fullness of time when the moment had come for me to join my Son, Jesus, He himself came down from Heaven at the first instance of my Dormition to gather me up in his arms as much in soul as in body. I had already requested that my spiritual children be permitted to witness my transfiguration. Thus it was that the Apostles, scattered in all corners of the world were present with me, impelled by the Holy Spirit.

The first of them who came from the Island of Patmos and prostrated himself at my feet was the youngest of my children, St. John the Evangelist. His brother St. James the Elder had already died; he was beheaded and buried in Compostela, but not even that kept him from coming also. St. Peter came from Rome and he knelt by my headboard. St. Thomas came all the way from India where he had been proclaiming my praises. St. Phillip came from France. Saints Bartholomew and Matthias came from Armenia and Greece. St. James the Younger came from Jerusalem. From Persia came Saints Simon and Jude Thaddeus. St. Matthew presented himself from Ethiopia. All were witnesses to my Assumption."

With each revelation from the Virgin, Sister Maria Agreda de Jesús was filled more and more with joy. "Oh how I would loved to have been present among the Angels, the Patriarchs, the Martyrs, the Saints and the Virgins when God the Father, God and Son, and God the Holy Spirit crowned the Virgin as Queen of Heaven!" That supreme ecstasy coursed through her body and filled her every vein and artery with a holy and heavenly delight.

Since the very beginning, the veneration of her body was a cause for great concern among the convent nuns. Her devotees were anxious to touch her and to take relics of her hair, her habit and they had their own rosaries touched to the body of the Venerable one. Sister María Agreda de Jesús only smiled at rest, certain that her veneration was a devotion to the Virgin Mary.

Chapter XXIC
A Prayer for María Agreda de Jesús

IT WAS NECESSARY to safeguard the body of Sister María Agreda de Jesús from the exasperated fervor of her devoted visitors who came in from everywhere to pray for her intercession. The nuns were asked if they might enclose her coffin within a glass case to make it more secure. A deputy on guard guided the lines of people gently but also firmly. Sister Maria's countenance shone like ivory on a statue.

Many decades and centuries have gone by since her death in 1665. Devotion to her has increased more and more as the deeds of her life have become known. Perhaps among her best-known deeds, we choose not to count her bilocations and encounters between Spain and the New World. The focus of her life was to make known her expository writings regarding the lesser-known aspects of the life of the Virgin Mary in *The Mystical City of God; Miracle of Her Omnipotence and abyss of Divine and Historic Grace and life of the Virgin Mother of God, Queen and Lady, Mary Most Holy; Restorer from the fault of Eve and Mediatrix of Grace.*

The pilgrims come to the quiet crypt in the convent and they prostrate themselves before her repeating the prayer to the Mother of God: *"Dearest Mary the fairest, loving Mary the rarest, the Creator's own Mother, our Refuge like no other, Thou art cause of our joy; the very sweetness of my life, my soul's repose from all strife, Into thy hands I place my care. Grant that in my final time, thou may favor me dear lady, at the hour of my death."* They rise devoutly, kissing the glass case that contains Sister Maria's coffin, whispering: "Grant, little sister, that my prayer may reach the ears of the Virgin."

The Virgin Mary hears the petitions of Venerable María Agreda de Jesús. Our duty here on earth is to ensure that María Agreda may also hear the voices of her devotees throughout the world. They continue clamoring that they may one day bear witness to the moment when she is declared "Blessed" and finally "Saint." The process of documenting the life and virtues is petitioned by the Society for the Propagation for the Causes of Saints and though they are well-intentioned, they must be put on hold until at least five years after their death have lapsed. The waiting period is a time to assure that the reputation of the person is held in high esteem by her devotees. After the person has been declared blessed, three miracles must be attributed to as proof to his or her intercession.

The incorrupt bodies of the saints are a balm of comfort and as a sign of Jesus Christ's triumph over death. May it become a confirmation to everyone in the world of the ecclesiastic dogma of the Resurrection of the body and life-everlasting that the saints enjoy together with us in the Mystical Body of Christ.

As her senses were shutting down, the priest came to dismiss her from this world, anointing her lips, her eyes, her ears, her forehead, her heart and her hands with the holy oils. He applied the chrism to her even as he had done for her on the day she was born, but now he baptized her into eternal life. The Virgin Mary repeated to her the words from the Letter of St. Paul to the Romans, saying: *"And we know that in all things, God works for the good of all that He has called to his purpose. Everyone that God has recognized from the beginning, He also predestined us to be made in the image of his Son, that He may be the first-born among so many brothers and sisters. Thus, those He predestined, He also called; and those He called, He justified; and those He justified, He also glorified."* In pace requiescat, Amen.

Capítulo IA
María de Ágreda Despierta
a un Mundo Nuevo

TODAVÍA ERA LA madrugada cuando María despertó en su celda. Al principio no sabía dónde estaba. Las paredes eran angostas y podía sentirlas a cada lado de su lecho con las puntas de sus dedos. Había despertado con sus brazos estrechados como el Cristo pendiente en la Cruz. Entre sus párpados entreabiertos podía distinguir el pequeño crucifijo en su cabecera. Tendida así entre sombras y la luz temprana del amanecer, se preguntaba entre sí, si verdaderamente estaba allí o si todavía viajaba entre las tierras lejanas al otro lado del mundo.

Muchas veces había despertado así María de Ágreda, sin amplio conocimiento de sus alrededores. Con los brazos abiertos y la espalda extendida, le parecía que había caído de las nubes después de aún otra noche de vuelo. Las manos de los ángeles la habían sostenido y llevado muy lejos de su celda. A penas podía recordar lo que había visto en la noche allá en la Provincia de Nuevo México. ¿A poco sería nomás un sueño?

Lo que sí recordaba eran aquellas paredes gruesas de adobe en la capilla misionera de Isleta del Sur. Era allí es este lugar sacrosanto que había conversado con uno de los Indios Querechos. Pero antes que pudiese reflexionar más sobre ello, sintió que alguien le tocó suavecito en la puerta y la voz de la Reverenda Madre le decía: "Ave." Ésa era la seña que usaban en el convento para indicar que era tiempo de levantarse para rezar.

Todavía tratando de recordar sus visiones nocturnas, se puso sus vestiduras una a la vez. Primero se cubrió la cabeza con un griñón blanco. Sobre los hombros se echó el manto azul de las monjas Concepcionistas. Finalmente, se afijó el hábito negro sobre la cabeza, tomó su rosario en la mano y salió de su celda, descalza. El suelo frío le picaba los pies como una víbora. Se dirigió hacia la capilla del convento en silencio como las otras monjas que venían a cantar El Alba.

Las palabras y el tono del Alba le eclipsaron la memoria de la noche por el momento: *"Cantemos el Alba que ya viene el día. Daremos gracias, Ave María. En este nuevo día gracias le tributamos O Dios omnipotente, Señor de todo lo criado."* A penas estaba consciente del himno y de los loores de la canción. Su memoria volaba hacia aquellas tierras desiertas donde los coyotes aullaban y los alacranes dominaban. Nunca hubiera pensado hallar hermosura allí pero la Virgen María le había prometido que aún en los lugares más abandonados y remotos del mundo reinaba el corazón de Jesús.

Todavía estaba algo turbada por estos pensamientos cuando de repente se dio cuenta que las monjas habían terminado los rezos matutinos y se habían puesto de pie, esperando la bendición de la Reverenda Madre. Ella se puso adelante de ellas y calma las observaba diciendo en latín: *'In nomine Patris, et Filii et Spiritui Sancti, Amen."* Después de hacer la reverencia debida hacia el altar, dos por dos, salieron de la capilla.

Cuando le tocaba a ella salir, la Reverenda Madre le hizo una seña a María, diciéndole: "Sor María, un momento por favor," esperando a que las otras monjas se fueron antes de continuar. Con cariño la Reverenda Madre se le acercó a Sor María y le dijo: "He recibido informes, hija mía, que te han visto salir de tu celda en la noche y desaparecer. Las que me lo han dicho se sospechan que eres una bruja. ¿Cómo respondes a esas acusaciones tú?"

Sor María de Ágreda la miró atónita. Ella nunca le había platicado nada a nadie sobre sus experiencias en el Mundo Nuevo, cuanto menos, sabía cómo responder a las acusaciones.

Capítulo IB
¿Será Sor María una Bruja o Estará Loca?

"¿ME ACUSAN DE brujería?" Sor María repitió en voz baja. "He oído que El Santo Oficio de La Inquisición anda en pos de monjas descarriadas para castigar, Madre. Aquí en España está la situación muy peligrosa. Muchas mujeres han fallecido en las prisiones después de haber sido inhumanamente torturadas. El Mismo Dios sea mi testigo que yo no me he metido en líos culpables semejantes."

"Me ha preocupado mucho tu comportamiento, hija," le respondió la Reverenda Madre. "Tenme confianza, no solamente como tu Reverenda Madre, pero también como tu Directora Espiritual y como tu amiga; me he dado cuenta de que no duermes en la noche, pero cuando me cuenta la Hermana Vigiladora que desapareces de tu celda, me tengo que preguntar con qué artificie lo haces."

Ambas se quedaron en silencio por un tiempecito como sucede en esos momentos incómodos antes de hacer una Confesión. Al fin Sor María comenzó a hablar con recelo: "Madre, no es ningún artificio; Dios me lo perdone, pero desde que entré en edad cuando caí en juicio, se me ocurren ciertas visiones."

"Sigue," la animó la Reverenda Madre.

"Al principio pensaba que soñaba, Madre," dijo Sor María, "pero después me di cuenta de que estaba completamente lúcida. Aunque era el anochecer, podía ver tan claro como si fuese día. Me veía volando a través del océano sin ningún miedo ni susto. Y aunque sentía al viento pasar a mi lado, todo alrededor de mí olía como la fragancia sublime de rosas mezcladas con incienso como si volaba por un jardín celestial."

"La Reverenda Madre se levantó y se fue a cerrar la puerta. "Cuidado hija," bisbiseó. "Las palabras semejantes menan hacia la perdición. ¿No pudiera haber sido más bien una vil artificie del Diablo que usó para engañarte y aprovecharse de tu alma?"

"Siempre me guardo cuidadosa a sus tretas, Madre," respondió Sor María. "Cuando entre cruzé al otro lado del mundo, de lo alto, alcanzaba a ver un gran desierto atravesado por un río grande. Los nopales allí creaban sombras fantásticas y muy singulares en los vacíos volcánicos. Los habitantes vivían en casas de adobe puestas unas sobre las otras hasta que alcanzaban a niveles altos como la Torre de Babilonia. No podía distinguir ninguna gracia ni belleza en ese lugar hasta que no vi el horizonte brillante esparciendo su luz. Entonces el calor estivo se transformó en una dulce frescura. Ya no era una tierra olvidada por Dios; se presentó en un sitio de belleza inmunda."

Para la Reverenda Madre, las palabras de Sor María no tenían ningún sentido. Era como un cuento de hadas fabricado de una imaginación infantil, inocente. Trató de discernir su estabilidad. "Dime, hija," he preguntó: "¿Quiénes eran sus antepasados?"

"Mis ancestros eran del Soria," comenzó María. "Es un pueblo no muy lejos de aquí. El apellido de mi bisabuela era 'Coronel'. Como tenía mania de portarse como una reina, sus hijos le llamaban 'La Coronela'. Uno de mis tíos-abuelos viajó para el Nuevo Mundo y se estableció en un sitio llamado 'Abiquiú'."

La Reverenda Madre cerró los ojos. No había acertado nada en la respuesta de Sor María que indicaba locura ninguna. Determinó buscarle un sacerdote confesor para guiarla en sus pasos inciertos.

Capítulo IC
La Reverenda Madre Consulta a un Místico

AL MEDIODÍA; A la mera hora del Ángelus, la Reverenda Madre dejó el convento para ir a ver al Padre Alfonso de Benavides en el Monasterio de San Ildefonso. Estaba ubicado en la cumbre de un cerro cercano. Lo había escogido a él porque se contaba entre los muy pocos religiosos locales quienes verdaderamente habían visitado al Nuevo Mundo por sí mismos. Había vivido unos años entre los indígenas Taínos de las islas y en otros lugares.

La acompañaba la Maestra de Novicias en su búsqueda caminando cuidadosamente entre las rocas desiguales. Ella había oído que este sacerdote era muy buen director espiritual y un apto consejero. El Hermano Portero las admitió en silencio, hablándoles solamente por señales. Les indicó que el Padre Alfonso estaba escribiendo; cosa que solía hacer después de rezar la Oración del Ángel. El Padre descansó su pluma fuente en su tintero cuando las vio llegar a su celda.

"Madre," le dijo el Padre Alfonso, poniéndose de pie cuando la vio entrar. La saludó con el abrazo fraternal, común a esas órdenes. "En el nombre de Dios, le doy la bienvenida a mi humilde recinto. Pero ¿qué cosa se le ocurre que viene a buscar a su siervo aquí?"

"Con su permiso, Padre," comenzó la Reverenda Madre. "Vine a consultar con Vos sobre un grave asunto de cultura y de fe. Hay una monja en nuestro convento quien, verdaderamente se cuenta entre las hijas de Dios que recorren la pista delicada e incierta entre la santidad y la locura."

El Padre Alfonso solivió las cejas, atónito. No era frecuente que una priorisa venía con tales nuevas tocante a una de sus propias hijas espirituales. "Padre," continuó la Reverenda Madre, "Yo sé que Vos habéis andado en esas tierras áridas que están tan lejos del Cielo. Esta monja, Sor María, reclama que en ellos también ha ido allá, transportada por las alas de los ángeles y cuando habla de ese sitio, me cuenta que la Virgen María misma ha hablado con ella y la anima a que les lleve las buenas nuevas de Cristo a los indígenas olvidados y que les anuncie el poder de la Santa Cruz." Y luego añadió: "¿Qué opináis Vos?"

El Padre Alfonso se detuvo unos momentos antes de responder. "Madre," le dijo, "las almas más olvidadas son las que están en mayor necesidad de la misericordia de Dios. No me sorprende que mi Tatita Dios ha enviado a su misma Madre para que halle a una sierva que haga Su voluntad."

"Y las tierras, de cuales habla, tienen un primor muy sublime. De ellas yo escribí así: 'Tierras de sangre de Cristo empapadas de sangre; montañas habitadas por Cristos lacerantes; Cristos de ojos hispanos; Cristos que cantan saetas al Redentor que muere, o tal vez a su cepa que también agoniza. Es la cepa de Cides, Quixotes o Teresas; los que hacen de la vida o locuras o poemas. Hoy sólo serán gestos y mañana vive Dios en epopeyas americanas. Así brotan las flores al pie de la Cruz frondosa. Ya a raza intrépida los valles grises mora y enflorece la tierra donde se torna roja en comunión de sangre. Raza hispana fecunda, ¿por qué en la vida esparces sangre en ritmo de vida? Cual Cristo agonizante, frondosa será siempre tu Cruz culturizante."

La Reverenda Madre no supo qué responder a tal poesía mística de la boca del Padre Benavides. Le parecía que sólo un santo puede comprender a otro santo, sólo un loco puede comprender a otro loco, y sólo un místico puede comprender a los dos.

Capítulo IIA
Dos Místicas Se Comunican

LA REVERENDA MADRE había trabajado hasta muy tarde esa noche, repasando la historia familial de Sor María. Descubrió de que María había nacido a Francisco y Catarina Coronel en el castillo familial en Ágreda el día dos de abril, 1602. Toda la familia de María había elegido seguir la vida religiosa en 1618. Su padre y sus hermanos tomaron votos de frailes Franciscanos. María y su madre hicieron votos en la Orden de Monjas Concepcionistas. Toda la familia había renunciado el mundo terrestre para unirse mejor al mundo celeste.

Desde muy niña, María había sido muy devota. Confiaba en su ángel de la guardia cuando tenía miedo y platicaba con sus santos favoritos como si fueran sus mejores amigos. Una vez, desde de confesionario, el párroco la escuchó sola en la iglesia hablando con la estatua de la Virgen María. Cuando el párroco miró por detrás de las cortinitas, le parecía que la Virgen se estaba sonriendo. Quizá sería porque estaba cansado y porque no estaba usando los lentes.

Trataba a la Virgen María como si fuese la luz del mundo perdido en las tinieblas. Rezaba: "Hermosa y cándida aurora donde nació el sol divino para luz de las tinieblas y rescate del cautivo. Luna que no fue eclipsada ni menguantes ha tenido, que siempre en este destierro nos alumbres el camino. A ti por piadosa Madre nosotros los más indignos te ofrecemos este santísimo rosario por los gozos más crecidos que sintió en su corazón por el más hermoso niño de Gabriel fuiste anunciada al Espíritu Divino.

Al visitar Isabel pasates largo camino ardiendo de puro amor y aunque temblando de frío. De vuestros gozos me alegro y por ellos te suplico, seas nuestra intercesora en todo cuanto pedimos: victoria del navegante, consuelo del afligido; las almas del Purgatorio tengan descanso y alivio. Mandando de vuestra gracia con un abundante rocío que por ellas merezcamos vernos en el Cielo imperio, donde tú, Señor vives y reinas con Dios Padre en unidad del Espíritu Santo y eres Dios por todos los siglos de los siglos santos, Amén."

La Reverenda Madre casi no podía comprender toda la teología oculta en la oración de Sor María. A través de sus investigaciones había aprendido que Sor María le había dado treinta y siete consejos a otra mística llamado Teresa de Ávila quien muchos trababan de loca. Tenía que consultar con Sor María para aprender cuales serían los treinta y siete consejos que le había dado. Se acostó la Madre Superior muy noche pensando regresar muy temprana a su convento y hablar con Sor María de Ágreda.

Ya iba saliendo el sol cuando regresó el convento. La Hermana Vigiladora le desatrancó la puerta y la recibió en el pasillo. Cuando la Madre Superior le preguntó por Sor María, la Hermana Vigiladora le respondió que suponía que ella estaba haciendo oración en la capilla como las demás de las monjas. Al ir a buscarle en la capilla, sin embargo, le informaron las otras que no se había levantado a hacer oración con las otras.

Muy preocupada la Reverenda Madre acudió hacia la celda de Sor María. Halló que estaba atrancada por adentro. Se apenó, pensando que quizá Sor María estaba enferma o algo peor. Con su llave maestra, la Reverenda Madre abrió la puerta, rezando entre los dientes, invocando el favor de Dios.

Cuando mudó la humilde fresada tosca que usaba Sor María en

su lecho, la Madre vio que nadie había pasado la noche allí. ¿Dónde estaría Sor María? Le dio un escalofrió al pensar que quizá la monja había volado con los ángeles a visitar a sus queridos Indios en el otro lado del mundo.

Capítulo IIB
Sor María Oye a la Virgen María Claramente

MIENTRAS QUE IBA volando sostenida por las manos de los ángeles, Sor María oía la suave voz de la Virgen María. Le hablaba, como si iba a prepararla para lo que vería allí. "El sitio adónde vas, hija," le decía, "se llama La Nueva España. Yo misma fui a visitarlo casi cien años pasados en 1531. En un sueño me le aparecí al Arzobispo, Don Juan de Zumárraga y le prometí en Naraza que iba verlo allí en la Ciudad de Méjico. Algún día la región que verás, se llamará Nuevo México y te necesito a ti para que seas mi mensajera allí.

"Madre querida," le dijo Sor María a la Virgen, "Tengo miedo. A penas me conozco a mí misma y no tengo las palabras propias para ser su mensajera."

"No te preocupes, mi hija," le respondió la Virgen. "Yo tenía casi tu misma edad cuando el Ángel Gabriel me declaró que iba a ser la Madre de mi Señor. Pero como confiaba en Dios, no me detuve en lo mínimo y le dije que se hiciera según su santa voluntad."

"¿Dónde nació Usted, mi Dama?" le preguntó Sor María.

"Mis padres Joaquín y Ana vivían en Safaris, un pueblo perchado en un reliz muy alto entre Caná y Galilea. Vivieron solos por muchos años, sin hijos. Mi padre fue al templo un día a desengañarse por qué sería que Dios los había dejado tanto tiempo sin hijos. Los sacerdotes lo echaron de allí, creyéndole maldecido de Dios. Tristemente se fue a llorar su miseria en el desierto.

Allí, el Ángel Gabriel lo confortó y le reveló que aún en su edad avanzada, él y mi madre iban a tener a una hija. Luego fue el Ángel para Safaris y le dijo la misma cosa a mi madre.

Con gran regocijo mi padre fue corriendo hacia el puerto del pueblo. Allí halló a mi madre esperándolo. Se abrazaron y mi padre la besó en una mejilla y de ese beso casto nací yo inmaculada, sin mancha de pecado original."

"Dígame, mi Dama," pidió Sor María a la Virgen, cuando iba acercándose a una inmensa selva, "¿Ha tenido otros mensajeros aquí?"

"Sí, hija mía," le respondió la voz de la Virgen, "Una mañana iba caminando por el Cerro de Tepeyac cuando vi a un Indio devoto cuyo nombre era Juan Diego. *Juantsín'* le llamé en su idioma nativa, que significa 'Juan m'hijito'. El Indio se detuvo porque en ese cerro olía un perfume muy dulce y de rico primor y oía el cantar de pájaros raros y hermosos. Le mandé ir a la casa del Arzobispo Don Juan de Zumárraga en México como mi mensajero. Su mensaje era que yo deseaba que me hiciera un templo allí en el Cerro de Tepeyac.

Aunque *Juantsín* tenía miedo, me hizo el mandado. Después de ser rechazado por el Arzobispo cuatro veces, con mi ayuda, por fin logró convencerlo a cumplir con en recado. Con unas flores que le puse en su tilma el Arzobispo logró ver a mi imagen estampado en ella y todo México se convirtió en seguidores de Cristo por milagro de la Virgen Morena."

Cuando Sor María miró para abajo la segunda vez, vio un desierto vacío despojado de toda vegetación dónde no había más que piedras, viento y calor. Sor María se desanimó hasta que la Virgen le habló otra vez: "Hija mía, cuando era tiempo para mi Hijo de comenzar su ministerio, no fue a purificarse en palacios ni en castillos; se fue para el desierto cual era un tabernáculo árido. Fue allí donde

Jesús aprendió que aún en los lugares más ocultos, Dios no creó basura; en el desierto hay una belleza cruel que penetra el alma y hace al hombre ver que polvo es y a polvo volverá. Ve, hija mía, ve a purificar tu alma dónde no hay tentaciones para distraerte de la verdad."

Capítulo IIC
La Primera Tentación de Sor María

"MEMENTO QUIA PULVIS es et in pulverem reverteris," se dijo suavemente María de Ágreda en latín, recordando las palabras del Tatita Dios a Adán después del primer pecado en el Jardín del Paraíso. "Recuerda que polvo eres y a polvo volverás"

Sor María estaba parada en el pleno desierto mientras que la caliente arena la golpeaba de todos lados. Primero pensó no moverse ni esconderse del terremoto. Iba a comenzar su primer ministerio y tenía que purificar su alma de toda maldad. Ella se ahincó y dijo: "Besaré esta santa tierra para que mi alma no se pierda ni muera sin confesión, amén."

Cuando sintió la arena entre sus dientes contempló en la idea de cuán extática sería la muerte cuando se deshace el alma del cuerpo que la aprisiona. Luego, besando el crucifijo que pendía de su sotana, dijo: "Besaré esta Santa Cruz para que mi alma lleve luz en la vida y en la muerte, amén, Jesús."

Se sobajó el viento de repente. Sor María estaba parada en un rincón calmo en el yermo como si estuviese en el ojo en medio de un huracán. A través de la luz de la plena luna, Sor María pudo percibir a alguien acercándosele con una cierta sonrisa de traición. Reconoció que era el tentador que salió de entre las sombras y se le acercó con una propuesta: "Sor María," le dijo, "me da lástima de verte aquí, sola en este abandono entre tantas espinas y hierbas. Si me permitieras, yo les diera permiso a los ángeles del Cielo para que te llevasen en sus manos a un oasis más cómodo."

Sor María siempre estaba alerta a las asechanzas del Diablo y le replicó sin darle a vista: "Yo, pobre moza que sea, soy mucho menos inteligente que Vos, pero confío en Dios que todas vuestras promesas son tan falsas ahora con lo fueron al principio de la creación."

El Diablo pensó por un instante de cómo iba a llevarse a Sor María. Le dijo: "Hija querida, yo solamente vengo a darte la bienvenida al Mundo Nuevo porque ya sabía que algún día vendrías a estar conmigo. Quiero que sepas que cuento con varios amigos aquí que te pudieran ser útiles. En la Ciudad de México ya he visitado a una monja como tú. Se llama Sor Juana Inés de la Cruz."

Sor María lo miró un poco atónita. Ya su amiga Sor Teresa de Ávila le había confiado que ella también se había comunicado con la monja Mexicana. La poetisa Sor Juana Inés de la Cruz era renombrada en dos mundos como 'La Décima Musa'. Escribía poesía que era a la vez sagrada y a la vez profana.

Cuando Sor María vaciló por un momento, el Diablo comenzó a hablarle usando las propias palabras de Sor Juan Inés de la Cruz:

"Ya la primavera hermosa en sus árboles ha visto,
dos veces las tiernas flores y dos, los frutos opimos.
Ya los campos y los montes han del tiempo resistido
dos veces el yerto invierno y dos, el calor estivo.
Ya los risueños arroyos en sus escarchados ríos
dos veces se han visto presos, y dos libres han salido;
Todo lo cual, Gran Señor, hablando en el más llano estilo,
quiere decir que ya Vos, dos años habéis cumplido."

Capítulo IIIA
Sor María Regresa a Su Celda

SOR MARÍA SINTIÓ que alguien le estaba tocando el hombro suavemente. Oyó la voz de la Reverenda Madre diciéndole: "Ándale hija, despierta. Por el amor de Dios, respóndeme." Sor María abrió los ojos como si estaba batallando para salir de una letargia. La Reverenda Madre le ofreció un traguito de agua. Mirándola directamente en el rostro le dijo: "Tengo unas preguntas para hacerte."

Sor María le respondió la mirada con la suya, aunque media-aturdida. Sin más ni más, la Reverenda Madre comenzó: "Hija querida, estoy completamente atónita con lo que te voy a decir: Por tres noches he velado aquí al lado de tu lecho, rogándole a Dios que te socorra en todas tus necesidades de cuerpo y alma. También, he rogado que la Virgen te cubra con su manto. Dios ha de ser mi testigo cuando te digo que nadie ha estado en este lecho por tres días y tres noches, y ahora apareces ante mis ojos sin ninguna explicación. ¿Cómo es posible?"

"Madre," le replicó Sor María, "He pasado una breve temporada en el Nuevo Mundo, acomodándome a esas remotas regiones y al mismo tiempo nunca he salido de aquí. Por una gracia singular de Dios puedo estar en dos lugares distintos al mismo tiempo."

"No puedo comprender cómo sea posible estar en ambos lugares a la vez," dijo la Madre.

"Y yo no puedo comprender cómo no pueden más personas estar en dos lugares separados por el tiempo y el espacio a la misma vez," le respondió Sor María. "Es la cosa más fácil y natural en el mundo para los que rinden al misterio."

"¿Y no te asusta ser instrumento de tan gran misterio, hija?" preguntó la Madre.

"Cuando era niña, sí me asustaba, pero cuando caí en edad de juicio aprendí a ser humilde y obediente al misterio. Cuando una persona se humilla ante en misterio de Dios, se le colma la vida de gracias desconocidas y sublimes."

La Reverenda Madre pausó a reflexionar sobre su respuesta. "Dime, hija," le dijo al fin, "¿Qué ocurrió en el desierto del Nuevo Mundo?"

"Se me apareció el Mal-Tentador en el desierto y me acostó con sus suaves palabras. Me prometió una vida sin paralelo si seguía sus consejos. Trató de convencerme que hay otras monjas como yo quienes han seguido sus avisos, pero no me dejé engañar por él."

Sor María continuó su narrativa: "Madre," le dijo, "cuando iba volando sobre el altiplano, logré a ver vastos atajos de grandes vacas jorobadas peludas que eran de tal número que no se podían contar. Cuando se movían, estas vacas jorobadas despedían con sus tropeles, un sonido como truenos en la distancia. Esas vacas jorobadas son la comida principal para los indígenas de los alrededores."

"¿Cómo sabes los modales de los indígenas, m'hija?" le preguntó La Reverenda Madre.

"Visité con algunos de ellos, Madre," le replicó Sor María. "Estuve hablando con ellos de la gran misericordia de Dios y tocante las virtudes del sacrificio. Aunque les hablé en español, ellos me entendieron tan bien como si les hablase en su propio jumano. En agradecimiento, me invitaron a comer con ellos."

"¿Qué te dieron para comer, m'hija?" le preguntó la Reverenda Madre.

"Me ofrecieron una comida muy rara, Madre," le respondió. "Era una carne sabrosa guisada en salsas picantes. La carne era de esas mismas vacas jorobadas de las que antes le había hablado, Madre. Los indígenas le llaman 'chile con carne'."

Capítulo IIIB
La Reverenda Madre Aprende
a Hacer Chile con Carne

"¿CÓMO DIJISTE, HIJA, que los indígenas le llaman a esa comida maravillosa?" le preguntó la Reverenda Madre a Sor María.

"Cuando la vaina está en la planta, le llaman *'tsileh-nuh'*. Pero cuando es un platillo preparado y guisado, le llaman *'tsilih'*. Es muy picante y hasta los hace llorar mientras que lo comen. Los primeros pobladores hispanos no podían pronunciar la palabra 'tsileh-nuh' de manera que le llamaban 'chile' y lo guisaban con carnes nativas.

"¿Aprendiste, hija-," le preguntó la Reverenda Madre, "-cómo los Indios preparan ese chile con carne? Me parece que ha de tener muchos beneficios saludables."

"Madre," replicó Sor María, "Los Jumanos preparan esa comida de muchos ingredientes desconocidas. Comienzan con una libra de la carne de esas vacas jorobadas peludas." *[Le pintó la imagen de un cíbolo norteamericano con un tizón de carbón para que supiera de qué estaba hablando.]* Si no tiene carne de rez jorobadas, puede sustituir una libra de carne de jabalí. *[Le pintó una imagen de un cerdo silvestre.]* La Madre los miraba con mucha atención.

"Madre, va a necesitar dos libras de carne de rez jorobada o berrendo, una libra de jabalí, cuatro clavos de ajo picado finamente, dos cucharadas de grasa o de manteca de berrendo, tres hojas de laurel, dos tazas de tomates maduros, una cebolla picada como dos pulgadas en diámetro o un puerro picado.

También va a necesitar una taza de pulpo de chile colorado o seis cucharitas de polvo de chile mezclado con una cucharada de harina, una cucharada de orégano, una cucharada de sal, y una cucharita de cominos.

Córtense las dos carnes en pedazos como de una pulgada cuadrada. En un perol de buen tamaño, derrítase la grasa. Píquese una cebolla, agréguese el ajo y cocinease por cinco minutos. Agréguese la carne a la mixtura junto con tres cucharadas de agua. Cúbrase y déjese hervir por cinco minutos.

Cuélense los tomates por un colador y agréguense. Échese el chile y cocinease por veinte minutos. Si se usa polvo de chile, mézclese primero con la harina en agua fría hasta en hacerse una leve salsa antes de agregarse a la grasa, la cebolla y al ajo antes de ser cocinados. Ahora agréguese el orégano, los cominos y la sal y cocinease lentamente por como dos horas. Échesele una poca de agua para que no se queme, pero no muy mucha. Sírvase con frijoles."

"Hija mía," le dijo la Reverenda Madre, impresionada por su vasta sabiduría, "¿cómo aprendiste todo tan bien? Es como si fueras cocinera natural."

"Mientras que me hablaban los indios Jumanos," respondió Sor María, "observé cómo preparaban todo. Nos sentamos a cenar todos juntos y estaba junta con ellos hasta que sentí que me estaba tocando suavemente en el hombro."

Sor María se dejó caer dormida; bien exhausta. La Reverenda Madre le ayudó a acomodarse en su lecho. Cuando le puso la cabeza en la almohada, vio un papelito dentro de su misal. Cuando lo miró, vio que una mano exótica había escrito lo siguiente: "Ángeles y querubines coronan tu cabeza. A tus pies prostrados firmes, bendita sea tu pureza. Ágreda de Jesús eres; El centro de tu nobleza. Entre todas las mujeres, bendita sea tu pureza."

Capítulo IIIC
Las Ánimas del Purgatorio
Salen Una por Una

LA REVERENDA MADRE se quedó contemplando los loores ofrecidos a Sor María por un compositor desconocido. ¿Cómo sería que esta novicia adolescente a penas de la edad de juicio pudiera inspirar a tal fervor místico? Sor María estaba durmiendo, apoderada por un sueño muy fuerte. Nada la perturbaba.

La Reverenda Madre pepenó el libro de oración de lecho a su lado. De repente discernió otro papelito colocado entre las hojas del misal. Era una notita personal firmada con el nombre '–Teresa'. Contenía consejos sobre cómo podía ayudarles a las ánimas salir del Purgatorio donde estaban penando.

A lo que la Reverenda Madre comprendía, la Santa Madre Iglesia estaba dividida en tres partes: La Iglesia representada por los santos se llamaba 'La Iglesia Triunfante'. La Iglesia de los vivos se llamaba 'La Iglesia Militante'. La Iglesia de las ánimas se llamaba 'La Iglesia Sufriente'. Las ánimas estaban purificándose de todo pecado en el Purgatorio.

Sabía que las ánimas necesitaban que los vivos rezaran por ellas antes de poder subir al Cielo. Había oído a otras monjas bisbisear que Sor María a veces hablaba con las ánimas de ciertos muertos, intercediendo por su bienestar. Sor María no temía a los muertos;

para ella, las ánimas eran su mera familia. De seguro, muchos de los muertos fueron sacadas de penas por la intercesión de Sor María. Pero ¿cómo lo haría? Eso no sabía la Reverenda Madre.

Todo lo que sabía es que algunas personas les tenían miedo a los muertos. Cuando veían a los muertos caminar entre ellos, les llamaban "Los Descarnados." Ya que sus cuerpos no funcionaban en este mundo, algunos los conocían también como "Los Difuntos."

Mientras que la Reverenda Madre hojeaba por el misal, descubrió la oración de Sor María usaba para sacar las ánimas del Purgatorio, una a la vez. Se puso a leer la oración, palabra por palabra calladitamente:

"Jesucristo se ha perdido y La Virgen lo va a buscar entre huerto en huerto, de rosal en rosal. Debajo de un rosal blanco un hortelanito está. 'Hortelanito, por Dios, dime la pura verdad si a Jesús Nazareno por aquí has visto pasar.' 'Sí Señora, sí lo vi antes del gallo cantar. Una cruz lleva en sus hombros que lo hacía arrodillar, una corona de espinas que lo hacía traspasar, una soga en su garganta que de ella estirado va y entre judíos y judíos bien acompañado va.

Caminemos Virgen Pura para el monte del Calvario que por presto que lleguemos ya lo habrán crucificado. Ya le clavan los pies. Ya le clavan las manos. Ya le tiran la lanzada a su divino costado.

La sangre que derramó está en el cáliz sagrado y el hombre que la bebiese será bienaventurado; Será feliz en este mundo y en el otro coronado. El que esta oración rezare cada viernes del año sacará un ánima de penas y la suya del pecado. El que la sabe y no la reza; el que la oye y no la aprende, el Día del Juicio sabrá lo que esta oración contiene."

La Reverenda Madre bajó el libro de oración y lo puso en la almohada pensando que Sor María tendría bastante paciencia para tratar de sacar a todas las ánimas del Purgatorio una por una con sus intercesiones. Suspiró, pensando en la tenacidad de la monja. Quizá ése era el secreto de su éxito en el misticismo.

Capítulo IVA
Sor María Es Amonestada por un Ánima

SOR MARÍA DESPERTÓ de un volido y se halló sola; La Sor Vigiladora había entrado en su celda toda desenfrenada. Sor María vio el terror en los ojos de La Vigiladora. A penas podía discernir lo que estaba tratando de decirle. Al lado de la Vigiladora, Sor María veía a una persona transparente que quería consolarla, pero parecía que ella no la podía ver. La Sor Vigiladora cayó en un desmaye y se dio un golpe en la frente. Entonces se dio cuenta Sor María que la persona transparente era un ánima librada del Purgatorio. El ánima le habló:

"Sor María, he salido de las penas que me tenían presa y he venido a pagaros la caridad por vuestras oraciones. Vengo a amonestaros que peligra gravemente la vida. Algunos guardias de La Inquisición os buscan para haceros daño."

"¿Qué tengo yo que ver con el Santo Oficio?" le preguntó Sor María al ánima.

"No nombréis al Santo Oficio con tanto descuido," respondió el ánima. "Todos los que viven una vida distinta a los mandatos de la Santa Madre Iglesia son sospechas."

"Yo no soy más que una insigne monja de poca importancia," respondió Sor María. "¿Cuales mandatos de la Santa Madre Iglesia he quebrantado yo?"

"Verdaderamente ningunos," respondió el ánima. "pero este mundo es muy traidor. Sois muy humilde y devota. Mas, esa gracia tan singular que tenéis de poder volar y de estar en dos lugares a la misma vez, os ha ganado un renombre fenómeno. Os sospechan de brujería."

"¿Yo, bruja?" preguntó Sor María increíblemente. "¿Quién me acusa?"

"Los ministros de La Inquisición," respondió el ánima. "Han sido mandados por el Gran Inquisidor mismo que os vengan a prender y después de arrestaros, que os pongan en grillos y cadenas, en las cámaras ignobles del Santo Oficio. Allí, seréis sometida a torturas bárbaras hasta el confesar vuestras maldades anti eclesiásticas."

"Dios sea mi testigo que soy inocente a esas acusaciones," lamentó Sor María amargamente. "Yo solamente obedezco lo que La Santa Virgen me pide." Sor María pausó por un momento. "¿Y de qué clase de torturas se sirven los inquisidores para extraer confesiones de sus víctimas?"

El ánima dio un gemido antes de responder. "Primero os pondrán 'La Bota'."

"¿Qué es 'La Bota'?" preguntó Sor María.

"Es un instrumento fijo donde meterán vuestro pie. Después de haceros algunas preguntas, si no les gustan las respuestas, afijarán unos tornillos que cerrará La Bota de una manera tan dolorosa que gritaréis, aclamando a los Dulces Nombres de Jesús, María y José para salir de tan lastimoso estado."

Sor María se persignó, pensando en las torturas bárbaras.

"Hay instrumentos más horribles que pueden imponeros como el estrepato, la garrucha o la toca," dijo tristemente el ánima. Y si caéis en desgracia por la confesión esforzada, os obligarán de usar una túnica llamada 'un San Benito'," dijo el ánima.

"¿Qué es 'un San Benito'?" preguntó Sor María con curiosidad.

"Es una vestidura blanca con una gran cruz amarilla sobre el pecho que indicará para todos que la vean, vuestra desgracia ante los ojos de Dios," respondió el ánima. "Entonces tendréis que presentaros ante el Gran Inquisidor mismo llamado Luis de Aliaga."

Capítulo *IVB*
La Inquisición Prende a Sor María

"¡ALIAGA!" SOR MARÍA bisbiseó entre dientes cerrados. Solo su nombre le inspiraba gran temor. Comenzando con el Gran Inquisidor Tomás de Torquemada hace cien años y pico, los inquisidores entabicaban a noventa por ciento de las personas acusadas de cosas tan diversas como la brujería, el judaísmo, la herejía, o de burla en contra del Santo Oficio. Y ahora de que el ánima le había advertido, se desapareció y se fue bendita de Dios. Sor Vigiladora despertó y se descabulló en un trance, sin decir algo más.

Sor María se quedó acostada en su lecho recordando los asuntos que le habían contado toda su vida. Desde que nació en 1602, había habido cuarto Inquisidores del Santo Oficio: Juan de Zúñiga Flores; Obispo de Cartagena, Juan Bautista de Acevedo; Obispo de Valladolid, Bernardo de Sandoval y Rojas; Arzobispo de Toledo y ahora que tenía diecisiete años, Luis de Aliaga Martínez.

Se contaba que aún desde niño, su propia madre lo había rechazado. Desde entonces, Luis de Aliaga guardaba sospechas en cuanto cada mujer que había conocido. En particular, escrutaba muy cuidadosamente a las curanderas que les hablaban a las plantas y que juntaban remedios por a luz de la luna. Se imaginaba que cada gato negro ocultaba un demonio secreto o espíritu malévolo, familiar de las brujas. Vivió una vida repugnante, acusando a cada mujer de ser esposa de Satanás. Como sus predecesores, Luis de Aliaga se había dejado creer de las escrituras de un clérigo alemán nombrado Heinrich Kramer.

En 1487 Kramer había escrito un libro más popular que la Sagrada Biblia. En latín se titulaba *"Malleus Malificarum"* o ya sea "El Marro de la Brujas." Fue el libro más odioso, escrito para el gran descrédito del género femenino. El cruel Inquisidor Tomás de Torquemada leía el *'Malleus'* con gran entusiasmo y placer, siendo que, en la vida, toda mujer lo había rechazado como varón asqueroso.

Aliaga asemejaba a Torquemada en el vasto odio que les tenía a las mujeres. Le gustaba presidir sobre el *Sermón Generalis*. Era una ceremonia en cual el Gran Inquisidor pronunciaba su decisión en contra de algún acusando. Si eran inocentes, los libraba de la cárcel. Si el acusando confesaba su crimen, le asignaba una penitencia según la Ley Canónica de la Santa Madre Iglesia. Pero si eran culpables, no podían esperar más que el más severo castigo de las autoridades seculares porque el Inquisidor no quería mancharse con su sangre.

Sobre todo, Sor María le temía más que nada al *auto de fe*. Un *auto de fe* era el tiempo cuando la acusada herética o bruja, sería puesta en la plaza pública arriba de una pila de leña y quemada viva adelante de todo el poblado. Así había muerto la santa Juana de Arco en Francia por mano de los Ingleses.

Mientras que Sor María temblaba con escalofrío, oyó un tumulto afuera de su celda. Unas voces crueles preguntaban por ella sin recibir respuesta. Los ministros de la Inquisición quebraron la puerta y entraron, seguidos por los bárbaros verdugos con grillos y cadenas. Pálida como un ánima, Sor María trató de levantarse del lecho, pero cayó del miedo que tenía. Sin palabra, la prendieron con violencia y la arrancaron de su celda, inconsciente.

Cuando Sor María despertó, se halló en las tristes mazmorras oscuras del Santo Oficio. No tenía mucha esperanza.

Capítulo IVC
Sor María Es Atormentada
en las Mazamorras de la Inquisición

DE REPENTE SE abrió la puerta fuerte mayor de la cámara. Tres personas entraron a paso medido con las cabezas inclinadas al sonido de un tomé. Las primeras dos usaban vestiduras blancas y sueltas que las hacían verse indistintas de entre las sombras. Sus cabezas estaban cubiertas con capuchas piconas que les ocultaban la identidad. La tercera persona no usaba disfraz; era un sacerdote con cara repugnante y con boca que despedía mal aliento. Sor María lo conoció de una vez: "¡Aliaga!"

El Gran Inquisidor mismo había venido para supervisar las torturas de "esta monja infame que tenía talentos extraños y muy singulares." A pesar de que muchos consideraban a Sor María como santa, Luis de Aliaga Martínez sin embargo estaba convencido de que Sor María tenía que ser bruja. La Inquisición, siempre estaba alerta y atenta en buscar brujas (a veces llamadas *"bruxas,"*). Eran mujeres solteras, viejas y sin domicilio, o mujeres medias cortas de espíritu, también mujeres pobres o curanderas que usaban para suplir sin límite sus autos de fe públicos.

Esta mujer le había evadido por muchos años y lo había puesto en ridículo ante la Inquisición. En esta ocasión no se le escaparía. Con cara ardiente de rabia el Gran Inquisidor se le arrimó a Sor María diciéndole a sus auxiliadores: "¡Átenla a la camilla de estiramiento!"

Sin más ni más sus dos auxiliadores prendieron a Sor María y la arrastraron, acostándola con violencia en la camilla. Le amarraron las manos y los pies a las cuatro esquinas y afijarán sus vendas con tornillos.

"Ahora vamos a ver si estáis lista para confesaros," le dijo con burla. "¿Con qué empezaremos? ¿Os sacaremos todas las uñas una por una, u os desollaremos de toda vuestra piel pelándola como una pera desde arriba hasta abajo?"

"Sor María trataba de no prestar oído a sus amenazas; más bien, levantaba los ojos al Cielo, implorando la ayuda de la Divina Providencia. Entretanto, los dos auxiliadores trajeron varios instrumentos de tortura para aterrorizarla con su vista. Primero le pusieron *el estrepato* con sus cabestros móviles de donde pendían a una persona como un yoyo humano. También le mostraron *la toca* y *la garrucha* en cual casi ahogaban a la persona con ponerle un trapo mojado adentro de la garganta echándole agua, gota por gota hasta que no podía resollar.

Sor María apretaba los ojos, rehusando de mirar a esas cosas asombrosas. El Gran Inquisidor Aliaga le quería meter miedo, murmurándole en el oído como un diablo encarnado: "Dados por vencida, Sor María, si no queréis sufrir *el bastionado*. Ése sí que es muy doloroso."

De repente Sor María cerró los ojos, sin decir nada ni al Inquisidor Aliaga ni a sus auxiliadores anónimos. Sus labios se movían como si estuviese rezando. Parecía estar inconsciente a los horrores alrededor de ella. Con Aliaga y los auxiliadores mirándola, se ve levantando en el aire arriba de la camilla, flotando sin esfuerzo ante sus ojos atónitos. Sin que pudieran atajarla, se les borró de la vista, volviéndose nada.

Lo que ellos no sabían es que en ese momento Sor María iba volando en las manos de los ángeles en rumbo de su Nuevo México querido.

Capítulo VA
Había Habido Otros Bilocalizadores

"¡QUÉ DEMONTRES PASÓ aquí!?" exclamó el Gran Inquisidor Luis de Aliaga con exasperación. Sor María de Ágreda se había convertido en una neblina y se había desaparecido de entre sus manos. "Estoy seguro de que esa monja-bruja ya va volando por el aire muy lejos de aquí. Esa maldita hechicera ya irá volando en su tina de lavar mágica conversando con los espíritus malos y sus animales familiares."

Los dos auxiliadores del Gran Inquisidor se echaron la mirada uno al otro por debajo. "¿Está cierto Vuestra Merced de que Sor María sea bruja?" le preguntó uno. "Los informes que nos han enviado, reportan que vuela en las manos de los ángeles y que conversa con la Virgen María misma."

"Esos informes no son más que mentiras y embustes fabricados por una insigne monja que quiere aparecer importante en los ojos del mundo. La verdad es, que como todas las otras malhechoras, es discípula de Satanás."

"¿Habla Vuestra Merced con acierto?" le preguntó el segundo auxiliador. "Muchos aquí en España la consideran ser santa. Dicen que vuela por la gracia de Dios."

"¡Propaganda satánica!" exclamó Don Luis de Aliaga con rabia. "¿Qué no sabéis que es en contra de la ley del Santo Oficio disputar la palabra del Gran Inquisidor? ¡Si persistáis en ese equívoco, os puede alcanzar el mismo auto de fe!"

Sus dos auxiliadores se hicieron amarillos, amarillos. Corrían el riesgo de ponerse en gran peligro ellos mismos. Se quedaron callados hasta que el Gran Inquisidor se largó de su presencia con furia, murmurando entre dientes.

En secreto se miraban uno al otro. "Ha habido otros voladores que podían estar en dos lugares a la vez, le dijo el primero al segundo, bajando la voz. "Hubo San Drogo en 1186, San Antonio de Padua en 1231, Santa Ludivina de Hiedan en 1433, San Pedro Regalado en 1456, San Francisco de Paula en 1507, y San Francisco Xavier en 1552."

"Y no olvidéis," añadió el segundo, "que Santa Catarina de Ricci causaba sensación desconocida en 1590 como bilocalizadora sin igual y que en nuestros días, San Martín de Porres; el fraile Negro del Perú, se ganó el respecto de la Iglesia en el Nuevo Mundo."

En un rincón de la cámara oscura los dos se ahincaron en secreto rezando la Oración de Santa Salpuga en contra de todo mal. Santa Salpuga era la mayor adversaria de todas cosas malas. Aún después de morir, un aceite milagroso brotaba de la piedra de su tumba.

Ambos hombres rezaban: "Padre, Señor del Saucito; Cristo poderoso, líbranos de todo mal: de robos en camino real, de pleitos y heridas mortales, y de los bravos animales, en cerros, montes, y llanos, por las llagas de tus manos, y tus ojos sacrosantos. Tú nos librarás, de brujas y hechiceros, y de fuertes aguaceros, de rayos y de torbellinos, y de los malos vecinos que intenten hacernos mal.

Padre, Señor del Saucito, la peste aleja de mí. Pues, aunque yo te ofendí, por las llagas de tus manos, haz que no muera yo en pecado, por las llagas que aquel clavo, hizo en tus santísimos pies, tu santo auxilio me des.

Por tu santísima cruz, mi dulcísimo Jesús, por tu corona sagrada, haz que, en la hora, cuando a juicio sea llamado, reciba yo confesado, la Sagrada Comunión, amén."

Capítulo VB
La Virgen Clarifica al "Cristo del Veneno"

SOR MARÍA ACABABA de desaparecerse de entre las manos del Gran Inquisidor en España. Sobre las manos de los ángeles se halló otra vez transportada hacia el Nuevo Mundo. A penas había llegado a Nuevo México otra vez cuando oyó la voz de La Virgen hablándole. "Percibo que tienes muchas preguntas, hija mía," la Virgen le dijo.

"Sí, Madre," Sor María le respondió. "Mis preguntas son muchas y variadas pero la más importante es ésta: Vos, como Madre del Altísimo, me puede decir: ¿por qué es que Dios ha tenido tantos nombres a través de la historia?"

"Hija mía, eso es porque Dios siempre ha estado revelando Su majestad a los hombres de todos lugares y de todos idiomas según lo puedan comprender. Él es el mismo Dios; son las percepciones de los hombres que son diferentes, según sus habilidades. Cuando toda la humanidad reconozca que todos son hijos del mismo Dios; hermanos y hermanas en Cristo, entonces habrá verdadera paz en el mundo."

"Gracias, Madre," Sor María respondió agradecida. "¿Por qué es que Jesucristo tenga tantos nombres como el Padre? A veces se conoce como Jesucristo Vencedor, Jesucristo del Saucito, Jesucristo de Esquípulas o Jesucristo del Veneno."

"El Hijo es tan grande como el Padre," dijo la Virgen con una cierta sonrisa. "Unos le llaman Jesucristo Vencedor porque vino al mundo a vencer el pecado. Otros le llaman Jesucristo del Saucito porque Él sana todas enfermedades. Los ancianos han usado la cáscara del Saucito por siglos como remedio para el dolor de cabeza. El latín se llama 'Salix'. Finalmente, aquí conocen a Jesucristo como el Señor de Esquípulas porque los nativos le llamaba 'Ek-Kampulá' o ya sea, 'el Señor que nos quita las nubes'. Jesucristo de Esquípulas pende de una cruz viva con hojas y ramos. Esto les indica a los hombres que, aunque Adán y Eva perdieron el Árbol de la Vida por el pecado, la Santa Cruz es el nuevo Árbol de la Vida."

"Pero todavía me confunde, Madre," añadió Sor María. "¿Por qué le llaman 'Jesucristo del Veneno'? El veneno no me parecer cosa buena."

"Lo que parece veneno para unos, es salvación para otros," dijo la Virgen. "Una vez había un sacerdote santo que todas las mañanas iba a venerar la imagen del Cristo de la cruz. Siempre, después de rezar, le besaba los pies al Cristo. Ocurrió que un cierto malhechor, se envidió del amor que el sacerdote le tenía al Cristo en la cruz. 'Vamos a ver si el Cristo lo puede salvar', se dijo una tarde.

Sin que nadie lo viera, el malhechor fue para la iglesia a escondidas y les untó a los pies del Cristo con el veneno de una víbora; Y metió detrás de las cortinas del confesionario para ver qué iba a pasar. Pronto llegó el sacerdote devoto y después de rezar, se ahincó a besarle los pies al Cristo como siempre hacía. Pero entonces algo inesperado ocurrió: Antes que sus labios tocasen los pies, el Cristo encogió las rodillas y mudó los pies para un lado. Luego se le hicieron los pies negros, los tobillos negros, las canillas negras, las rodillas negras, las piernas negras, la cintura negra, el pecho negro, el cuello negro y por fin, la cabeza negra.

Así vino el malhechor a saber de que aún la estatua del Cristo en la cruz se sacrificó por amor de su devoto. El Cristo del Veneno fue colocado adelante del altar como signo de un amor supremo." La Virgen desapareció y Sor María se halló sola otra vez.

Capítulo VC
El Viento Restituye la Vista al Ciego

SOLA EN PLENO desierto, Sor María trató de abrir los ojos, pero quedó deslumbrada por la luz del alba. Los rayos de un sol brillante penetraban las sombras del horizonte oriental. Los locales conocían al sol como *"el lucero del alba"* o ya sea, *"el ojo del amanecer."* Se recargó en una media-tapia de adobe calentita pensando en la hermosura que es el mundo.

Las primeras palabras que brotaban de los labios de los locales cuando despertaban, eran loores al Dios Eterno. *"En este nuevo día, gracias le atribuimos, O Dios omnipotente; Señor de todo lo creado."* Toda buena oración siempre comenzaba con dar gracias y no con pedir cosas. Sor María se maravillaba al pensar que toda la creación ansiaba conocer al Creador.

Mientras que los primeros rayos le calentaban el rostro a Sor María, alcanzó a ver a un viejito trastrabando hacia ella. Según avanzaba, fue evidente que era un viejito ciego. Se prendía de los chamizos y de las rocas con cada paso, caminando con cuidado y corriendo sus dedos sobre la faz de la tapia. De repente le tocó la mano que reposaba en la tapia y Sor María la recogió pronto. Él se sorprendió por el contacto inesperado con un ser humano.

"Me disculpa Vuestra Merced," le dijo. "No anticipaba hallar a alguien aquí."

"¿Adónde camináis con tanta prisa, padrecito? le preguntó Sor María.

"Todas las mañanas me apresuro por llegar a esta Capilla de San Miguel antes que se levante el viento," el cieguito le respondió. "Fue construida por los Indios de Tlaxcala el año pasado en 1624, dirigidos por los frailes Franciscanos. Sus antepasados habían venido para el territorio de Nuevo México con el Conquistador Don Francisco Vásquez de Coronado en 1540. Me gusta sentarme aquí, esperando el bien de Dios en mi vida."

A Sor María se le hizo curioso de que un ciego no podía esperar ver el bien de nada al menos de que el mismo Jesucristo viniese a ungirle los ojos con saliva y polvo y restituirle la vista como se lo había hecho al pobre hombre ciego en la Fuente de Siloé, dos mil años pasados. Pero el cieguito le había respondido con tanto acierto que se impulsó a preguntarle: "¿A poco me queréis decir que podéis ver al viento; cosa cual es imposible aún para los que tienen buena vista?"

Con el dedo índice de la mano derecha, el cieguito le apuntó hacía una antigua campana pesada, que estaba colocada allí en el campanario de la capilla. "Cuando los hombres tratan de repicar la campana con su cabestro," el cieguito continuó, "el tiempo se me pasa como en lo ordinario, pero cuando se levanta el viento y mueve la campana, me regresa la vista y puedo ver todo tan claro como si hubiese nacido con una vista perfecta."

"¿Cómo es tal gracia posible, padrecito?" le preguntó Sor María.

"Nada es imposible con Dios, Hermana," dijo el cieguito, ahora que se había levantado el viento. "Lo que los hombres perciben como viento, no es cosa menos que el movimiento de las alas de los ángeles que toca la campana. Así como Vos podéis viajar a través de los cielos en las manos de los ángeles, así esta campana se convierte de plomo en pluma por el viento."

Grande fue el susto de Sor María cuando el cieguito comenzó a platicarle de los colores y hechuras de todo alrededor de él. Pero el momento que el viento se aplacó, volvió el pobre a caer en sombras de nuevo.

"¡Bendito y alabado sea para siempre tan gran Señor!" exclamó Sor María con maravilla.

Capítulo *VIA*
La Virgen Anuncia la Llegada
de Cinco Santos

UN SUAVE VIENTO matutino había llegado con los primeros rayos del sol. Sor María lo sentía tocarle el rostro con una frescura calentita e inesperada. Cuando alzó los ojos para mirarlo, vio que era un sol de forma muy singular. No era como el sol de España. Sus rayos apuntaban hacia las cuatro direcciones cardinales, esparciendo su luz hacia el norte, el sur, el este y el oeste. Formaba una cruz en el cielo que anunciaba la vida para un nuevo día. Este símbolo de la cruz en Zia, había sido sagrado para los indígenas desde el principio de la Creación.

Mientras que Sor María disfrutaba del sol, oyó la voz de la Virgen decirle: "Este sol en cruciforme te confiero como signo de la presencia de Dios en este rincón. Servirá como recuerdo de tu misión aquí. Haz de traer mi mensaje a esta región como mi primera mensajera encogida. No te prometo felicidad en esta vida; te tengo señalada para un gran portento. En tus mismos días aún muy pocos reconocerán tus esfuerzos. Pero siglos después que traigas mi mensaje a este imperio del sol, otros fieles seguirán tus pasos para acá.

Los rayos del sol se fueron haciendo más fuertes y brillantes que lo que el ojo humano puede tolerar. Sor María fue obligada de entrecerrar los ojos para poder verlo. Oyó la voz de la Virgen otra vez diciéndole: "Este sol en forma de cruz simboliza la rueda de la vida del hombre. La circunrodean cuatro rayos en cada dirección. Los primeros cuatro rayos apuntan hacia las cuatro direcciones. Los segundos cuatro rayos indican los cuatro tiempos del día: el alba, el mediodía, la tarde y el anochecer. Los terceros cuatro rayos son indicativos de las cuatro edades: la infancia, la adolescencia, la madurez, y la vejez. Los últimos cuatro rayos indican las cuatro temporadas: la primavera, el verano, el otoño y el invierno.

Necesito que prepares este rincón para la llegada de cinco santos que brotarán de aquí. Años después de que regreses tú a Dios, estos cuatro traerán muchas bendiciones al poblado. Se conocerán como *'los Hijos de la Monja Azul'*. Toma a este sol en tus manos y úsalo en el servicio de Dios."

Sor María estrechó la mano y arrancó al sol desde el cielo. Sentía un poder desconocido corriendo por sus venas. Se vio volando por a través del cielo con el sol singular en su mano, bendiciendo a los escogidos de Dios. No podía imaginar quienes serían los cuatro santos escogidos que la seguirían después de la muerte ni de dónde vendrían. Pero si era el mandato de la Virgen, entonces era la voluntad de Dios. Tenía que cumplir con ello.

Sor María había notado que muchos se aguardaban hasta el último momento de la vida para prepararse para la vida eterna. Después, cuando ya no podían, andaban con aprietos -a tontas y locas- tratando de arrepentirse. La Madre Superior les llamaba: *"los que le dan la carne al mundo y no le guardan más que los huesos a Dios'*.

Grande sería el amor de Dios para sus hijos en estos alrededores para mandarles los rayos saludables de su sol. Un alabado se le ocurrió a Sor María mientras que volaba con el sol en la mano. Eran las palabras tomadas de los místicos quienes amonestaban a los tibios y descarriados que no dejasen todo para el último momento porque la muerte llegaba en su guadaña al tiempo más inconveniente. Se puso a entonar las palabras de alabado mientras que cumplía con su hacer: *"Cuando agonizando estés y roncándote ya el pecho, y con la vela en la mano, ¿qué quisieras haber hecho?"*

Capítulo VIB
La Virgen María Fue la Primera Llorona

AL MIRAR HACÍA la senda polvienta que menaba hasta la mera puerta de la Capilla de San Miguel, Sor María alcanzó a distinguir una larga procesión de mujeres vestidas en negro, que venían trastrabando con un ataúd en peso. Lo pusieron al lado de la vereda a descansar. Marcaron el sitio con una crucita y le llamaron *"un descanso."* Todas tenían la cabeza cubierta con un lienzo negro de lana llamado *"un tápalo."*

Mientras que la procesión descansaba, la madre del muchacho muerto clamaba su dolor. Cada mujer se le acercaba en turno, una por una. La madre le echaba su tápalo a la otra doliente y ella le echaba el suyo a la madre. Así, debajo de ambos tápalos, compartían su desgracia una con la otra.

Estas mujeres religiosas locales en luto se llamaban *"Las Carmelitas."* En otros pueblecitos les llamaban *"Las Verónicas."* Durante la Semana Santa, acompañaban a la estatua de Cristo en la representación de *"La Vía Dolorosa,"* con altos alaridos de dolor, pero hoy, lloraban la muerte de uno de sus suyos. Sor María se acercó al descanso a mirar al muerto tendido.

Conforme a la tradición local, el difunto estaba envuelto en un camisón blanco llamado *"un mortaje."* El muerto tenía las manos cruzadas sobre el pecho en reverencia ante su Creador. Entre las manos tenía el cabito de una vela ardiendo con un fueguecito. Sor María le habló a la madre del muerto suavecito:

"¿Por qué lloráis por vuestro hijo?" le preguntó a la madre afligida. ¿Qué no sabéis que las almas de los justos están en las manos de Dios?"

"Mi fe lo comprende bien, hija," le respondió la madre, limpiándose las lágrimas, "pero mi corazón todavía siente su ausencia. Estoy a la vez gozosa por él y triste para mí."

"Es cosa normal," añadió Sor María. "Forma parte de la condición humana. Hasta Jesús, quien era la vida y la resurrección, lloró por su amigo, Lázaro. La Virgen también lloraba por su Hijo, cantando: *¡Ay de mí! ¡Más ay de mí! ¿Qué ha hecho mi hijo, para morir así?'*

"A veces me avergüenzo de que llore tanto," bisbiseó la madre, 'pero ay, ¡cómo duele!"

"Nunca os avergoncéis de vuestras lágrimas," la interrumpió Sor María. "Honrad a vuestras lágrimas porque son el repositorio donde descansa el alma."

"Pero me apena de que me vayan a llamar '*la Llorona*', dijo la madre, bajando los ojos.

"La Virgen María fue la primera Llorona," sonrió Sor María. "Cuando ella y San José venían regresando de la Huida al Egipto después de trece años, el Niño Jesús se les descabulló y quedó perdido por tres días. La Virgen lloraba sin consuelo por el hijo que había salvado del Rey Herodes, pero ahora estaba perdido.

Después de tres días buscándolo entre parientes y conocidos, lo hallaron en el templo enseñándoles a los doctores los significados más profundos y sublimes de las sagradas escrituras. Cuando la Virgen lloró su dolor ante el Niño, él le preguntó: 'Madre, ¿qué no sabías que tenía que hacer la voluntad de mi Padre?' El Niño le secó las lágrimas y regresó con ella y con su padre putativo y fue obediente ante ellos."

La madre afligida se puso el tápalo, pero esta vez no se cubrió la cabeza. Sor María la había consolado tanto que, -sin olvidar su luto-, se fue con regocijo a sepultar a su hijo. Sor María oyó la voz de la Virgen diciéndole que ya era tiempo de regresar a su celda.

Capítulo VIC
¿Cuántas Horas Tiene el Día?
-Una, Dos, Tres, Ave María.

CUANDO ABRIÓ LOS ojos, Sor María estaba en su celda mirando a sus sandalias. Estaban bien polvientas. Las estaba tallando con una garra cuando la Reverenda Madre tocó en su puerta. Sor María le respondió: *"Ave María."* La Reverenda Madre entró y dijo: *"Ofrezca."* Sor María le dijo: *"Por las ánimas benditas."* La Reverenda Madre rezó calladitamente.

[Había sido una antigua tradición en el convento de rezar cuando alguien les ganaba el *Ave María*. Aún los niños de la escuela jugaban al *"Ave María."* Se tomaban del dedito de la mano derecha, balanceándolo los brazos para atrás y para adelante. Entonces ambos decían: *"¿Cuántas horas tiene el día? -Una, dos, tres, Ave María."* El que le ganaba el *Ave María* al otro niño, podía decir por quién tenía que rezar el otro niño.]

"¿Cómo te fue en el Otro Mundo, m'hija?" le preguntó la Reverenda Madre, y luego añadió, "Aquí te vinieron a buscar los de la Inquisición."

"Dios me salvó de las garras de los bárbaros verdugos, así como salvó al Profeta Daniel de las fauces de los leones, muchos siglos pasados," murmuró Sor María, poniendo sus sandalias debajo de su lecho. "Dios me tiene señalada para otra obra."

"Más de eso, m'hija," le dijo la Reverenda Madre; "te salvó de la fauz del mismo Diablo. El Obispo, Don Diego de Yepes, te marcó con el Espíritu Santo cuando te confirmó cuando apenas tenías cuatro años y decidiste ser monja junta con tu madre, Doña Catalina de Arana. Desde entonces el Obispo me aconsejó que te cuidase mucho. Él había sido el Confesor de Teresa de Ávila antes de que ella se muriese.

El Obispo dejó por escrito que eras muy devota, muy entregada a la oración contemplativa, y a veces reportó que te observó levitar por el aire, poseída de una ectasia inexplicable. Yo le he enviado informes a nuestro Obispo corriente, Don José Jiménez y Samaniego, de tu progreso, aquí en el Convento de la Inmaculada Concepción. Él está muy satisfecho de lo que lee."

¿Por qué me habláis con tanto misterio, Madre?" le preguntó Sor María. "Habladme por lo claro. "¿Cuál es el interés súbito en mí ahora mismo?"

"A mí no me falta mucho más tiempo para vivir en este mundo, m'hija," replicó la Reverenda Madre con una sonrisa triste. "Me es necesario comenzar a buscar entre las monjas por una que sea digna de reemplazarme como priora *locum tenens* después de que vuelva al Creador. Una priora se nomina nomás por el momento hasta que todas las monjas confirmen a una permanente cada tres años con su voto."

"Pero yo no soy digna de reemplazaros, Madre," dijo Sor María, comprendiendo lo que se le pedía. Se puso de pie ante el lecho, mirando a la Reverenda Madre. "Yo soy la más indigna de las hijas de Dios para ser considerada para ese puesto exaltado. Todavía me sobran tantos preparativos que considerar en el Nuevo Mundo antes de poder limitarme a este espacio. Necesito más tiempo para reflexionar."

"Cuando Dios nos llame, es porque cada instante y momento le pertenecen a Él. Así como con las Cinco Vírgenes Prudentes de la Biblia, hemos de siempre estar listas para recibir al Novio Divino cuando nos ocupe. ¿Cuántas horas tiene el día? -Nada más que las que nos sean útiles para alistarnos cuando el Señor nos llame," dijo la Reverenda Madre por fin.

Capítulo VIIA
La Virgen Habla
del Nacimiento del Niño Jesús

ERA LA NOCHE Buena. Sor María había batallado para dormirse. La Reverenda Madre le había propuesto que después de un tiempecito, ella sería nombrada priora *locum tenens*. Tanta responsabilidad era reservada para las que podían cumplir con ella. El décimo segundo capítulo de San Lucas bien decía en el versículo cuarenta y ocho: *"De los que mucho han recibido, mucho se esperará."* Sor María se ahincó al lado del lecho, invocando la intercesión de la Virgen María. "Madre del Perpetuo Socorro," le imploró, "en esta noche de todas noches, escuchados mi plegaria." Pronto oyó la voz de la Virgen responderle.

"En el aniversario de la noche cuando nació mi Hijo, ¿qué cosa te perturba?"

"La Reverenda Madre propone nombrarme para un puesto excelso, cual claramente no merezco. Dulce Madre, ¿cómo haré mi decisión?" le preguntó Sor María

"Cada decisión, hija mía, se ha de comenzar con una oración. Hay que confiar en Dios para todas las cosas. Cuando el Ángel Gabriel me declaró que iba a ser la Madre de Jesús, verdaderamente temblaba de miedo. Como yo también soy hija de Adán, tal propuesta me hizo estremecer el alma. ¿Cómo sería yo digna de tal gracia? Ya mis padres Joaquín y Ana eran muertos y a mí sola me había criado el sacerdote Zacarías y la profetiza Ana en el templo. Era inocente de los modales del mundo, pero le di mi consentimiento al ángel diciéndole 'hágase en mí según tu palabra'," continuó la Virgen.

"¿Quién hubiera sabido que iba a tener nueve meses para pensar en esta decisión? Me fui a buscar el consejo de mi prima, la ancianita Isabel, cosa que no era fácil porque vivía tan lejos de mí. Caminé sola por el yermo entre las sombras de un mundo peligroso y desconocido. Me escondía en el día de los ladrones que podrían asaltarme y quitarme la vida. Por la noche les temía a los animales silvestres y a las víboras. Así aprendí a caminar suavecito en la vida; aprendí a avanzar con pasos medidos, pero siempre poniendo toda mi confianza en Dios. Eso se llama tener 'fe'."

"Pero Madre," Sor María le respondió, "ibais a ser la Madre del Cristo mismo. Tendríais que saber que todo iría bien."

"Confiaba en Dios, pero no me fueron revelados todos los dolores que iba a sufrir en la vida; Siete Espadas espirituales iban a traspasar mi corazón. Tampoco se me fue revelado que mi prima, la ancianita Isabel, estaba encinta hasta que no la vi. Entonces el niño en su vientre dio un gran saltido cuando reconoció al niño en el mío. El feto de Juan Bautista se postró ante el feto de Jesús. Terminada la Visitación, regresé a mi casa a esperar el parto."

"Cuando se llegó el tiempo que ibais a dar a luz, ¿quién os ayudó?" preguntó Sor María.

"José y yo no hallábamos posada que nos acomidiese. Por fin dos parteras nos condujeron a un establo en una cueva de animalitos domésticos. La partera mayor se llamaba Salomé y la más joven era Filomena. Cuando se cumplió la llegada del niño al mundo, Filomena le dijo a Salomé: 'era virgen antes del parto, durante del parto y después del parto'. Salomé, quien ya había asistido en muchos partos, no la creyó. Levantó mi túnica para desengañarse por sí mismo. Por esa falta de fe, se le secó la mano. No se le fue restituida hasta que no se la frotó con el pañal del Niñito Jesús."

Sor María aprendió que una gran fe primero comienza con una gran obediencia.

Capítulo VIIB
La Virgen Comienza a Narrar la Mística Ciudad de Dios

SE HABÍA LLEGADO la víspera del Año Nuevo y con ella, la Fiesta de San Silvestre. Este santo pontífice fue el que había bautizado a Constantino, el Emperador de Roma tantos siglos pasados. Todos los obispos del Antiguo Mundo se habían reunido para formalizar *el Credo de Nicea* y establecer el dogma de la Iglesia Católica en el año 325. Fueron dirigidos por el Papa Silvestre quien fue nombrado Santo Patrón de Comienzos Nuevos.

Ahora, en esta medianoche, Sor María se hallaba sola en su celda ponderando cómo cambiaría su vida durante la nueva temporada. Se recogió, preparándose para dormir. Había apagado la luz de su velita, cuando de repente, la celda se fue llenando de un esplendor inimaginable. Alzó los ojos Sor María y vio a la misma Virgen María sentada en un rincón del cuartito con el Niñito Jesús en brazos.

Sor María se postró de rodillas ante tal gran favor e inclinó la cabeza. La Virgen, con una cierta sonrisa le habló: "Quería que esta noche conocieras al fruto de mi vientre, Jesús."

El Santo Niño estiraba sus bracitos hacia Sor María como queriendo tocarla, pero ella no podía hacer nada más que mirarlo, colmada de emoción. Sor María murmuró: "¿Y cómo es que la Madre de mi Señor venga a verme?", haciéndose eco de las palabras de Santa Isabel.

"Quería que me conocieras mejor por medio de mi Hijo," le dijo la Virgen. "En latín, se dice *'Pro Deo per Mariam'*; Hacía Dios por medio de María. El Hijo y yo compartimos la misma esencia; mi sangre mortal fluye en sus venas y su espíritu divino reina en mi corazón."

"Esta unión entre madre e hijo encierra un gran misterio," Sor María dijo a voz baja. "Yo quisiera saber cómo el misterio de la maternidad y la virginidad se mezclan juntos."

"Escribe hija, todo lo que te diga, hasta el día cuando estés con Dios en el Cielo," le respondió la Virgen. Sor María se puso de pie y tomó una pluma y un pergamino de la mesita para escribir. Continuó la Virgen: "*La Ciudad Mística de Dios* se encuentra para todos los que la buscan en el templo del corazón. Algunos piensan que el corazón y la cabeza son enemigos, pero no es verdad.

Ambos comparten la misma realidad. Se regulan uno al otro. La cabeza le envía entendimiento y sabiduría al corazón y el corazón hace que la cabeza comprenda la ternura y la compasión. Cuando el Niño Dios se humilló al estado mortal por medio de Su Encarnación, no solamente redimió, pero aún consagró a la humanidad por medio de Su participación en ella. Así como mi sangre nutrió al Espíritu de Dios y lo infundió con vida mortal, Su Espíritu me dio a entender los misterios más sublimes de la Santísima Trinidad."

Había tantas preguntas que Sor María quería hacerle a la Virgen, pero no podía escribir su dictado y ponderar la belleza de los misterios a la misma vez. Lo que sí comprendía es que de una manera muy singular había comenzado a escribir la autobiografía de la Virgen María en las palabras de ella misma. Se llenó de humildad al pensar que esa Señora que había participado en el nacimiento, la vida, la Pasión y la muerte del Niño Jesús en sus brazos, ahora se dignaba comunicarse con ella en su celda.

En ese momento de descuido mientras que estaba escribiendo, el Niño Jesús le dio una mirada de amor que disolvió a todos sus pesares. Se le vinieron unas palabras a los labios: *"Santo Niño de Atocha, Santo poderoso; Santo milagroso, haz que todas mis aflicciones se me vuelvan gozo."*

Capítulo VIIC
Sor María Se Tonsura el Cabello

CUANDO DESPERTÓ SOR María de su sueño, ya habían pasado tres horas del tiempo cuando las otras monjas habían cantado *El Alba*. Ya estaban ocupadas con sus obras corporales y espirituales de misericordia. Ella estaba demasiadamente cansada, pues había escrito la mayor parte de la noche. De repente se sentó en el lecho, recordando su entrevista con la Virgen María anoche en su celda. Pero ya la Virgen y su Hijo, el Niño Jesús, no estaban allí.

Echando la vista hacia la mesita en el rincón, Sor María vio su manuscrito repleto de muchos garabatos. Se levantó y caminó despacio hacía el montón. Reconoció su propia letra en el prólogo de los papeles. Comenzó a leer las letras indistintas del título: *Mística Ciudad de Dios, milagro de Su omnipotencia: Historia divina y vida de la Virgen, Madre de Dios, Reina y Señora Nuestra, María Santísima, Restauradora de la culpa de Eva, y Medianera de la Gracia, manifestada en estos últimos siglos por la misma Señora a su esclava; Sor María de la Villa de Ágreda, Abadesa del Convento de la Inmaculada Concepción de la Villa de Ágreda, de la Provincia de Burgos, de la Regular Observancia de N. S. P. S. Francisco para Nueva Luz del Mundo, Alegría de la Iglesia Católica, y Confianza de los mortales.*

Sor María abrió los labios, atónita; colmada de asombro. En el título del manuscrito, había puesto que ella misma era *'Abadesa del*

Convento de la Inmaculada Concepción de la Villa de Ágreda...'. Ella nunca había ambicionado otro título más que el de ser la esclava del Señor y de la Virgen. Y ahora, en la luz del día recordó que la Virgen la había nombrado *"Madre Abadesa."* Se puso a pensar en su nuevo deber a su puesto excelso:

Se levantó el griñón de la cabeza y cuando se lo quitó, sintió con las puntas de los dedos que en el tiempo que había estado viajando para el Nuevo Mundo, le había crecido un poco el cabello. Tenía unas mechas ralas en la corona y en los lados de la cabeza. En el cajoncito de la mesita había unas tijeras. Se sonrió pensando que se iba a trasquilar como una ovejita en el rebaño del Señor. "Una abadesa," se dijo, "es una mujer que está en cargo de un convento. En siglos pasados, la novicia que tenía el cabello más largo y bello era escogida como *Madre Abadesa.* Su cabello era tonsurado para adornar las estatuas de los santos para La Cuaresma. Así pues, llegaba ella a merecer el privilegio de ser la *Verónica Mayor."*

Mientras que Sor María se tonsuraba los pelos ralos de la cabeza, rezaba las palabras de la Ceremonia del Ofrecimiento: *"Mi divino Jesús, haced que yo también imite a María Magdalena, quien os lavó los pies con lágrimas de contrición y os los secó con su cabello. Qué yo me mueva a imitación de Santa Clara de Asís, quien os sacrificó su cabello, deshaciéndose de su tesoro por amor de Vos. Por sus mismos ejemplos, permitidme, Señor, que os dé de mi Ser, todas mis pequeñas vanidades y que mi sacrificio se use para mayor honra y gloria de Dios en reparación por los pecados del mundo y para mi propia salvación, Amén Jesús y María."*

Sor María levantó los ojos al cielo colmada por el espíritu de paz. Su corazón se sentía tan leve como sí esas pocas mechas de cabello que se había tonsurado, habían sido tan pesadas como todos los pecados del mundo. Su alma cantaba loores propios a la liberación de la esclavitud de la indecisión. Ahora sabía cómo tenía que proceder en adelante por la vida con la gracia de Dios. Le brotó la alabanza de alegría: *"Perdón o Dios mío, perdón e indulgencia, perdón y clemencia, perdón y piedad."*

Capítulo VIIIA
Sor María Entra en los Profundos Misterios

SOR MARÍA HABÍA amanecido colmada de regocijo, mirando a la Virgen arrullando al Niño en sus brazos con tanta ternura. La Virgen le estaba dictando la vida de su familia. Le contaba de cómo ella misma había sido hija de los viejitos Joaquín y Ana y esposa de José. Su vida no había sido desigual a la vida de muchos otros en Nazaret. Hacían cosas cotidianas como los demás del poblado. Sor María dejó de escribir su dictado y se sonreía entre sí misma recordando una nana infantil que trataba de la vida del Niño Jesús. Comenzó a cantar:

"Duérmete Niñito, que tengo que hacer: lavar tus pañales y hacer de comer. Duerme, duerme Niño, pedazo de mi alma, tesoro querido; lucero del alba. Señora Santa Ana, Señor San Joaquín, arrullen al Niño que quiere dormir. Señora Santa Ana, toca tu campana porque el Niño llora por una manzana. Señor San Joaquín toca tu violín porque el Niño llora por un volantín. San José lavaba, María tendía los blancos pañales que el Niño tenía. María lavaba, San José tendía. El Niño lloraba del frío que hacía."

Sor María pausó en medio de cantar su nana infantil y en su rapto, exclamó: "¡Esta historia es como una cosa mágica y milagrosa!"

"Atención, hija," le advirtió la Virgen, todavía meciendo al Niño, "Las cosas de la magia son ilusiones y verdaderamente no existen. En cambio, los milagros son parte de la vida normal diaria y se forman en cada momento en las cosas más ordinarias. Los milagros son el brazo derecho de la fe."

Sor María dejó descansar su pluma mientras que la Virgen le explicaba de los profundos misterios: "No he revelado estos misterios a la Iglesia primitiva porque son tan grandes que los fieles se hubieran visto perdidos al contemplarlos y admirarlos en un tiempo cuando era más necesario establecer la Ley de Gracia y los Evangelios más firmemente. Aunque los misterios de la religión coordinan en harmonía los unos con los otros, el desconocimiento humano podía causar que dudasen y que se retirasen de su inmensidad cuando la fe en la Encarnación y en la Redención y los preceptos de la Nuevo Ley del Evangelio apenas tenían su principio."

"No comprendo, Madre," la interrumpió Sor María, "¿por qué sea difícil para los hombres de aceptar las verdades de Dios?"

"La naturaleza de Dios," comenzó la Virgen, "se encierra en misterios tan profundos que Él los tiene que revelar en pequeños grados por los profetas para que los hombres no se confundan por ellos. Por eso, el Verbo Encarnado les dijo a sus discípulos en la Última Cena: 'Muchas cosas tengo que deciros; pero Vos no estáis dispuesta a recibirlos'. Estas palabras se las dirijo al mundo entero, porque aún no era capaz de rendirle plena obediencia a la Ley de Gracia y a poner su fe en el Hijo, y muchos menos estaba preparado para ser presentado a los misterios de Su Madre.

Pero ahora, la humanidad precisa esta manifestación gravemente y esta necesidad me urge que olvide su mala disposición. Y si los hombres se dispusiesen ahora a rebuscar mi favor por medio de reverenciar, vivir y estudiar los misterios, cuales están íntimamente conectados con esta Madre de Piedad, y si comenzasen a solicitar su intercesión de todo corazón, el mundo hallaría vasto alivio."

"San Pablo nos dijo que, en la plenitud del tiempo, todo sería comprendido," dijo Sor María mientras escribía las palabras de la Virgen.

Capítulo VIIIB
No Tienen Trancas las Puertas de Dios

LA NOCHE DESPUÉS de que Sor María había comenzado a escribir *La Mística Ciudad de Dios*, soñaba muy a gusto con la Virgen María. En su sueño, iba volando con un coro de Ángeles Serafines y oía que iban cantando una letanía de nombres atribuidos a La Virgen: "Santa Madre de Dios, Santa Virgen de las vírgenes, Madre de Jesucristo, Madre de la Iglesia, Madre de la divina gracia, Madre purísima, Madre castísima, Madre intacta, Madre inmaculada, Madre amable, Madre admirable, Madre del buen consejo, Madre del Creador, Madre del Salvador, Virgen prudentísima, Virgen digna de veneración, Virgen clemente, Virgen fiel, Espejo de justicia, Trono de la sabiduría, y Causa de nuestra alegría."

A su derecha, iba un coro de Ángeles Querubines quienes le añadían loores cantando: "Vaso espiritual de elección, Vaso digno de alabanza, Vaso de insigne devoción, Rosa mística, Torre de David, Torre de marfil, Casa de oro, Arca de la Alianza, Puerta del Cielo, Estrella de la mañana, Salud de los enfermos, Refugio de los pecadores, Consoladora de los afligidos, y Auxilio de los Cristianos."

Finalmente, la acompañaban un coro de Ángeles Virtudes cantando: "Reina de los Ángeles, Reina de los Patriarcas, Reina de los Profetas, Reina de los Apóstoles, Reina de los Mártires, Reina de los Confesores, Reina de las Vírgenes, Reina de todos los Santos, Reina concebida sin pecado original, Reina asunta a los Cielos, Reina del Santísimo Rosario, Reina de la familia, y Reina de la paz."

Sor María estiró los brazos hacia el Cielo, extática de poder compartir esta revelación con los santos ángeles. Entre más y más se sentía indigna de merecer tal gracia. Mas, la Virgen María le dijo suavemente: "La humildad es la clave que abre las puertas del Cielo. Si tienes humildad entonces no tienes excusa ni tienes razón; no tienen trancas las puertas de Dios. Cuando Dios nos llama, lo mejor es de rendirle el '¡Fiat!'; hágase en mí según Su palabra."

La Virgen gozaban de todas estas alabanzas, pero declaró que el título que se acercaba más a su corazón era el de 'Refugio de los pecadores,' porque todos los hijos de Adán se acogían debajo de su amparo, implorando su misericordia.

"Me recuerda de una cierta oración que me alegra con su contenido: 'A la orilla de un ojo de agua, un ángel lloraba a lo largo al ver que se condenaba un alma que tenía a su cargo. La Virgen le dijo al ángel: 'No llores niño varón, que le rogaré a mi Cristo para que esta alma tenga perdón.' La Virgen le dijo a Cristo: 'Ay, Hijo de mi corazón, por la leche que mamaste, qué esta alma tenga perdón.' 'Madre de mi corazón, yo te digo con grande fervor, si tanto quieres a esa alma, sácala del fuego ardor.'

La Virgen como piadosa Madre, a aquel fuego se metió y con su santo escapulario de allí al devoto sacó. El diablo muy enojado de allí hasta el cielo subió, 'Señor, esa alma que Tú me diste, tu madre ya me la quitó.' 'Quítate de aquí, diablo maligno. Id de aquí, demonio traidor, que todo lo que mi madre hiciere, por buen-hecho lo tengo yo.'

Entonces el diablo, enojado de los Cielos pues ya se bajó. De alegría cantó el ángel '¡Compañeros, ya el alma se salvó! Qué el Señor nos dé la gracia, qué nos salve, con gran compasión como Él se la dio a María y también se la dio al pastor. Si toditos los seres

Cristianos su voluntad encomendarían, ninguna alma se perdiera; toditas se salvarían'."

Todavía entre sueños, Sor María oyó un quejido horroroso. Era como el aullido de un lobo, el balido de una cabra y el silbo de una serpiente. Después vino a saber de qué el mismo diablo se había escondido debajo de su lecho.

Capítulo VIIIC
Sor María Tiene una Conversación
Peligrosa con el Demonio

EN LA MADRUGADA, Sor María se dio una vuelta debajo de las cobijas. Su sueño de los ángeles cantando la letanía de loores en honor de la Virgen María ya se iba borrando de su memoria. Le hubiera gustado guardar esa visión celestial toda la vida, pero de repente se acordó del ruido que había emanado de bajo del lecho. Se sentó de un volido. Recordó que había sido un temeroso ruido que la había dejado muy incómoda. El lecho todavía estaba respingado hacia un lado como si algo tuviese por debajo.

De abajo del lecho oyó una voz dulce que ya no sonaba ni como el aullido de un lobo ni como el balido de una cabra ni como el silbo de una serpiente. Le sorprendió mucho porque sonaba mucho más como una voz angélica no desemejante a las que le habían cantado la letanía a la Virgen. Despedía un tono sublime y peregrino.

"¿Quién sois Vos?" le preguntó Sor María a la voz.

"Fui creado al principio de la Creación como el mayor de los ángeles," le replicó, sin asomar la cabeza. "Fui el mayor hijo espíritu engendrado de Dios. Fui tan brillante que me dio por nombre 'Luzbel' o ya sea, 'el que lleva la luz'. Fui más centelleante que nueve soles. Pero cuando Dios decidió crear al hombre Adán del polvo, creí que Adán venía a arrebatarme mi imperio y dar aumento a mi desgracia. A causa de esa envidia, me rebelé en contra del Altísimo."

"Fue entonces porque odiabais a Dios que Os apartasteis de Él?" le preguntó Sor María.

"No fue tanto por el odio, pero más bien porque Dios escogió amar a otro más que a mí," respondió Luzbel. "Yo quería ser en único amado por Él, pero hoy por mi vana altivez, vivo del Reino desposeído."

"Si fuisteis del Reino desposeído, entonces "¿dónde vivís Vos y los otros ángeles rebeldes?" le preguntó Sor María.

"Habitamos un lugar de tormentos en las regiones inferiores llamado 'Pandemónium' o ya sea, 'lugar de todos los espíritus malignos'." dijo Luzbel.

"¿Y por qué diceis que es un lugar de tormentos?" lo intensó Sor María.

"La ausencia de Dios es causa de los tormentos más supremos. La falta del amor de Dios produce un vivo Infierno," respondió Luzbel gravemente.

"Si en un tiempo fuisteis un ángel de la corte celestial," continuó Sor María, "¿por qué entonces no salisteis cuando estuvo la Virgen aquí?"

"En el Jardín del Paraíso Dios puso enemistad entre los descendientes de Adán y yo. Todo el mundo me conoce no como 'Luzbel' pero como 'Satanás' o ya sea 'el Enemigo'. La Virgen María, como Madre del Redentor, me aplasta la cabeza y con solo una mirada, me hace temblar," le respondió debajo de la cama. "Entre los nombres en la letanía de la Virgen María se cuenta el título de 'Guadalupe', cual significa 'la que pisa a la serpiente'. Por eso no salí a verla."

Sor María sabía que era peligroso conversar con el Demonio y que solamente las personas más astutas habían podido salir bien después de tales discursos. Entre ellos, Salomón el Sabio; hijo del Rey David había aprendido mucho y logró saber cómo controlar a los demonios en su célebre *"Clavícula del Rey Salomón."* Santa Teresa de Ávila siempre tenía un crucifijo con ella, cosa cual causó al Demonio declarar: "No le tengo tanto miedo al crucifijo. Lo que me hace temblar es la fe que pones en él.

Tomando el pequeño crucifijo que siempre tenía reposaba debajo de la almohada, Sor María lo besó y lo puso debajo del lecho. En una nube de azufre el Demonio se desapareció.

Capítulo IXA
El Padre Benavides Escribe Acerca de las Revelaciones de Sor María

EL PADRE ALONSO de Benavides se sentó esa mañana a descifrar los garabatos que había escrito en años pasados. No había habido causa de investigarlos o dudarlos hasta ahora que se había aumentado más el interés en la vida de Sor María. Las monjas que la habían descubierto anoche habían olido el tufo de azufre emanando por debajo de la puerta de su celda. También un aullido inmundo las había despertado. Cuando rompieron la puerta, la hallaron flotando en el aire tan fácil como si estuviese acostada en su lecho. La Reverenda Madre las había despachado a dar el informe al Padre Benavides en su Convento de San Ildefonso.

Mirando a las notas que ya había escrito, el Padre Alonso había notado que Sor María era muy reconocida entre las tribus de los Indios Jumanos que vivían en Nuevo México y en Tejas. A los de Tejas, Sor María les llamaba *"los Tixtlas."* Ella escribió que había dos tipos de Indios Jumanos: Había los Jumanos del Altiplano quienes cazaban cíbolos y los Jumanos Poblanos quienes vivían en casas de adobe y cultivaban algodón y maíz.

El jefe de los Jumanos era un hombre valiente que se llamaba "El Capitán Tuerto," porque había perdido un ojo en la batalla. Así le apodaron los Españoles. El Capitán Tuerto reunía a las otras tribus

como a los Chillescas y a los Carbucos con los Jumanos. El Padre
Alonso también había notado que cada pueblo tenía a su propio ca-
cique: El pueblo de San Juan tenía a Popé, Picurís tenía a Luis y
Lorenzo Tupatú, el pueblo de Cochití tenía a Antonio Malacate, San
Ildefonso tenía a Francisco el Ollita y a Nicolás Jonva. En Tesuque,
el cacique era Domingo Romero, Santa Fe tenía a Antonio Bolsas, y
al pueblo de San Lázaro lo guiaba Cristóbal Yope. El cacique Alonso
Catiti guiaba a Santo Domingo, El Jaca estaba en Taos, y Domingo
Naranjo era el jefe del pueblo de Santa Clara. Estos doce caciques
seguían las enseñanzas de un viejo espiritual sabio que vivía en las
cuevas de las montañas al norte del Pueblo de Taos. Le llamaban
"Yo'he'yemo."

En las cienes de veces que Sor María de Ágreda había visitado
al Nuevo Mundo, les hablaba a estas tribus del poder salvífico del
Jesús crucificado. Les explicaba todo sobre la necesidad de tener misericordia no solamente entre ellos mismos, pero para sus enemigos
también. Le interesaba al Obispo Manso saber si los Indios habían
avanzado en su gran sabiduría espiritual en el servicio de Dios solos
o si solamente después de la aparición de Sor María entre ellos.

Su confesor; el Padre Sebastián Marcillaone, le había escrito a
Don Francisco de Manso y Zúñiga en 1622. Él era su Señoría, el
Arzobispo de México en aquel entonces. Al leer las observaciones
de Sor María tocante las tribus diferentes, el Arzobispo Manso
quedó convencido de que, en el futuro cercano, lo que ella había escrito, les sería muy útil en apaciguar las relaciones precarias entre los
Españoles y los Indios.

En mayo de 1628, el Arzobispo Manso leyó los informes del
Padre Alonso de Benavides y apuntó al Padre Esteban de Perea
para asumir su trabajo misionero en Nuevo México. El Padre Perea
mismo llevó su petición a Nuevo México cuando viajó en una caravana entre los años 1628-1629. La caravana llegó a Isleta el 3 de
junio, 1629. Los Indios Jumanos se presentaban en la Misión de San

Miguel cada año en Isleta. Pedían ser bautizados por los diez y seis reverendos padres allí. Cuando les preguntaban cómo habían aprendido su fe en el Sacramento del Bautismo, ellos les respondieron que una monja vestida en azul con un toque negro en la cabeza, joven y de buen parecer, les predicaban a menudo sobre ello. Podían repetir las Promesas Bautismales, así como ella se les había enseñado. La veneraban por su sabiduría.

Capítulo IXB
El Rey Felipe IV Cultiva las Amistades de Sor María

HABÍA ESTADO TRABAJANDO por un año entero el Padre Alonso de Benavides. Por fin acabó de escribir un documento de 111 páginas, titulado *"Memorial de 1630."* Siguiendo las observaciones de Sor María de Ágreda, había apuntado en gran detalle sus impresiones de los miles de Indios Jumanos y de su manera de vivir. Incluyendo a las otras tribus, el Padre Alonso anotó que entre los noventa pueblos que había visitado, se habían contado arriba de seis mil Indígenas cristianizados. Estos pueblos, dispersos a través de veinte y cinco distritos misioneros, atribuían su conversión milagrosa a la inspiración de una *"Dama vestida en Azul."*

El Padre Alonso anotó que esta dama era semejante en figura a una conocida como *"La Madre Luisa,"* pero ésta segunda había sido mucho más vieja que ella. Cuando les enseñaron el retrato de La Madre Luisa, el Capitán Tuerto solamente dijo: *"Una dama de semejante vestido camina entre nosotros, predicándonos de su Dios."* Los Indios Jumanos no habían reportado a la más joven Sor María a nadie porque habían asumido que los Españoles ya sabían quién era ella.

El Padre Alonso anotó también que las Monjas Concepcionistas usaban el hábito pardo de San Francisco de Asís pero que lo cubrían con una capa azul y con un velo negro especialmente cuando viajaban en público. El Padre había determinado enviar todo este informe a Felipe IV, el Rey de España. Obedeció el mandato del Arzobispo Manso de México que le informase de *"las cosas notables y extraordinarias que están pasando en nuestra custodia."*

Cuando el Ministro Franciscano se encontró con el Padre Alonso, le informó que La Monja Azul era, sin ninguna duda, la célebre Abadesa de España. En la primavera del año próximo, el Padre Alonso visitó a Sor María en Ágreda y después de interrogarla, la identificó por la descripción que le habían dado los Indios Jumanos. Se desengañó que Sor María conocía al Capitán Tuerto muy bien y le dio una descripción de él en gran detalle. Sus informes inspiraron a muchos misionarios llamados a servir en los territorios de España en el Nuevo Mundo.

El Rey Felipe IV se interesó mucho en los reportajes del Padre Alonso de Benavides y pensó en adoptar a Sor María con su consejera personal en negocios de la gobernanza interior y exterior en España. El Rey Felipe Domingo Víctor de la Cruz sin embargo le atribuía vasta importancia a su opinión, tal vez porque él mismo había nacido en un Viernes Santo, día 8 de abril, 1605. Para él ese día era indicativo de un gran favor providencial.

Los vuelos místicos que Sor María hacía sin dejar su celda le habían atraído la atención al Rey Felipe. Cuando comenzó a enterarse más de las visitas de la monja al Nuevo Mundo, hizo arreglos para encontrarse con ella faz a faz un día cuando estaba enruta para defender una frontera. El Rey llegó con su séquito al Convento de la Inmaculada Concepción al tiempo que Sor María todavía estaba en la oración. Él sabía que Sor María le tenía una devoción particular a la Virgen María en su manifestación como *"La Virgen de los Milagros."*

El Rey Felipe mismo tenía una pintura de esta estatua del siglo catorce que suponía tener poderes milagrosos: La Virgen en la pintura, a veces llamada *"Santa María de la Rábida,"* tenía la habilidad de levantar y bajar los ojos en respuesta a las peticiones de sus devotos. La estatua original siempre había sido venerada en el Monasterio de La Rábida en Polas de la Frontera, el Huelva, España. Durante las guerras Árabes en contra de los Sarracenos, sus devotos la habían ocultado adentro del mar. Después, unos pescadores la encontraron enredada en su red y la devolvieron a su hogar en el monasterio.

Capítulo IXC
El Rey Felipe y Sor María Veneran a Nuestra Señora de la Rábida

CUANDO SOR MARÍA acabó de rezar, se puso de pie ante la imagen de La Virgen de los Milagros, hizo la reverencia y se dio la vuelta. Le sorprendió de descubrir que el Rey Felipe IV mismo estaba ahincado en un rincón sombreado de la capilla, rezando allí con ella. "Vuestra Alteza--," le murmuró ella postrándose ante él.

"No os ahinquéis ante un rey terrestre," le respondió él, levantándola. Luego añadió: "Me da gozo al ver que aquí también se venera Nuestra Señora de la Rábida."

Sor María tenía una cierta atracción a los enlaces de la Virgen en el Nuevo Mundo y a los muchos visitantes que habían venido a venerarla. En 1485 cuando Cristóbal Colón iba a proponer su célebre empresa descubridora, para confirmar que el mundo era redondo, vino al Monasterio de La Rábida y allí consultó con los frailes franciscanos, Juan Pérez y Antonio de Marchena. Ambos le apoyaron y lo aconsejaron en cómo contactar a los Reyes Católicos, Fernando e Isabela. También lo acompañaron a las tierras recién-descubiertas. Además, lo pusieron en contacto con Martín Alonso Pinzón, quien fue codescubridor de América con Colón.

En 1519, el conquistador Hernán Cortés fue para México y conquistó a los Aztecas allí. Después de varios fracasos con el Rey

Moctezuma, regresó a España, y fue a visitar al Monasterio de La Rábida para darla las gracias a la Virgen por haberlo cuidado y guardado con bien. En la misma temporada llegó Don Francisco Pizarro quien conquistó a los Indios Incas y después fue a postrarse ante Nuestra Señora de la Rábida también. Todas estas balizas le alumbraron la senda a Sor María cuando primero pensó en viajar hacia el Mundo Desconocido.

El Rey Felipe tomó la mano de Sor María con mansedumbre y ternura y le dijo: "Hija devota de la Virgen, quisiera tener un corazón semejante al vuestro, repleto con amor por mi Señor, Jesucristo, aunque nunca lo haya visto."

"¿Cómo puede Su Señoría decir que nunca lo habéis visto, cuando está presente en cada instante y momento?" le replicó Sor María. "Cada vez que vais a la Santa Misa, cantáis un himno que dice: 'Yo creo, Dios mío, que estás en el altar, oculto en la Hostia; te vengo a adorar'. ¿Qué significa ese himno?"

"A mi modo de entender las cosas," respondió el rey, "Jesús está presente en el pan del altar."

"Vos decís que eso es lo que creéis, pero no ha de ser la verdad, Vuestra Majestad," le dijo Sor María abruptamente. "Si de veras lo creeréis, estuviereis de rodillas ante del tabernáculo cada día y noche. Dios es mucho más que un símbolo y no es solamente para el momento cuando recibáis la Sagrada Hostia en la lengua; es Dios verdadero de Dios verdadero. Es vivo y eterno. Está tan presente en el Cielo como lo está presente en nuestros corazones y en la Sagrada Hostia."

Mientras que Sor María le explicaba la teología básica de la fe al Rey, él la contemplaba con admiración. Le preguntó, "¿Dónde estáis ahora mismo, hija; estáis aquí o en el Mundo Nuevo?"

"Así como os estoy hablando aquí, estoy en el desierto hablando con el Capitán Tuerto," le dijo Sor María. "Por la gracia de Dios puedo tener el pie derecho aquí y el pie izquierdo allí."

El Rey Felipe tomó las manos de Sor María y le dijo: "Le beso las manos a Vuestra Merced."

Sor María besó las manos del Rey y le dijo: "Dios os haga un santo y os aumente Vuestra devoción." Sabían ambos que podían confiar en esta nueva amistad.

Desde ese momento, el Rey y su humilde súbita se hicieron hermanos espirituales. Se ahincaron ante de la Virgen Milagrosa de la Rábida y le rindieron sus corazones como Madre de Dios. Afuera en el yermo, el Demonio rabiaba de coraje.

Capítulo XA

Los Treinta y Siete Consejos
de Santa Teresa de Ávila le Ayudan a Sor María

COMO MADRE ABADESA, Sor María tenía mucho en que pensar. Precisaba un modelo ejemplar para su vida. Esa tarde, antes de acostarse, recordó que tenía un libro que contenía los treinta y siete consejos que Santa Teresa de Ávila había escrito, pero no sabía dónde lo había puesto. Cuando nació el día 28 de marzo, 1515, Santa Teresa había sido bautizada Teresa Sánchez de Cepeda y Ahumada. Sin embargo, dado el hecho que después de que falleció el día 4 de octubre, 1582, sus escritos se conservaban como tesoros de la vida religiosa. En 1622, cuarenta años después de morir, Teresa fue canonizada por el Papa Gregorio XV. Cuando Sor María mudó unos cuantos chuchulucos en su celda, halló el libro de la monja Carmelita mística debajo del lecho.

Comenzó a leer sus primeros siete consejos de Santa Teresa: "Nada te turbe, nada te espante, todo se pasa; Dios solo no se muda. El dolor nunca permanece. Es bueno extraviarse de vez en cuando para poder adquirir más experiencia. Si confiamos en lo humano, el auxilio divino nos faltará. Dios se alegra cuando le pedimos cosas grandes. Load a Dios por Su misericordia. No tratad de hacer tanto, que falléis en todo." Pausó Sor María a reflexionar un poco sobre ellos.

Continuó: "Dios nos dio talentos para usar hasta que se necesiten para un propósito divino. Nuestras almas han de perder su paz si siempre criticamos a las cosas insignificantes. Nunca afirmad nada hasta que acertéis que sean verdades. Tened valor para todo lo que suceda en la vida. Sed mansitos con todos, pero severos con sí mismos. Nunca nos comprenderemos si no tratamos de comprender a Dios primero. Recordéis que solo tenéis un alma, una vida y una gloria eterna." Como discípula mística de Santa Teresa de Ávila, Sor María pausó para rezar por las necesidades de todo el género humano.

Leyó más allá: "La tierra, sin cultivarse, no da nada más que cardos y espinas; así también es el espíritu del hombre. Cristo no tiene más cuerpo que el suyo. Confiad en Dios que estéis donde debéis estar. El amor transforma a la labor en descanso. Las almas sin la oración son como la gente sin cuerpos o sin pies ni manos. La oración es tener una amistad con Dios. La oración es un acto de amor." Sor María comenzó a comprender que lo divino se rebusca primero en sí mismo; es el *"El Castillo Interior"* de Santa Teresa de Ávila.

Ahora las meditaciones de Sor María penetraron una etapa más profunda. Santa Teresa también escribió: "La verdad sufre, pero nunca muere. La voluntad de Dios es que no tengan límites sus obras. Es inútil pensar que vamos a entrar al Cielo sin entrar en nosotros mismos; allí está Dios. Dios no se niega de nadie. Buscad a Dios y sin duda lo hallaréis. Conoced a Dios por medio de sus amigos." "El verdadero humilde ha de ir contento por el camino que lo llevase el Señor," dijo Sor María meditando en *"El Camino de la Perfección."*

En cuanto a la naturaleza del hombre, Sor María comprendió que: "No es desgracia no saber de nuestros orígenes. Entre más se acerca uno a Dios, menos complicado se hace. Nunca pensad que la persona que sufre no está orando; está ofreciendo sus sufrimientos como oración. El sufrimiento es un gran favor que Dios nos hace. Cambiad nuestra propia voluntad por la voluntad de Dios. Dios hace gran favor con ponernos en la compañía de buena gente. Es solamente el amor que da valor a todo. Las comparaciones son odiosas. Se derraman más lágrimas sobre las peticiones que Dios nos cumple que sobre las que no nos cumple."

Concentrando en las peticiones de Santa Teresa, Sor María llegó a perfeccionar su amor de Dios por medio del diálogo con Él, en la meditación sobre las palabras de Dios y por contemplación en Su rostro. Las oraciones mentales pueden mejorar nuestros diálogos con Dios.

Capítulo XB
No Hay Mal Que por Bien No Venga

"**¿PUEDE UN SER** humano imperfecto alcanzar alguna divina gracia por la misericordia de Dios?" le preguntó Sor María a la Virgen una noche que estaba escribiendo.

"La misericordia de Dios no tiene límites," le respondió la Virgen. "Cuando San Pablo creció en juicio después de haber pasado una gran parte de su vida maltratando a los primeros Cristianos, Jesús causó que su compatriota Ananías le abriera los ojos tan fácil como el Ángel Rafael se los había abierto al padre de Tobías con el hígado de un pez. No hay mal que por bien no venga; un bien puede resultar de un mal. Dejadme deciros de un gran mal que comenzó con el nacimiento de Jesús y se cumplió en un bien en la crucifixión."

Sor María pausó en sus escrituras para escuchar a la lección de la Virgen:

"Después del nacimiento de Jesús, Tres Reyes Magos percibieron su venida al mundo por medio de una estrella brillante. Siguieron a la estrella hacia Belén donde tuvieron una audiencia con el Rey Herodes. El Ángel del Señor les había advertido a los Tres Reyes Magos de que el Rey Herodes iba a tratar de matar al Niño Jesús. Cuando se llegó el tiempo de retirarse de Belén y regresar a sus hogares, ellos tomaron rutas distintas para evitar de verlo.

La noche después de su partida, San José estaba dormido.

De repente entre sueños, oyó la voz del mismo ángel diciéndole: 'Levantados de prisa, José. Tomad a Vuestra esposa y al Niño y retirados para Egipto. Herodes tiene malas intenciones en cuanto al Niño. Se oirá tal clamor de angustia por toda la región como no se ha oído desde que el Ángel de la Muerte recogió a los primogénitos de Egipto en el tiempo de Moisés. Estos niños inocentes serán los primeros mártires por amor de Jesús'.

San José despertó entre tinieblas y sujetó a su burro, cargándolo de víveres para sostenerlos en su huida. Esa noche el Rey Herodes ordenó una gran masacre de todos los niños menores de dos años. Así como padecían los niños degollados, también se les partían los corazones a sus madres afligidas. La Sagrada Familia huyó entre sombras en esa noche triste. Después de caminar todo el día, se detuvieron a descansar en la sombra de un dátil cerca de una cisterna media seca. Pronto llegó una pequeña familia y se refugió cerca de ellos a descansar allí también.

La familia que había llegado consistía en un ladrón, su esposa y un niño ladroncito. El niño se llamaba Dimas. Mientras que las familias descansaban, el ladroncito Dimas sintió una cierta atracción hacia el Niño Jesús. Ambos niños se sonreían uno con el otro y pronto comenzaron a jugar juntos. Esa misma tarde la Virgen María y la otra madre decidieron bañaron a los niños. Como no había mucha agua en la cisterna, bañaron al Niño Jesús y en la misma agua bañaron al ladroncito. Con alegría el Niño Jesús, le echaba agua al ladroncito en la cabeza.

Así fue como el ladroncito Dimas quedó bautizado con el agua bendita del Señor. Aunque sí fue pecador toda su vida, ese bautismo con el agua del Señor le sirvió bien toda la vida y cuando por fin fue crucificado al lado de Jesús, tuvo la gracia del arrepentimiento y pudo confesar sus maldades antes de morir. Dimas le pidió a Él, *'Señor, recuérdame cuando vengas a tu Reino'*. Así fue como Jesús de la Cruz pudo prometerle: *'Esta misma tarde estarás conmigo en mi Reino'*.

Sí, hay muchas cosas buenas que pueden tener mal uso, pero también hay muchas cosas malas que pueden tener buen uso," concluyó la Virgen. "Los Indios Jumanos tienen una hierba mala llamada *'to-lache'* que es muy venenosa. Pero a veces, Indios curanderos la disuelven en agua y la usan para curar el reumatismo de los enfermos."

"Es grande el juicio de la Madre," se dijo Sor María a sí misma. Y en su pergamino escribió: "El hombre puede curar, pero solamente Dios puede sanar."

Capítulo XC
Los Hermanos Penitentes Escriben
un Alabado para Sor María

"MADRE," LE DIJO Sor María a la Virgen, pausando de escribir *La Mística Ciudad de Dios,* "he conocido a algunas gentes muy distintas en el Nuevo Mundo que habitan entre los Indios. Son unos místicos hispanos quienes se reúnen a orar en sus moradas. No comprendo sus prácticas religiosas, especialmente, sus ritos penitenciales durante el tiempo santo de la Cuaresma."

"¡Ay, hija!" le respondió la Virgen, "Aseguradamente, Vos habláis de la Fraternidad de Los Hermanos Penitentes de la Pasión y Muerte de Nuestro Señor Jesucristo. Son un culto que se formó aquí en Europa cuando primero llegó la pestilencia llamada *'la Plaga Negra Bubónica'* desde el Oriente en 1347. Estos flagelantes incorporan ejercicios de disciplina en sus oraciones, así como lo hacían San Antonio Abad, San Jerónimo, San Benedicto, San Bernardo, San Damián, San Francisco y San Ignacio de Loyola. Ellos no rezan por sí mismos, pero rezan más bien por la salvación del mundo.

"Pero ¿cómo llegaron hasta aquella parte del mundo, Madre?" le preguntó Sor María.

"Cristóbal Colón fue un Hermano Penitente, así como muchos de sus compatriotas de España, el Portugal, Italia y Alemania. Cuando los conquistadores navegaron al Nuevo Mundo, Don Juan de Oñate menó una entrada para el Pueblo de San Juan. La primera cosa que hicieron las tropas del ejército en ese Viernes Santo de1598, fue quitarse las camisas y flagelarse en las espaldas con sus disciplinas en agradecimiento de que habían llegado con bien. Dejaron la tierra empapada con su propia sangre púrpura. Ellos fueron los primeros Hermanos Penitentes en el Nuevo Mundo. Son muy devotos a la Pasión de mi Hijo, y tratan con sus acciones de imitar sus sufrimientos atado a la columna."

"Sí Madre," dijo Sor María. "Entre todos los que visité," le dijo Sor María, "muchos profundizaron su sabiduría en la Pasión del Señor."

"Por eso, mi Hijo te coronará algún día, hija," le dijo la Virgen. "Y los Hermanos Penitentes te honrarán con un alabado que recontará tu memoria: 'Madre Ágreda de Jesús; Madre de más grandeza; Mística Ciudad de luz, bendita sea tu pureza. María, Madre de Jesús, pues es tanta tu belleza. Los ángeles dan tu luz. Bendita sea tu pureza. Eres Madre de Jesús, pues es tanta su belleza. Los ángeles dan tu luz, Bendita sea tu pureza. Ángeles y querubines coronan tu cabeza. A tus pies prostrados firmes. Bendita sea tu pureza.

Ágreda de Jesús eres; el centro de tu nobleza. Entre todas las mujeres, bendita sea tu pureza. Ciudad donde Dios alcanza y tienes tanta nobleza. Te entonen las alabanzas: Bendita sea tu pureza. Madre Ágreda de Jesús que fuiste en tu nobleza lo misterioso de la luz. Bendita sea tu pureza. Los treinta y siete consejos que tuviste de Santa Teresa, De moralidad inmensa; Bendita sea tu pureza. De Dios fuiste elegida. De corona tu cabeza. Madre Ágreda de mi vida, bendita sea tu pureza. Ágreda de Jesús cuántos a tu singular belleza Entonen a ti los santos. Bendita sea tu pureza. Ángeles y serafines entonan ya tu grandeza.

Te adoran los querubines. Bendita sea tu pureza. Ágreda, las profecías, a tí, Dios las endereza. Madre pues las cumplirías. Bendita sea tu pureza. Eres Madre de Bondad. Todo el mundo te confiesa.

Por Jesús tenednos piedad. Bendita sea tu pureza. Dios de todas sus creaturas, a tí entrega y fija. Te pedimos, virgen pura. Bendita sea tu pureza. El Padre Eterno en María encarnó toda su belleza. Dadnos al Mesías. Bendita sea tu pureza. Madre Ágreda, te imploramos tu corazón y franqueza: el ir contigo a tu gloria. Bendita sea tu pureza. El Padre Eterno y el Hijo, a ti, celestial princesa, de virtudes y prodigios. Bendita sea tu pureza'."

A Sor María se le vinieron las lágrimas al oír ese alabado. Exclamó: "¡Señor, no soy menester!"

Capítulo XIA
Las Obras Corporales y Espirituales Contienen Todo un Catecismo

¡TENGO MIEDO, MADRE!, exclamó Sor María, no atreviéndose a levantar los ojos hacia la Virgen María. No soy merecedora de alcanzar las divinas gracias y promesas de mi Señor. ¿Cómo me será posible cumplir con lo que Dios espera de mí?

"Mi Hijo; el Señor, no os pide nada sin daros la fuerza para llevarlo a cabo," la Virgen le respondió. "Tendréis que ser maciza como lo fue Santa Escolástica y hacedos audaz en el Señor. La oración siempre es buena, pero tendréis que combinarla con obras corporales y espirituales de misericordia."

"Ser audaz en el Señor," se repitió Sor María meditando en las palabras de la Virgen. "Esto requiere que me enfoque en hacer caridades en la vida. Las obras corporales de la misericordia son siete: Alimentar al hambriento. Esto quiere decir que tenemos que proveer de las necesidades del prójimo y darle a comer del pan de cada día. Tenemos que dar de beber al sediento, así como Jesús pidió que le saciáremos la sed en la Cruz. Tenemos que vestir al desnudo. San Lucas nos dice: 'El que tenga dos túnicas que las reparta con el que no tiene'. Vimos que San Martín de Torres repartió su capa con el mendigo que era el Señor.

Hemos de dar posada al peregrino, así como se la dieron a San

José y a María al tiempo de su parto. Hay que visitar a los enfermos según el ejemplo que nos dio el Buen Samaritano. Tenemos de visitar a los encarcelados como un ángel visitó a San Pedro encadenado. Hemos de enterrar a los difuntos como San Juan y San Nicodemo bajaron al Señor de la Cruz y lo depositaron en un sepulcro con dignidad.

Muy claro dice el evangelio de San Mateo que el rey les dirá: 'Os aseguro que, cuando lo hicisteis al más insignificante de mis hermanos, conmigo lo hicisteis también porque estuve hambriento y me distéis de comer, sediento y me distéis de beber, era forastero y me hospedasteis, estuve desnudo y me vestisteis, enfermo y me visitasteis, encarcelado y fuisteis a verme'."

"Bien conocéis las obras corporales y lo que contienen, hija," le replicó la Virgen María. "Ahora decidme lo que sabéis de las Obras Espirituales de Misericordia, mi hija."

"La primera obra nos pide de enseñar al que no sabe mucho. Hemos de hacerlo sin juzgar, condenar o disminuir su autoconcepto. La segunda obra es muy semejante a la primera: Dad buen consejo al que lo necesite. La carta de Santiago nos urge de ser atentos y listos para oír, pero cautelosos y lentos en el hablar y en el enfadarnos, porque la ira no corresponde al bien de Dios. Hemos de tratar al prójimo como hermano. La tercera obra no pide corregir al que esté en error. Tenemos que evitar la calumnia. El Señor nos dirige que si nuestro hermano peca en contra de nos, de explicarle su falta entre ambos sin testigos. ¿Está bien, Madre?"

"Sí, mi hija," le respondió la Virgen. "Siempre recordados de que cualquier consejo se ha de hacer con amor sin límites, porque Dios es el amor eterno y todo el género humano está hecho en Su imagen. Este nuevo juicio os viene de Él"

"Perdonad las injurias porque todos somos pecadores. Consolar a los tristes y desamparados porque unas palabritas de ánimo dan mucha esperanza. Sufrid con paciencia los defectos de los demás y no tratar de sacarle la estilla del ojo al prójimo sin quitaros el palo del suyo. Finalmente, hemos de rogar a Dios por los vivos y los difuntos porque en un tiempo u otro todos somos o fuimos templos del Espíritu Santo. Tratad a los campos santos con respecto y dignidad."

Capítulo XIB
La Virgen le Calma las Dudas a Sor María

"**¿ESTOY LISTA, MADRE?**" Sor María le preguntó a la Virgen María, todavía dudando en su habilidad para ser una propia Madre Abadesa.

La Virgen sonrió, pensando en esta novicia quien iba a avanzar mucho en el servicio de Dios. "Recordad hija," comenzó con decir, "que cuando Jerónimo de Gracián iba a ser el primer Provincial de la Orden de las Carmelitas Descalzas, nunca sospechaba que algún día iba a contar entre sus socias a Teresa de Ávila cuya Director Espiritual fue él. En manera semejante, Vos fuisteis escogida desde el principio de vuestra vida para explicarle mi vida tanto a los creyentes como a los no-creyentes.

Desde que nacisteis, el día segundo de abril de 1602, vuestra madre, Catarina sabía que fuisteis una 'bendición especial' para ella, siendo que vuestro nacimiento le causó el más mínimo dolor. A la edad de cuatro años, se conocía que os hablaban voces celestiales y que jugabais con compañeros invisibles. Vuestros padres no comprendían vuestras locuras divinas y os disciplinaban rigorosamente, y os hacían sentiros herida y rechazada por todo el mundo. Las voces angélicas eran vuestras únicas amigas. Cuando cumplisteis la edad de ocho años proclamasteis un voto de castidad perpetua y un deseo de ingresar en un convento.

Recuerdo bien que, a la edad de diez y ocho años, estabais haciendo oración en la capilla cuando de repente vuestro rostro se puso tan pálido como el yeso de la pared, y caísteis en un desmayo. Un mendigo en la entrada de la iglesia, quien os observaba, percibió que una intensa luz azul os abrazó con su esplendor y vuestro cuerpo inconsciente se levantó en el aire en un trance por varios minutos. Cuatro años después, recibisteis la tonsura en el Convento de Santa Ana en el pueblo de Tarazona. Vuestros padres convirtieron el castillo ancestral en un convento dedicado a la Inmaculada Concepción y os instalaron allí.

Recibisteis el hábito azulejo y pardo de la Orden Franciscana. Os ceñisteis la cintura con un cinturón de tres nudos, enfatizando las virtudes de pobreza, castidad y obediencia. Pusisteis el rosario de la corona Franciscana en vuestra frente, cual simbolizaba mi presencia en ella misma. A pesar del hecho de que venís de un linaje de judíos conversos y fuisteis perseguida por la Inquisición, no habéis perdido vuestro valor.

Vuestras habilidades místicas os han ganado no la admiración, pero más bien, la burla de vuestras hermanas. Los demonios interrumpen vuestros sueños, pero vuestro enfoque siempre está en llevar la palabra de Dios a las almas nativas del Nuevo Mundo para que no se pierdan por su desconocimiento del Padre que sacrificó su Hijo para ellos también.

Cienes de veces habéis visitado a los habitantes nativos morenos en la Nueva España, estando a la misma vez poseída de un rapto espiritual en vuestra celda. Bien habéis descrito ese yermo donde os habláis con los Indios en sus propios idiomas, instruyéndolos en los preceptos de la Fe. Con agradecimiento recibieron de vuestras manos, el santo rosario y aprendieron a rezarlo con devoción. Con la señal de la Santa Cruz los sanasteis de sus enfermedades y ganasteis muchos conversos entre ellos. Animasteis and los frailes Franciscanos que edificasen más misiones para la adoración de Dios y con gusto hubierais dado vuestra alma para la salvación de una sola alma.

Vuestra Madre Superior se puso en contacto con Fray Antonio de Villacrés, quien era el Provincial de Burgos, para daros una examinación eclesiástica. El buen Provincial determinó e hizo público su conclusión que no estabais ni necia ni loca pero que respirabais la verdadera santidad con cada palabra y acción. Ahora vuestras propias hermanas aquí en el convento os honran y han elegido nombraros Madre María de Jesús de Ágreda."

Sor María inclinó su cabeza, sometiéndose a las palabras de la Virgen.

Capítulo XIC
El Rey Felipe IV Confiesa Sus Pecados

A PESAR DE todo lo que Sor María había escrito sobre sus contactos místicos en la Nueva España, el Santo Oficio de la Inquisición todavía la consideraba entre las almas infelices quienes reclamaban que poseían una luz interior mística. Como una dicha *"alumbrada,"* por su sabiduría desconocida y oculta de la Fe, posaba un gran amenazo para todo el Magisterio. *Los alumbrados* desafiaban a la autoridad de los sacerdotes y a su poder eclesiástico semejantes a Jesús quien había desafiado a la autoridad de los Fariseos en el templo y de los Saduceos quienes no creían en la resurrección de la carne y de la vida perdurable del alma.

A *los alumbrados* los consideraban algunos en España poco menos que los Judíos, los Moros y los Protestantes como enemigos del Santo Oficio. Como ellos, peligraban ser encendidos vivos en los autos de fe en Sevilla en 1630 y en los autos de fe en Toledo en 1640. Sor María de Jesús de Ágreda bien conocía que muchas de las sospechas como *alumbrada* habían resultado de las investigaciones que el Santo Oficio había hecho tocante sus orígenes judaicos. A pesar de las sospechas que diseminaba La Inquisición sobre ella, a la edad de veinte y cinco años, el Papa Urbano VIII había dado permiso para su elevación como Madre Abadesa, aunque algunos la consideraba muy joven.

Entre tanto, el Rey Felipe IV quería seguir cultivando las amistades de Sor María, pero a la vez quería continuar con su vida adúltera con varias mujeres de la corte. En total fue padre de más de dos docenas de niños ilegítimos y Sor María, como su consejera, fue obligada de hablarle sinceramente para su bien de las atrocidades que pudieran desbaratar su reinado ye imperio en Nueva España.

Lo envió a que fuese a contemplar su mortalidad y llorar sus maldades en el Panteón de El Escorial. Este sitio era una combinación de presidio, monasterio, y repositorio donde yacían los huesos de los Reyes de España. *"Un escorial"* tenía un doble-sentido en que era el lugar donde se separaban metales como el oro de la plata de una mina exhausta y también significaba un lugar donde se desollaba la piel del cuerpo. En un cuartito donde solo los monjes podían entrar, esperaban a que se desasiese la carne de los huesos humanos después de cincuenta años antes de ponerlos en una urna. Se llama *"el pudridero."* En un cripto que algún día sería su sepulcro, el Rey contemplaba sus pecados. Felipe IV tenía gran necesidad de confesarse y de purificarse de su pasado.

Se ahincó en la cuevita y se puso a rezar: "Por mi culpa, por mi culpa, por mi gran culpa; por eso ruego a Santa María Siempre Virgen, a los ángeles y santos y a Vosotros hermanos que intercedéis por mí ante Dios, Nuestro Señor. Señor mío Jesucristo, Dios y Hombre verdadero, Creador y Redentor mío por ser Vos quien sois y porque Os amo sobre todas las cosas, me pesa Señor, de todo corazón de haberos ofendido y propongo nunca más pecar, apartarme de todas las ocasiones de ofenderos, confesarme y cumplir con la penitencia que me impuesta.

Os ofrezco, Señor, mi vida, oraciones, obras, trabajos, pensamientos, gozos y sufrimientos en satisfacción de mis pecados; así como yo lo suplico, así confío en vuestra divina bondad y misericordia infinita, que me los perdonaréis por les méritos de vuestra preciosísima sangre, pasión y muerte y me daréis gracia para enmendarme y perseverar en vuestra santa gracia y servicio hasta el fin de mi vida, Amén."

Mientras que el Rey Felipe IV rezaba, Sor María se sentía un poco desconfiada en su futuro como Madre Abadesa del Convento de la Inmaculada Concepción de María. Había tanto que hacer entre los Indios para ganar sus almas para Dios y su tiempo ya era muy limitado.

Capítulo XIIA
La Virgen Clarifica la Vida de Sor Luisa de Colmenares

"¿RECORDÁIS, HIJA," LA Virgen le preguntó a Sor María, "una noche que estaba dictándole su autobiografía, "que en un tiempo los Indios del Nuevo Mundo le habían informado al Padre Benavides que habían pensado que la monja, Sor Luisa Colmenares y Vos, ¿habían sido la misma? Los frailes Franciscanos les enseñaron su retrato y ellos le respondieron que la única diferencia entre ambas era que Sor Luisa era anciana y Vos teníais la piel lisita."

"Sí recuerdo, Madre," le replicó Sor María. ¿Qué pasaría con ella?"

"Ya ha pasado a mejor vida, niña," le respondió la Virgen. "En 1609 fue la Madre Abadesa del Convento de Santa Clara de Carrión. Por algunos años ayunaba a lo diario para la salvación del mundo, alimentándose solo con la Sagrada Comunión. Pero algunas de sus hermanas envidiosas, encabezadas por las damas aristócratas, Doña Inés Manrique de Lara y Doña Jerónima de Osorio, pusieron en duda que Sor Luisa fuese capaz de vivir sin comer por tantas semanas ayudada solo por la Intercesión Divina. Así, sus hermanas acusaron a Sor Luisa Colmenares de comer a escondidas para engañarlas a todas, haciendo una penitencia falsa. Así fue como avanzaron sus acusaciones ante el mero mismo Santo Oficio.

"Alumbre mi entendimiento, Madre," le pidió Sor María a la Virgen. ¿Por qué fue que envidiaban tanto a Sor Luisa Colmenares?"

"Sor Luisa Colmenares," empezó la Virgen, "era muy pía tanto en la obra como en la oración. Poseía un entendimiento sin paralelo de su fe en un tiempo cuando eran muy pocas las mujeres ilustradas. La Inquisición siempre sospechaba a estas damas de ser siervas del Demonio porque amenazaban al orden dogmático cual solo los hombres solían conocer. Por sus enseñanzas y su manera de vivir, Sor Luisa anunciaba que yo, La Virgen, había nacido sin mancha del Pecado Original; lo que Vos conocéis como 'La Inmaculada Concepción'. Tal desafío no se podía tolerar; ¿Cómo podía una monja ensalzarme a mí, puesto que los hombres educados consideraban a todo el género femenino inferior a ellos?

Las monjas de su propio convento optaron ver a la piedad y profunda fe de Sor Luisa, como un fraude, porque si avanzaba el caso de La Inmaculada Concepción, iba a poner en duda lo que los hombres sabios no podían determinar entre sí mismos después de siglos. Sor Luisa defendía que yo había nacido libre del pecado desde antes de naciese. Si hallaban que era verdad, esto iba a elevar a una mujer, aunque yo fuera la Madre de Jesús, como modelo de perfección humana. La sociedad sacerdotal, tradicionalmente masculina, consideraban la proclamación de Sor Luisa Colmenares ridícula y no la podía aceptar.

Los hombres del Santo Oficio quisieron darle prueba a su testimonio. Ella les explicó que había nacido Luisa Colmenares Cabezón en Madrid en mayo de 1565. Sus padres, Don Juan Ruiz de Colmenares y Doña Gerónima de Solís, vivían en Carrión de los Condes, pero se habían trasladado a Madrid. Era una familia noble muy conocida. El padre de Luisa fue criado del rey y su madre, ya tenía tres hijas de un matrimonio anterior. Como viuda de su primer marido, Cristóbal de Urbina, Gerónima se casó con Don Juan Ruiz, con quien tuvo tres hijas más, y entre ellas, a Luisa. Después de sus primeros años en Madrid, en 1581 ella y su familia regresaron a Carrión. Tres años después, el 10 de mayo de 1584, Luisa profesó sus votos en el Convento de Santa Clara de Carrión. Los bárbaros verdugos hicieron todo lo posible para ver que Sor Luisa renunciase su declaración de mi Inmaculada Concepción, pero ella se mantuvo firme a su fe y por fin El Santo Oficio tuvo que declararla inocente de los falsos cargos de las damas y las monjas. La muerte le llegó antes de que pudiese escuchar la restitución de su honor."

Capítulo XIIB
Sor Luisa Defiende el Dogma del Imaculismo

SOR LUISA COLMENARES de Carrión falleció el día 28 de octubre de 1636. La idea del *"Imaculismo"* de La Virgen María todavía era un concepto peligroso para la Iglesia, aunque Sor Luisa había recibido cartas amigables y loores de los Papas Urbano VIII y Gregorio XV. Solo la orden de frailes Franciscanos promulgaba el Imaculismo como doctrina, desde el Siglo XIII, aunque no como dogma. Algunos en la Iglesia primitiva basaban este concepto sobre una historia escrita por el Apóstol Santiago en su *Protevangelium*. Después, el Obispo Italiano, Jacobo de Vorágine contó la misma historia en su libro *"La Leyenda Dorada"* en el Siglo XIII.

Su narrativa, llamada *"El Beso Casto"* contaba la historia de los ancianos San Joaquín y Santa Ana, quienes no podían tener hijos. Aunque rezaban para tener una hija, nunca tuvieron a ninguna. Ya, casi desesperados, el ángel del Señor visitó a San Joaquín en el desierto y le prometió que iba a tener a una hija. Al mismo tiempo visitó a Santa Ana en casa diciéndole la misma cosa. Llenos de alegría, ambos hicieron prisa hacia el puerto del pueblo donde se encontraron. Colmados de rapto, se abrazaron y San Joaquín le dio un beso casto a Santa Ana en una mejilla. En ese instante, la Virgen María fue concebida sin mancha del Pecado Original.

El Santo Oficio duró muchos años tratando de investigar los asuntos sobre el fraude de que le había sido acusado a Sor Luisa, pero finalmente, en 1640 se declaró su absolución. Su fama y su memoria le fueron restituidas, pero se les prohibió a las monjas venerar a la difunta Luisa como una santa.

Ya para dormirse esa noche, Sor María se recogió en su lecho pensando en La Inmaculada Concepción de la Virgen María. Se le ocurrió un himno que su madre le cantaba: "Salve, salve, cantaban, María. No hay más pura que tú; sólo Dios, y en el cielo una voz repetía: Más que tú; sólo Dios, sólo Dios. Con torrentes de luz que te inundan, los arcángeles besan tu pie, las estrellas tu frente circundan, y hasta Dios complacido te ve.

Pues, llamándote pura y sin mancha, de rodillas los mundos, están, y tu espíritu arroba y ensancha tanta fe, tanto amor, tanto afán. ¡Ay, bendito el Señor que en la tierra pura y limpia te quiso formar, como forma el diamante la sierra, como cuaja las perlas el mar! Y al mirarte entre el ser y la nada, modelando tu cuerpo exclamó: "Desde el vientre será inmaculada, si del suyo nacer debo yo"

Flores, flores las nubes derraman de la Virgen sin mancha en honor, y su Reina los cielos la llaman, y los hombres su Madre y su amor. Ella pide virtudes por palmas, corazones por templo y altar; para luz de tus ojos las almas, que pretenden su amor cautivar."

Sor Luisa había fundado una cofradía conocida como *los Defensores de la Purísima Concepción de la Virgen* que tenía más de ochenta mil cofrades. Ella los animaba a todos de que castigasen a sus cuerpos con mortificaciones, con oraciones y penitencias en satisfacción de sus pecados y las penas merecidas por ellos. El Santo Oficio de la Inquisición trató de borrar sus enseñanzas porque creía que, con su cofradía, Sor Luisa estaba tratando de elevar a una mujer como un ejemplo de virtud and excelencia, haciéndola superior a los hombres estudiados que la veían como un amenazo a sus ambiciones.

Sor María se durmió, rezando. Ella no sabía que el mundo iba que tener de aguardarse dos siglos más antes de que un Papa en el futuro, hiciera una declaración sobre el dogma de fe que aceptaría sin duda la Inmaculada Concepción de la Virgen. Tampoco sabía que sus esfuerzos iban a hacer mucho para promover y avanzar este concepto.

Capítulo XIIC
La Virgen Pronostica
la Rebelión de los Pueblos de 1680

TODAVÍA ERA LA media noche cuando Sor María se halló bis-biseando entre los dientes. Unas dulces palabras se escaparon de sus labios: "Madre de Dolores, acuérdate que, en la cruz, te nombró mi Jesús como Madre de los pecadores." Despertó sola mirando un resplandor que se iba formando en el rincón de su celda. La Virgen María le habló desde allí:

"Soy madre de todos los que no tienen madre," la Virgen le dijo. "Por eso quiero que os aparezcáis otra vez a la Nueva España y que me publiquéis más allí entre los Indios. Deseo que sepan que no son huérfanos. Nunca los he abandonado y quiero que sepan que siempre estaré con ellos. Como madre de todos los hijos de Dios, se me traspasa el corazón al ver a mis hijos peleando y matándose unos a los otros. El dolor más profundo de una madre es de ver a sus hijos muertos a causa de riñas y mal entendimientos. Tienen que aprender a comunicarse por medio de la oración."

"¿Qué diceis, Madre?" le preguntó Sor María, atónita al verla y oírla tan de repente.

"Yo sé que os preocupáis por mi inmaculada concepción, hija. Pero todo lo que podéis hacer en la vida es sembrar las semillas de una buena obra y, si es la voluntad de Dios, las semillas caerán en buena tierra y enraizarse. El dogma de La Inmaculada Concepción será declarada doctrina infalible en dos cientos años.

Pero ahora me es preciso deciros otra cosa: quince años después de vuestra propia muerte en 1665, sucederá un gran asunto triste en el territorio llamado Nuevo México. Los Indios se van a rebelar en contra de los Españoles y la fe va a sufrir mucho a causa de esto. En su fervor de avanzar su religión en el Nuevo Mundo, los Españoles destruirán muchas de las costumbres y tradiciones de los Indígenas. Derrotarán sus quivas y destruirán sus creencias.

Será tan grande la ira de los Indios que se bañarán en los riachuelos para borrarse sus bautismos Cristianos con el agua. Profanarán las iglesias Católicas y destrozarán las imágenes, pisarán y escarnecerán las especies Eucarísticas. Desterrarán a los Españoles de su tierra. Veinte y uno de los treinta y tres frailes Franciscanos serán martirizados en las meras puertas del pueblo y no quedará piedra sobre piedra en los conventos y templos. Así se empleará su enojo en contra de la nación española."

"¿Cuándo va a ocurrir esta atrocidad, Madre?" Sor María le preguntó.

"En 1680 vendrá la desgracia, hija mía," replicó la Virgen. "Por eso es necesario que regreséis tan pronto como posible."

"¿Se podrá restituir la hermandad y harmonía entre ellos, Madre?" Sor María le preguntó.

"El intermedio incómodo aguantará doce años, niña," respondió la Virgen. "Luego los Españoles regresarán en procesión, rebuscando la paz, siguiendo a una estatua en peso hecha en mi imagen, llamada: "La Conquistadora.""

"¿Regresarais para conquistar a los Indios, Madre?" Sor María le preguntó.

"No, mi hija; regresaré para conquistar a los corazones de todos mis hijos," la Virgen replicó. "Los visitaré como 'La Señora de la Paz'. Los cobijaré a todos con mi manto y les echaré la bendición con el Espíritu Santo. Pero ahora, levantados, hija. Os mando en una misión. Enseñadles esta oración: "O María, Madre mía, o consuelo del mortal, amparadme y guiadme a la patria celestial. Con el ángel de María, las grandezas celebrad, transportados de alegría, sus finezas publicad. Salve júbilo del Cielo, del excelso dulce imán, salve, hechizo de esto suelo; triunfadora de Satán." En ese momento, Sor María sintió que se levantó por el aire.

Capítulo XIIIA
Sor María Aprende la Diferencia Entre Tiempo Humano y Tiempo Divino

CON EL VIENTO soplándole suavemente al oído, Sor María iba volando hacia el Nuevo Mundo. Lo que le iba fascinando a ella, no era no tanto la rapidez con que la llevaban los ángeles, pero más bien cómo el paisaje debajo de sus pies iba cambiando. Podía percibir edificios grandes al estilo de los indios poblanos, pero mucho más elegantes y con patios repletos de flores y con rejas en las ventanas a la manera de España. En un patio hasta burbujeaba una fuente con agua cristalina. Entre tanto, la voz de la Virgen le hablaba dulcemente diciéndole: "Lo que Vos veis ahora son cosas que todavía no existen; Vos estáis mirando hacia el mero futuro. Vais volando por el espacio y a través del tiempo."

"¿Cómo puede ser, Madre," le preguntó Sor María, ¿"que yo pueda ver lo que todavía no haya sucedido? -Nadie puede discernir el futuro."

"Para Dios no hay tiempo limitado," le replicó la Virgen. "Los Griegos le llamaban al tiempo humano *'cronos'* pero al tiempo de Dios se llamaban *'cairos'.* El tiempo *cronos* tiene un pasado, un presente y un futuro, pero *cairos*, es decir, el tiempo divino, siempre existe en el presente o como dicen las Sagradas Escrituras, 'como era en el principio, es ahora y siempre será por todos los siglos'. Dios vive en el eterno ahora. Él no está evoluando como los humanos."

"¿Por qué queréis que vea todas estas cosas, Madre?" Sor María le preguntó.

"Las cosas no son importantes, hija mía," la Virgen le dijo. "Os he hecho transportar acá para que contempléis a los que algún día serán vuestros hijos espirituales. Las personas quienes veréis aquí serán las que seguirán vuestros pasos hacia este rincón. Serán las que guiarán a las almas en este recinto."

Entretanto que Sor María iba contemplando el porvenir, pudo distinguir a una monja misionera quien usaba el hábito de las Hermanas de la Caridad. La monja estaba trabajando y rezando a la misma vez. "¿Quién es esa doncella que se dedica tanto al servicio de los pobres, de los enfermos y de los inmigrantes, Madre?" Sor María le preguntó.

"Ella se llamará Rosa María Segale. Nacerá dos cientos años de ahora, en 1850, en el pueblecito serrano de Cicaña, en Génova. Sus padres serán Francisco y Juana Malatesta quienes tendrán raíces en el Valle de Fontanabuona. Pero después, a la edad de cuatro, emigrará a los Estados Unidos Americanos con su familia. A la edad de dieciséis años, ofrecerá su virginidad en el servicio de Dios y cuando reciba el hábito, tomará el nombre de Sor Blandina en memoria de la mártir, Santa Blandina quien falleció en 177 en el tiempo de los Romanos.

El día 27 de noviembre, 1872, a la edad de veinte y dos años, su Orden la enviará a enseñarles escuela a los niños en Steubenville y Dayton, en el Ohio antes de que la envíen a Trinidad, Colorado donde ahora la veis. Se necesitará allí para ayudarles a las Hermanas de la Caridad a establecer una misión. Viajará en un vagón cubierto.

Éste será el único sitio nombrado en honor de las Tres Divinas Personas en un solo Dios, conocidas como el Padre, el Hijo y el Espíritu Santo de la Santísima Trinidad. Allí la encontrará su hermana mayor, María Madalena quien también tomará el velo, siguiendo el ejemplo de su hermanita. Cuando haya completado su noviciado,

María Madalena tomará el nombre de Sor Justina cuando profese sus votos.

Sor Blandina luchará en contra de las injusticias que los españoles habrán cometido en contra de los indios indígenas y siempre los apoyará en sus derechos civiles. Cuando piense en ellos, dirá: "Pobrecitos sus corazones silvestres; ¡cómo han de sentirse llenos de rencor e ira al ser tratados tan inhumanamente!"

Capítulo XIIIB
Los Hijos de la Monja Azul
Comienzan a Surgir

"¿POR QUÉ LLAMÁIS Vos a personas semejantes a Sor Blandina mis 'hijas espirituales', Madre?" Sor María le preguntó a la Virgen.

"Es porque sin vuestro ejemplo muy pocas misionarias se hubiesen atrevido a desafiar a esta tierra tan inhospitable. Lo que Vos habéis escrito en vuestros pergaminos les ha dado confianza y ánimo a varias damas religiosas para que osen tomar viajes peligrosos en defensa de la fe. Y así como Santa Teresa de Ávila animó a San Juan de la Cruz a que la siguiese por su ejemplo, así también varios sacerdotes, diáconos, frailes y hermanas colmarán este yermo, siguiendo el ejemplo de las misioneras, porque la mujer es la conciencia del hombre."

Sor María volvió los ojos hacia Trinidad para mirar a Sor Blandina de nuevo. La vio de lejos, caminando sola sobre sendas polvientas en tierras desconocidas y sin miedo; iba acompañada por la valentía que surge de las almas en las personas que persiguen y hacen la voluntad de Dios.

"¿Adónde va Sor Blandina con tanta prisa, Madre?" le preguntó a la Virgen.

"Veréis que va haciendo huella hacia el ferrocarril para tomar el tren hacia Santa Fe," le replicó la Virgen. El tiempo es diciembre de 1873 y Sor Blandina ha recibido una carta de la Madre Superior, pidiéndole que vaya a Santa Fe en Nuevo Méjico para que le ayude a su Orden de las Hermanas de la Caridad a establecerse más firmemente allí. Tendrá que fundar escuelas Católicas, huerfanatos, hospitales y cuidar de los indios y españoles.

"Ésos son mandatos que se esperan de cualquiera misionaria, Madre," comentó Sor María. "Además de tener mucha energía, ¿cuáles otros atributos posee ella?"

"Ella tiene mucho amor para todos los seres humanos sin fijarse en quienes serán; para ella, todos son hijos de Dios. La Sagrada Escritura muy claro les recuerda a todos que Dios manda la lluvia al mundo donde cae su rocío refrescante tanto sobre los injustos como sobre los justos. Sor Blandina trae a este territorio un mensaje de misericordia y no de condenación. Le gusta visitar los rinconcitos que yacen lejos de los pueblos. Visita a los desamparados donde los hombres laboran, construyendo los ferrocarriles después de la Guerra Civil Americana y les habla del amor de Dios. En Santa Fe levantará fondos para la construcción del Hospital de San Vicente. Su misericordia alcanzará a los que viven más desterrados del amor de Dios."

"¿Quiénes son estos 'más desterrados de Dios', Madre?" Sor María le preguntó a la Virgen.

"Son personas como los hambrientos, los bandidos, los que huyen de la justicia humana y los prisioneros sentenciados sin el beneficio de prueba de corte. Sor Blandina se ganará la amistad y reconocimiento de un muchacho desgraciado conocido en todos sitios como Guillermito el Joven. Él mató a un hombre que había maltratado a su madre. En sus cartas, Sor Blandina lo va a describir así: 'tiene los ojos medio azul-grises, su cutis es de un complejo rosado, y me parece que no ha tener más que diecisiete años. Su inocencia, todavía no-desarrollada, muestra una firmeza de propósito que pudiera muy fácil impulsarse hacia el bien como hacia el mal'; pobrecito."

Cuando Sor Blandina aprendió que al muchacho le había tocado una muerte muy violenta, rezó un sudario para el descanso de su alma: 'Señor Dios que nos dejaste la señal de tu sagrada pasión y muerte; la sábana santa en la cual fue envuelto tu cuerpo santísimo, cuando por José fuiste abajado de la cruz, concédenos Señor, o piadosísimo Salvador que por tu muerte y sepultura santa, te lleves a descansar el alma del finado Guillermito el Joven a descansar a la gloria de la Resurrección donde tu Señor vives y reinas con Dios Padre, en unidad del Espíritu Santo, por todos los siglos de los siglos santos, amén'."

Sor Blandina comenzó a saber por qué sus seguidores se llamaban sus 'hijos espirituales'.

Capítulo XIIIC
Sor Blandina Sigue
en los Pasos de la Monja Azul

"¿ES LÍCITO DECIR, Madre," Sor María le preguntó a la Virgen, "que Sor Blandina introdujo la fe Católica a la fronteriza Americana?"

"Claro que sí, hija," le replicó la Virgen. "Primero había emigrado a los Estados Unidos con su familia cuando apenas tenía cuatro años y después, cuando entró en la edad de juicio, se unió a la Hermanas de la Caridad fundadas por Sor Isabela Seton. De allí en Cincinnati donde comenzó, su Orden la envió a Trinidad, Colorado y por fin, fue a hacer sus caridades en Alburqueque, Nuevo México."

"Y después, Madre," Sor María continuó, "¿por qué regresó Sor Blandina a Cincinnati por segunda vez en 1894? ¿Qué no tenía bastante para hacer en Trinidad?"

"Había más en Cincinnati para que hiciera, hija," le dijo la Virgen. "Sor Blandina era muy tenaz y valiente, sin temor a la labor. Era la misionera ideal para defender los d derechos de los inmigrantes pobres y todos los desamparados. Le tenía mucho amor a la justicia social. Al regresar a Cincinnati, fundó el Instituto Santa María en 1897 siguiendo sus deberes con los pobres y marginalizados hasta 1933. Y como si no fuera bastante, volvió de nuevo a Alburqueque y sirvió allí dos años más entre 1900 y 1902, iniciando la edificación del Hospital San José."

"A veces me parece que Sor Blandina volaba más que yo, Madre," Sor María le dijo a la Virgen, en forma de broma.

"Vos voláis en las manos de los ángeles, hija," la Virgen sonrió. "Ella vuela por medio de sus pies ligeros, por los trenes que entrelazan las varias direcciones de la fronteriza y por su pura determinación. La oración sin actos es vacía."

"¿Cómo se convierte la oración en acción, Madre?" Sor María le preguntó ahora.

"Surge del gozo de vivir en Dios, hija," continuó la Virgen. "La humildad humana otorga la clemencia a Dios por todos los beneficios de la vida cotidiana."

Mientras que Sor María escuchaba, oyó a Sor Blandina cantando un himno de loor a Dios desde el lejos Cincinnati: "Santo, Santo, Santo es Dios de verdad, siendo trino y uno con toda igualdad. Padre Sacrosanto que en el Cielo estás, muévete a clemencia; tenednos piedad. Hijo que a los hombres vienes a salvar, muévete a clemencia; tenednos piedad. Espíritu Santo, a los dos igual, muévete a clemencia; tenednos piedad. Trinidad Agusta, siendo un Dios cabal, muévete a clemencia; tenednos piedad."

"Madre, ¿cuándo fallecerá Sor Blandina?" Sor María le preguntó.

"Morirá Sor Blandina el día 23 febrero, 1941, un mes exacto antes de su noventa y primer cumpleaños, hija," la Virgen le dijo. "Cuando estaba en Cincinnati, una amiga le dio cinco pesos para lanzar su misión para socorrerles a los pobres. A pesar de su gran determinación, sin embargo, su salud comenzó a disminuir poco a poco hasta que Sor Blandina dijo 'sta compiuto'; --se ha completado, y entregó su alma a Dios."

Sor María estaba contemplando las palabras de la Virgen cuando se dio cuenta que poco a poco los ángeles de la volando al norte de la Ciudad de Denver, en el yermo entre rocas y lomas.

"¿Adónde vamos, Madre?" Sor María le preguntó, atónita.

"Os llevo a contemplar el sitio donde otra de vuestras hijas italianas vendrá a honrar el Sagrado Corazón de Jesús," la Virgen le respondió a Sor María.

"¿Como se llamará mi segunda hija italiana, Madre?" Sor María le preguntó.

"El mundo la conocerá como 'La Madre Francisca Xavier Cabrini'," la Virgen le dijo.

Capítulo XIVA
Sor Francisca Saverio Llega a Colorado

TODAVÍA MIRANDO HACIA las colinas redondas y las rocas puntiagudas, Sor María pudo distinguir a un grupito de monjas labrando la tierra. En vano trataban de mover esos obstáculos naturales queriendo comenzar a edificar su convento. Las pobrecitas aún, no tenían mucha fuerza y les ardillan las gargantas de sed. "Madre," le clamaban a Sor Francisca Severio, "por el amor de Dios, ayúdenos a hallar agua para no morir de sed en este sitio tan solitario."

"El mismo Jesucristo murió de sed en la Cruz," ella les replicó. "¿Sois Vos mejores que Cristo?" Avergonzadas y humilladas por su falta de fe, dejaron de quejarse. Tomando el bastón en el cual se cargaba en la mano, Sor Francisca continuó: "Los hombres nunca han podido hacer milagros nomás con quererlo. Ni el mismo Moisés pudo sacar agua de una piedra para saciar la sed de los hijos de Israel. Solo Dios puede hacer eso nomás con mandarlo.

Entonces Sor Francisca alzó la voz y exclamó: "Sea por el amor de Dios," y le dio un fuerte golpe a una piedra a su lado. Inmediatamente brotó un ojito de agua fresca de ella. Las novicias así abrían sus ojos muy atónitas al ver al agua correr en ese yermo tan árido. Se ahincaron y se llenaban las manos para beber del agua cristalina.

"Después de décadas," dijo la Virgen, "el agua va a seguir

corriendo para refrescar a los muchos peregrinos que vendrán a visitar este sitio sagrado."

Sor María se dio cuenta de que desde ese momento se fueron silenciando los quejidos de los labios de las monjas y todas pusieron su confianza en la humilde sierva Italiana de Dios.

"¿Cómo pudo Sor Francisca causar que saliese el agua de la piedra, Madre?" Sor María le preguntó a la Virgen.

"Jesús proclamó que si alguien tiene una poca de fe del tamaño de una semilla de mostaza, prodrá ordenarle a una montaña que de desenraice y se eche en el mar, y lo hará. Sor Francisca tiene una gran fe basada en una obediencia absoluta en Dios.

María Francisca Cabrini nacerá" continuó la Virgen, "el 15 de julio 1850. Será la más joven de una pobre familia de labradores. Sus padres, Agustín Cabrini y Estela Oldini habían tenido trece hijos pero solamente cuatro sobrevivieron. María Francesca siempre fue una niña débil y después de la muerte de sus padres, se unió a la pía congregación de Las Hijas del Sagrado Corazón de Jesús. Toda la vida guardó una gran devoción al Sagrado Corazón. Cuando María Francisca tomó votos en 1877, agregó el nombre de 'Saverio' al suyo, en honor de San Francisco Xavier quien había sido un gran misionario Jesuita.

Así como San Francisco Xavier fue misionario del Oriente, Sor Francisca quiso ofrecer su vida en el servicio de los niños chinos y japoneses pero cuando le presentó su propuesta al Papa, el Papa le dijo que tenía más necesidad de sus servicios en los Estado Unidos Americanos, ayudándole a la muchedumbre de italianos emigrantes que buscaban hacerse una vida mejor. Habiendo profesado obediencia al Papa, Sor Francisca Cabrini vino para acá."

Todavía mirándola, Sor María observó que Sor Francisca y sus monjas habían acarreado abrazadas de piedras de cuarzo blanco hacia la cima de una colina alta. Ahincándose allí, Sor Francisca tomó las piedras de cuarzo con sus propias manos y las arregló en la forma del Sagrado Corazón de Jesús. Mientras que ella hacía eso, sus monjas rezaban el rosario del Sagrado Corazón: 'Dulcísimo corazón de Jesús sed mi amor. Dulcísimo corazón de María sed mi salvación'.

Cuando acabo de formar el corazón en piedra, Sor Francisca terminó, diciendo: "Jesús, José y María os doy mi corazón y el alma mía. Jesús, José y María, asistidme en mi última agonía. Jesús, José y María con Vos descanse en paz el alma mía, amén."

Capítulo XIVB
Los Hermanos Tomasini Seguían el Ejemplo de Madre Francisca

"CUANDO YO ERA niña, Madre," Sor María le comentó a la Virgen una noche que estaba escribiendo *La Mística Ciudad de Dios*, "mi señora madre me platicó que en Francia una religiosa joven llamada Margarita María Alacoque, había tenido una revelación del Sagrado Corazón de Jesús. Cristo le mostró su corazón abierto con el gran amor que tenía para todos sus hijos y le pidió que propagase su devoción por todas partes del mundo. Santa Margarita escribió las doce promesas del Sagrado Corazón para todos sus devotos y ella tomó el nombre de Margarita María de la Visitación.

Las doce promesas de Jesús incluían que a sus devotos les daría todas las gracias necesarias en su estado, que introduciría la paz entre sus familias, que los consolaría en todas sus aflicciones, que sería su amparo seguro en vida y sobre todo en la muerte. A esta, agregó que derramaría copiosas bendiciones sobre todas sus empresas, que los pecadores hallarían en su Corazón, la fuente y el piélago infinito de misericordia, que los tibios se enfervorizarían y que las almas fervientes subirían rápidamente a una gran perfección.

Además, Jesús prometió que bendeciría así mismo las casas donde fuese expuesta y honrada la imagen de su Corazón Sagrado, que concedería a los sacerdotes el talento de conmover los corazones más empedernidos, que todos los que propagasen esta devoción tendrían sus nombres escritos con caracteres indelebles en su Corazón y que les prometía, en el exceso de la misericordia de su Corazón, su amor todopoderoso concedería a todos los que comulgaren nueve primeros viernes de mes seguidos, la gracia de la penitencia final, que no morirían en desgracia ni sin recibir sus Sacramentos, y que su Divino Corazón se tornaría en aquella última hora en seguro asilo.

Sor Francisca, y las siete doncellas que profesaron votos religiosos juntas con ella, formaron la Congregación de las Religiosas Misioneras del Sagrado Corazón de Jesús. Pronto Sor Francisca comenzó a reclutar a muchos píos quienes pudiesen avanzar esta devoción. Entre ellas estaban dos hermanos sacerdotes italianos, el Padre Pascual Tomasini y el Padre Francisco Tomasini. Ellos llevaron esta santa práctica por todo el Valle de San Luis, Colorado hasta los pueblos indígenas y de allí para la Iglesia de San Felipe Neri en Alburqueque, Nuevo México.

Las Hermanas religiosas recogían a huérfanos y a niños abandonados y abrieron escuelas para ellos. Cuando no estaban enseñando clases, hacían bordados finos que vendían por unos reales. En los primeros cinco años, su congregación estableció siete casas, una escuela gratis y un jardín de niños. El Papa León XIII las reconocía con gran agradecimiento.

Todo esto, Sor María observaba desde las alturas mientras que Sor Francisca arreglaba las piedras de cuarzo blanco en hechura de corazón. Los vientos soplaban por las alturas, esparciendo una fragancia de flores silvestres al rededor del corazón. Pronto miles sobre miles de peregrinos comenzaron a venir para desengañarse de su obra. Llegaban en procesión cantando el himno particular a ese rincón: "El Sagrado Corazón nos cobije con su mando; nos eche su bendición con el Espíritu Santo."

La Virgen le hablaba suavemente a Sor María diciéndole: "Así como la veis aquí, algún día también la reconoceréis como vuestra hermana en el Cielo."

Sor María se admiraba al ver que siglos después de su propia muerte, sus hijos espirituales harían un Paraíso terrestre en este yermo hostil. Poco a poquito fue viendo que las semillas que ella sembraría en la vida no caerían en tierra vana.

Capítulo XIVC
Sor María llega a Comprender
"el Tiempo Divino Pasivo"

LA VIRGEN LE hablaba a Sor María preguntándole: "¿Todavía os sorprende que las visiones que yo os enseño hoy sean ocultas de otros ojos mortales, hija? Dios siempre guarda para sí mismo ciertas cosas escondidas hasta que pueda preparar los corazones de los hombres, antes de que puedan recibirlas y comprenderlas. Esta acción se llama 'el tiempo divino pasivo' del Verbo. Dios es el Verbo encarnado. Son asuntos que pueden pasar, pero solamente si es la voluntad de Dios. Sin quitarle nada a la libre voluntad al hombre, Dios espera antes de dar su consentimiento."

"No lo entiendo esto muy bien, Madre," Sor María le respondió. "¿Podéis darme un ejemplo de cómo pasa esto en el mundo?"

"En el evangelio según San Lucas, en los días después de la crucifixión de Jesús, dos de sus discípulos, llamados Cleofás y Simeón, iban caminando hacia un pueblecito llamado Emaús. Mientras que conversaban y discutían, Jesús se les acercó y comenzó a caminar con ellos; pero los ojos de los dos discípulos estaban velados y no lo reconocieron."

"¿Es decir, Madre," Sor María le preguntó, "que Dios no los permitió ver la verdad de la Resurrección hasta que no estuviesen preparados? Así comprendo yo cuando os diceis que tenían 'los ojos velados'."

"Exacto, hija," le dijo la Virgen. "Ambos habían sido sus se-guidores y hasta parientes cercanos de Jesús por lado de su padre putativo José, pero Su momento no se había llegado. Sus discípulos le platicaban a Jesús lo que habían sabido sobre todos los asuntos que ellos habían oído tocante la muerte y crucifixión, y lo que las mujeres pías habían hallado cuando visitaron su sepulcro vacío después del tercer día.

Cuando Jesús hizo por irse más allá en el camino, Cleofás y Simeón le imploraron que se estuviese con ellos esa tarde. Jesús con-sintió con ello y se sentó con ellos a la mesa, bendijo y partió el pan y entonces, -dice San Lucas- 'se les abrieron los ojos y lo reconocieron'."

"¡Allí está el tiempo 'divino pasivo' del verbo!" exclamó Sor María, comprendiendo por fin. "Es como os diceis: 'Son asuntos que pueden pasar, pero solamente si es la voluntad de Dios. Sin quitarle nada de la libre voluntad del hombre, Dios detiene su consentimiento an-tes de actuar'. Espera a que digamos: 'hágase en mí según Su santa voluntad'."

"Por eso es que Vos estáis mirando asuntos que no sucederán por unos siglos todavía, hija," la Virgen le replicó. "Vuestro corazón tenía que ser preparado para recibir la palabra."

"¿Qué le irá a pasar a Sor Francisca, Madre?" Sor María le pre-guntó a la Virgen.

"Esa mujercita dinámica establecerá sesenta y siete institutos en Nueva York, en Chicago, en Seattle, en Nueva Orleans, en Denver y en Golden, Colorado, no contando los que fundará también en Latino América, en Europa y después en su muerte, en el Oriente, como primero lo había pensado.

Cuando llegue a la edad de sesenta y siete años, morirá de com-plicaciones relacionadas a la malaria en un tiempo de La Navidad, mientras que estaba preparando unos dulcitos para los niños locales. Será sepultada en uno de los huerfanatos que ella fundó pero después, su cuerpo será exhumado y dividido entre sus devotos: su cabeza será preservada en la capilla de su Congregación en Roma, su corazón descansará en Codoño donde nació, su brazo yacerá en su oratorio en Chicago y lo demás de su cuerpo se guardará en Nueva York.

El 13 de noviembre 1938 será beatificada por el Papa Pío XI y por fin canonizada el 7 de julio 1946 por el Papa Pío XII, fiel a su obediencia al tiempo divino pasivo del Verbo," dijo la Virgen.

Capítulo XVA
Sor María Viene a Conocer a una Santa Rica

"**MIS DOS HIJAS** espirituales, Madre," sollozó Sor María diciendo, "ambas eran humildes y pobres. Yo creo que es verdad lo que dice la Biblia, de que es más fácil que un camello pase por el ojo de una aguja de que un rico se salve porque el dinero es la raíz de todo mal."

"No podéis tomar todo en la Biblia al pie de la letra, hija," le respondió la Virgen. "No es la historia humana como Vos la conocéis. Siempre las palabras de Jesús tienen significados ocultos y más profundos. 'El ojo de una aguja' era la puerta por donde la gente entraba a una ciudad; era más bajita y angosta. La otra entrada era más grande y era por allí que los animales entraban para ser contados y para que sus dueños pagasen los impuestos por ellos. Más importante que puertas de impuestos o de no-impuestos, son las palabras de Jesús: 'Yo soy el camino, la verdad y la vida'.

La otra parte de vuestra observación no estaba correcto, sin embargo, hija. En ninguna parte proclama la Biblia de que 'el dinero es la raíz de todo mal'. Lo que sí dice la Sagrada Escritura es que 'el amor del dinero es la raíz de todo mal'. Es decir que cuando adoráis en el dinero; cuando hacéis un dios del dinero, eso os mena hacia la perdición. Nunca adoréis en el dinero pero usadlo para avanzar las obras caritativas, hija," terminó por decir.

"¿Ha habido un caso donde algún rico ha hecho la voluntad de

Dios, Madre?" Sor María le preguntó. "Yo creo que en esta parte del mundo, aseguradamente no lo ha habido."

"La caridad, hija," le Virgen sonrió, "toma muchas formas. Ahora os llevemos hacia Santa Fe, Nuevo México para presentaros a vuestra tercera hija." Con eso, una hueste de querubines alados llegó y los angelitos volaron con ellas hasta Santa Fe. "Allí está vuestra tercera hija," la Virgen le dijo, apuntando para abajo.

Sor María vio a otra monja pero ésta no tenía semblanza de inmigrante italiana como las otras dos. Era gentil y aristócrata y caminaba como una dama noble o al menos de alta sociedad. La Virgen le presentó a la Madre Catarina Drexel.

"Catarina será la segunda de dos hijas nacida a sus padres Antonio Drexel y a su esposa, Ana Langstrot. El Señor Drexel será un banquero que quedará viudo apenas cinco semanas después de que nazca Catarina el 26 de noviembre, 1858. Se casará de nuevo con Ema Bouvier y de esa unión, nacerá la tercera hija, Luisa. Los Drexels serán una familia muy rica, no solamente financieramente pero espiritualmente también. Les pondrán buen ejemplo a sus hijas de cómo vivir, haciendo obras de misericordia corporales y espirituales.

Todas las tardes Catarina verá a su padre postrado de rodillas en oración por media hora y observará a su madrastra abrirles las puertas de la gran casa a los pobres para alimentarlos y para vestirlos los con decencia. Con modestia, por medio de visitas caritativas, les ayudarán a las mujeres que no se atreven arrimarse a su casa. Aunque la familia formará parte de la alta sociedad de su tiempo, sus riquezas nunca afectarán la vida de Catarina adversamente.

La joven Catarina comenzará a darse cuenta de que ni tan siquiera el dinero puede aliviar el sufrimiento de una persona escogida para sufrir en esta vida. Poco a poco será imbuida con el amor para Dios y para el prójimo. Sobre todo le comenzará a preocupar el bienestar de los Negros y de los Indios Americanos. Cuando viajará en Gran Sudoeste Americano con su familia en 1884, ella verá por sí misma, la condición deplorable en cual viven los Indígenas y le nascerá el deseo de poder ayudarles. Con ese propósito, irá a ver a su confesor y director espiritual, el Padre Jaime O'Connor de Filadelfia."

Capítulo XVB
La Madre Catarina Sigue los Pasos de San José a Nuevo México

CATARINA DREXEL Y sus dos hermanas venían de una familia bien puesta financiera y espiritualmente. Todas las tardes ellas observaban a su padre meditando y rezando de rodillas por media hora. Su madre les abría la mansión a los pobres cada semana, dándoles ropa y comida y rezaba con ellos para hacer obras corporales y espirituales de caridad. El Padre O'Connor era el confesor y Director Espiritual de Catarina. Fue él quien primero sugirió a las hermanitas que visitasen al Santo Padre en su viaje para Europa.

Cuando estaban visitando Europa en 1887, el Santo Pontífice Papa León XIII, les otorgó una audiencia particular a las tres hermanitas. Ellas le dijeron al Papa que necesitaban misioneros en las misiones que financiaban. El Papa sugirió que la misma Catarina pudiese ser misionera. Ella decidió dar su vida y su herencia sirviendo a Dios por medio de los indios y los Negros. En uno de sus diarios, la Madre Catarina escribió: "La Fiesta de San José me trajo la gracia para dar mi vida a los Indios y a los Negros".

Después de que falleció su padre, uno de sus primeros actos fue de contribuir dinero a la Misión de San Francisco en la Reserva de Rosabá de South Dakota. Entonces comenzó un apostolado con las Hermanas del Convento de la Misericordia en Pittsburgh en 1889.

A partir de los treinta y tres años hasta que murió, La Madre Catarina dedicó su vida y su fortuna en empeñar su promesa. Abrió su primer pupilaje y le puso por nombre: 'Pupilaje de Santa Catarina en Santa Fe, Nuevo México. Para los inditos, ella era la madre y ellos eran sus pollitos. Pronto otras escuelas al este del Río Misisipí se abrieron con su ayuda para la educación de los hijos de los que habían sido esclavos.

Pues el Arzobispo Juan Bautista Lamí quien les sugirió a las Hermanas de que quizá pudiesen aprovechar de los servicios de los arquitectos franceses, Antonio Mullí y su hijo Proyectus. Ellos habían hecho mucho del trabajo en su catedral. Ellos propusieron que la nueva capilla fuese gótica en naturaleza, como paralelo a la Santa Capilla de París donde se veneraba la corona de espinas de Jesús. Desafortunadamente, los edificios góticos suelen ser más altos que largos. Cuando fue edificada, hallaron que cualquier escaleriado hacia el desván del coro ocuparía la mayoría del espacio en la capilla. Las Hermanas de Loreto no sabían qué hacer.

Determinaron rezar una novena implorando el auxilio de San José, quien es el santo patrón de los carpinteros. En la última noche de su novena, un forastero se presentó a la puerta de la capilla y se ofreció hacerles un escaleriado. Solo les pidió que lo dejasen trabajar solo sin ninguna ayuda cualquiera. Usó solamente un serrucho, un martillo, un poco de pegamiento, y dos cajetes de agua caliente en los cuales empapó su madera. Poco a poco fue capaz de torcer la madera en una gran hélice formado de dos vueltas completas.

La madera no era nativa al área local; su composición granular asemejaba a los cedros del Líbano. El hombre desconocido le puso treinta y tres escalones a la hélice espiral con estaquillas de madera, cada uno en honor de un año en la vida de Cristo. El escaleriado no tenía ningún sostén central; solo la perfección de la obra la detenía bien puesta. Cuando las monjas trataron de pagarle, el hombre se había desaparecido sin pago. Nunca les cobró por la madera ni el trabajo. El hombre desconocido no dijo nada; así como tampoco nunca se supo que San José dijese algo en público. Era cerca de este sitio, tan honrado por las manos de San José donde la Madre Catarina escogió para edificar el pupilaje para sus alumnos Indios queridos.

Capítulo XVC
Los Últimos Años de La Madre Catarina

"SE DICE ENTRE los sabios que Dios siempre da con las dos manos, Madre," Sor María comentó.

"Cuando os pidáis algo de Dios, siempre rezad de que Dios os lo conceda si es para el bien de vuestra alma y para Su gloria. Ésa es la gran virtud que Dios le dio a la Madre Catarina," añadió la Virgen. "Ella está determinada de que todos los bienes que tiene en su vida sean la propiedad de Dios. Siempre recuerda la oración de San Ignacio de Loyola: 'Toma, Señor y recibe toda mi libertad, mi memoria; mi entendimiento, y toda mi voluntad. Dame solo tu amor y tu gracia; son bastantes para mí. Tu amor y tu gracia son bastantes para mí'.

Cuando era niña y todavía le llamaba "Kitty" su hermana Isabela, Catarina pasaba largas horas meditando en la bondad de Dios, ahincada ante el Santísimo Sacramento en el tabernáculo. Contemplaba la generosidad del Jesús Oculto allí: Le gustaba repetir el cántico de los locales que decía: 'Yo creo, Dios mío que estás en el altar, oculto en la hostia; te vengo a adorar. Adoro en la hostia; el cuerpo de Jesús, su sangre preciosa que dio por mí en la cruz.

No conforme solo en ofrecerle escuelas a los indios de Nuevo México, la Madre Catarina les pidió a los frailes de San Juan Bautista que le ayudase a comenzar misiones para los indios Navajoses en

Arizona, diciéndoles también que ella misma financiaría sus labores con ellos. Unos años después, en 1910, la Madre Catarina pagaría para que se imprimieran quinientas copias de un catecismo escrito en ambos idiomas de diné e inglés. Era una doctrina impresa para el uso por los indios Navajoses en estudiar las preguntas y respuestas pertinentes al catolicismo.

Queriendo dar todavía con las dos manos, en 1915 la Madre Catarina fundará la Universidad de San Saverio en la Nueva Orleans, Luisiana. Fue la primera universidad en los Estados Unidos para el beneficio de los afroamericanos. Esta obra sola era extraordinaria, puesto que en los años inmediatamente después de la Guerra Civil Americana, había bastante oposición en contra de la educación de los negros quienes habían sido esclavos. Recibió carta de oposición a sus esfuerzos de unos veteranos de la Guerra Civil en Pulasqui, Tennessee. Habían formado un grupo dedicado a la intimidación política de los negros y en avanza miento de la supremacía blanca en el Sudeste.

A su grupo le llamaba el *"Ku Klax Klan,"* cuyo título desciende de la palabra *'kuklos'* que significa *"círculo"* en griego. Al tiempo de su muerte, había más que quinientas Hermanas Religiosas enseñando en sesenta y tres escuelas a través del país. Ya la Madre Catarina había establecido cincuenta misiones para nativos americanos en dieciséis Estados. Sin embargo los socios y compatriotas del *'Clan'* encendieron a muchas de las escuelas que la Madre Catarina había establecido para los indios en los Estados del sur puesto que había mucho sentimiento en contra de la educación de los indios.

Ella le nombró a su escuela para indios en Santa Fe en honor de Santa Catarina de Siena quien ambicionaba educación para toda su gente entre 1347-1380. No era fácil para esa monja Dominicana de elevar a la gente y de reconciliar a La Iglesia dividida entre las políticas de los Papas de Roma y Aviñón. Se tiene que considerar la situación social en Europa y de todos los que habían sobrevivido los cienes de años cuando La Peste Bubónica se había apoderado de toda Italia.

La Madre Catarina sufrió de una crisis cardíaca cuando tenía setenta y siete años. A resultas de eso, se tuvo que jubilar. Por diecinueve años vivió una vida tranquila en oración. Falleció el día tres de marzo 1955 cuando tenía noventa y seis años.

Capítulo XVIA
Sor Juana Inés de la Cruz Honra
al Padre Eusebio Kino

SOR MARÍA OLIÓ el tufo de una vela de cera quemándose. Abrió los ojos y vio que estaba de regreso en su celda en el Convento de la Inmaculada Concepción de Ágreda. Era la media noche. Estaba un poco cansada y se puso las manos en cada lado de la cadera. De repente sintió de que La Virgen María la estaba mirando cuando despertó. La Virgen la miraba con cariño y le preguntó: ¿Cómo os gustó vuestra visita al tiempo futuro? Ya estamos de regreso aquí en el tiempo presente. Habéis visto lo que va a suceder en dos o tres siglos de ahora."

"¿Es decir, Madre," Sor María pausó, "que en algún tiempo del porvenir sí habrán tres monjas religiosas llamadas Blandina, Cabrini y Drexel que han de vivir en sitios que yo ya he visitado, haciendo Vos conocida en esa parte del mundo?"

"Sí, hija," la Virgen le respondió. "pero más importante que el conocerme a mí, van a llevar la palabra de Dios a los habitantes desamparados en un lugar medroso."

"¿Qué en este tiempo presente no hay nadie que anime a esos pobres desconocidos?" Sor María le preguntó a la Virgen.

"Claro que sí, hija," ella le respondió. "Los misionarios son los que dan sus vidas para la iluminación de un mundo oscuro. Nuevamente, el diez de agosto de 1645, nació un niño en Seño, Italia como hijo de Francisco Chini y Margarita Luqui. Viene de una familia noble. Él va a educarse para ser un misionero Jesuita, un explorador, un cartógrafo y un astrónomo importante. Tendrá por nombre Eusebio Francisco Chini, pero en español su apellido será conocido como 'Kino'.

Aunque quiere ir a servirles a las almas del Oriente, su Orden lo va a enviar a la Nueva España. No se le puede conceder inmediatamente, sin embargo, siendo que le erró a la barca. Tuvo que esperarse en Cádiz, España por un año completo sin mucho que hacer. Allí donde estará desocupado, comenzará a escribir ciertas observaciones sobre el Cometa de Kirsch. Sus observaciones se publicarán como la *Exposición astronómica del cometa*.

Antes de eso, la gente tenía la creencia de que, si la cola del cometa tocase la tierra, todo se encendería y se acabaría el mundo. La lógica del Padre Kino y también su racionalismo brillante inspirarán a una monja colonial en la Nueva España. Sor Juana Inés de la Cruz, a que lo honrara con escribir un soneto alabando su sabiduría en absolver al cometa de malignos portentos":

'Aunque es clara del Cielo la luz pura, clara la Luna y claras las Estrellas, y claras las efímeras centellas que el aire eleva y el incendio apura; aunque es el rayo claro, cuya dura producción cuesta al viento mil querellas, y el relámpago que hizo de sus huellas, medrosa luz en la tiniebla obscura; todo el conocimiento torpe humano se estuvo obscuro sin que las mortales plumas pudiesen ser, con vuelo ufano, Icarios de discursos racionales, hasta que el tuyo, Eusebio soberano, les dio luz a las Luces celestiales.'

"Me sorprende, Madre," observó Sor María, "que el buen Jesuita se pusiese a defender la ciencia separada de la religión."

"La ciencia y la religión no son disciplinas distintas," replicó la Virgen. "Solo los hombres las tratan con enemigas opuestas luchando por el mismo campo, pero el hecho es de que son dos lados de la misma moneda, donde ambas rebuscan la iluminación de la verdad. Todo lo que Dios hizo es bueno; es el hombre necio que las opone una de la otra."

"La Nueva España necesita a sagacidad del bueno Padre Kino," sonrió Sor María de Ágreda."

Capítulo XVIB
El Padre Kino Reza Como los Indios

"**EL PADRE KINO** tiene un espíritu mental fenómeno cual no ha visto su par desde los días de Santo Tomás Aquino cuatrocientos años antes," le Virgen remarcó. "Él vive en el mundo de los hombres, pero pertenece al mundo de Dios. Los últimos veinte y cuarto años de su vida los pasará trabajando en la región conocida como la 'Pimería Alta', en Sonora de Nueva España. Después esa región se llamará México, y el territorio de Arizona y Baja California en los Estados Unidos americanos. Allí, su primera tarea será de encabezar la Expedición del Almirante Isidro de Atondo y Antillón. Será entonces que va a establecer la Misión de San Bruno en 1683 pero a causa de una larga sequilla, dos años después, los Jesuitas tendrán que abandonar la misión y regresar a la Ciudad de México."

"¿Cuánto tiempo durará allí, Madre?" Sor María le preguntó a la Virgen.

"Se lanzará desde la Ciudad de México y después de dos años más, saldrá del pueblo de Cucurpe en Sonora. El nombre del pueblo viene de una palabra de los indios Ópatas cual significa 'donde llama la palomita'. El Padre Kino siempre guardará la creencia de que 'la palomita' que lo había llamado, fue el mismo Espíritu Santo que lo dirigirá hacia la Pimería Alta la mañana del catorce de marzo, 1687.

El buen jesuita iba a viajar más que cincuenta millas cuadradas a caballo haciendo mapas de las sendas de la región geográfica.

Les predicará a dieciséis tribus más allá de los territorios Pimas. Entre ellos contará con los Cocopá, los Eudeve, los Hia C-ed O'odham (cuales el Padre Kino llamará, los Yumas), los Kamia, los Kavelchadón, los Kilivá, los Maricopa, los Pimas Serranos, los Ópata, los Quecha, los Pimas Gileños, los Comcaác , los Tohono O'odham, los Sobaipurí, los Apaches, los Yavapai, y los Yaqui. Entre todos ellos, distribuirá semillas de frutos europeos, de hierbas medicinales y de grano desconocido. El Padre Kino también será el primero que le enseñará cómo apacentar ganados de vacas, ovejas y cabras en esa región.

Para ese tiempo ya habría encontrado a los indios Diné, a quienes les llamaría 'los Navajoses'. Les enseñaría a rezar el Padre Nuestro en su propio idioma: *'NihiTaa' yá'ąąshdi honílóonii, Nízhi' diyingo óolzin le', Bee nóhólníihii náásgóó k'ee'ąą yilzhish le', Áádóó bee íinínízinii t'áá yá'ąąshdi áánílígi át'éego Nahasdzáán bikáa'gi áánííł le'. Ch'iyáán t'áá ákwíí jį' niha'iyíłtsódígíí díí jį' nihaa náádiní'aah.* ***Áádóó t'áá nihich'į' bąąhági ádaaníiłii bá yóó'adahidiit'aahígi át'éego*** *Nich'į' nda'ayiilzíhígíí nihá yóó'ahidí'aah.* ***Áádóó nihí hodínóotahjį' nihi'óółnííh lágo,*** *Ndi bąąhági'át'éii bits'ą'ąjį' yisdánihiyínííł. Háálá ahóyéel'áágóó ni t'éí nóhólnííh áádóó t'aadoo bee nóodziilí da, índa ayóó'áńt'é. T'áá ákó'ée doo'.*

('Padre nuestro en el Cielo, donde allí está, Tu nombre es santo. Que así se guarde. Que se engrandezca tu reino. Que tu voluntad trabaje, como trabaja en el Cielo, así también trabaje en el Mundo. La comida que nos das cada día, dánosla otra vez hoy, y a todos los que nos hacen mal, los perdonamos como de esa manera perdónanos nuestros equívocos y pecados. Y no nos mandes al lugar de la tentación mas, líbranos de allí, porque solo Tú estás a cargo para siempre y no hay nada más poderoso que Tú. También Tú eres el más grande.)

El buen padre caminara por los senderos del desierto un día a la vez, pausando para descansar y dormir cada diez o doce millas. Les llamará a estos sitios 'parajes'. Allí salía a gente a recibirlos y los Parajes se convertían en Visitas. Además de los presidios que vi en estos terrenos del Rey de España, daba a Santa Misa donde estaba ubicada la Santa Madre Iglesia. También administra los sacramentos en las capillas de los pueblos. En las misiones de los indios donde no había sacerdotes residentes, iba a bautizar y a predicar en los santos días de obligación."

Capítulo XVIC
Cuando Aquino y Kino Juegan un Partido de Ajedrez Cósmico

SOR MARÍA ESTABA mirando al crucifijo en la pared de su celda. Había quedada bien asombrada con los grandes milagros que Dios había forjado por medio de sus creaturas. Admiraba de todo corazón el hecho de que un hombre, tan ilustrado en las ciencias y al mismo tiempo en la teología, como lo era el Padre Kino, pudiese comunicarse con los Nativos en su propio idioma. "Si Santo Tomás Aquino y el Padre Eusebio Kino hubiesen vivido al mismo tiempo, hubiesen redefinido a todo el mundo. -El mundo de Aquino y Kino-," comentó, sonriéndose.

"¿Qué no crees, hija," le dijo la Virgen, mirándola directamente en los ojos, "que algún día ambos estarán en el Cielo sorprendidos por la pobreza de lo poco que sabían comparado con el juicio inconmensurable de Dios?"

"Cuando yo me doy cuenta de qué tan poco sé yo de la naturaleza de Dios, Madre," dijo Sor María tristemente, "me da hasta vergüenza. Tampoco me atreviera a comparar lo nada que soy yo con las grandezas de Aquino y Kino. Me parece que tales mentalidades están tratando de involucrarme en un partido de ajedrez cósmico."

"Cuando Aquino o Kino juegan un partido de ajedrez, hija," le respondió la Virgen, juegan en contra de sí mismos en vez jugar de en contra de otra persona. Así cuando aciertan algo, pueden ver a la misma vez todas las oposiciones a su propia manera de pensar y cómo averiguar su punto de todas maneras. Y una cosa más," le agregó: "Hay gran mérito en la humildad; en el admitir que no sabemos mucho, se hallan las primeras semillas del juicio. ¿Hay algo más queréis saber tocante al Padre Kino?"

"Sí, Madre," le dijo Sor María. ¿Cuáles misiones fundará él en Arizona?"

"Hay varias, hija," dijo la Virgen. Algunas durarán muchos años y otras serán destruidas pronto. Entre ellas se cuentan: Nuestra Señora de Guadalupe, la Misión de San Bruno, la Misión de Nuestra Señora de los Dolores, la Misión de Nuestra Señora de los Remedios, San Ignacio de la Cabórica, la Misión de San Pedro y San Pablo del Tubutama, y la Misión de Santa Teresa de Átil.

También fundará la Misión de Santa María Magdalena, San José de Ímuris, Nuestra Señora del Pilar y Santiago de Cocóspera. Seguirá con San Antonio Paduano del Oquitoa, San Diego del Pitiquito, San Luis Bacoancos, y la Misión de San Cayetano del Tumacácori, Después, se establecerá San Cayetano de Calabazas en otro sitio y de allí vendrá a ser San José de Tumacácori.

Seguirá con La Misión de San Gabriel de Guevavi y la Misión de Los Santos Ángeles de Guevavi. Podemos contar con la Misión de San Lázaro, San Xavier del Bac, **la Visita de San Cosme y San Damián de** Tucsón, la Visita de Los Santos Reyes de Sonoita, San Ignacio de Sonoitac, la Visita de San Martín de Aribac, La Purísima Concepción de Nuestra Señora de Caborca, Santa María Suamca, San Valentín de Busanic, Nuestra Señora de Loreto y San Marcelo de Sonoyta, y Nuestra Señora de la Ascensión de Opodepe.

Recordareis aun, que antes de separarse Arizona de Nuevo México, ambos territorios pertenecían a la Nueva España. Los antiguos documentos le llamaban a ese vasto sitio 'La Tierra de Jauja' o 'La Tierra del Moctezuma'. No será hasta 1912 que Arizona se separará de *'la Nueva México'*, nombrado así en honor de la Ciudad de México. El Padre Kino morirá de la fiebre el día quince de marzo 1711."

Capítulo XVIIA
¿Para Qué Necesito Pies, Cuando Dios Me Da Alas Para Volar?

"YA HABÉIS VISITADO el Nuevo Mundo arriba de quinientas veces, hija," la Virgen comentó una noche mientras que Sor María escribía.

"Sí, Madre," Sor María le replicó. "Vuestros siervos: los serafines, los querubines, los dominios, los tronos, las potestades, las principalidades, las virtudes, los arcángeles y los ángeles todos me han prestado sus alas para volar." Pausó de escribir y agregó: "¿Para qué necesito pies, cuando Dios me da alas para volar?"

"No a todos se les ha dado tales gracias tan singulares," la Virgen le dijo. "A todo debajo del Cielo se le llega su propio tiempo. Un niño puede tener solamente tres años y ser colmado de sabiduría y juicio. A la misma vez, una persona puede alcanzar a tener trescientos años y permanecer tan inocente como el día que nació. Teníais pies antes de que os prestasen alas."

"¿Por qué me habláis de los pies en esta noche, Madre?" Sor María le preguntó.

"Os estoy preparando para volar al Nuevo Mundo por última vez, hija," sonrió la Virgen.

"En este último viaje vais a conocer a otro de vuestros hijos espirituales. Es un sacerdote manco quien atravesará vastos territorios en las Provincias de las Californias, aunque tenga y el pie izquierdo y la pierna herida. Ese hombre nacerá el veinte y cuatro de noviembre de 1713 en el pueblecito de Petra en la isla de Mallorca.

Se llamará Miguel José Serra y Ferrer, hijo legítimo de sus padres Antonio Nadal Serra y Margarita Rosa Ferrer. Desde una edad muy joven, mostrará bastante interés en unirse con los friales Franciscanos de la capital, Palma de Mallorca, muy cerca a su casa. A la edad de dieciséis años, ingresará como novicio en la Orden de Alcántara de los Frailes Menores. Será entonces que recibirá el nombre de 'Junípero' en honor del Hermano Junípero, (1210-1258), conocido como 'el Bufón de Dios'. El mismo San Francisco decía a menudo: 'si a Dios pluguiese, quisiera tener una floresta llena de puros juníperos'.

Cuando cumplirá los veinte y cuatro años, será ordenado como sacerdote, siempre soñado con viajar a tierras lejanas y desconocidas para ganar más almas para el Reino de Dios. Después, a la edad de treinta y cinco años, sus alumnos Francisco Palú y Juan Crespín lo seguirán como misionarios al Nuevo Mundo.

Será tanto el gozo del Padre Junípero en servir a Dios que a veces mortificará su propio cuerpo con disciplinas crueles. Siendo que se considerará a sí mismo ser un 'gran pecador', se dará golpazos violentos y dolorosos en el pecho con enormes rocas y se quemará a media noche con el fuego de las velas, imitando al estilo de San Juan Capistrano. Para aumentar su conocimiento en el Jesús sufriente, Dios le dará un gran impedimento: una gran llaga dolorosa en el pie.

El Padre aprenderá a cantar así: 'Con flecha ardiente, Dueño y Señor, abre en mi pecho, llaga de amor. ¡Ay, Jesús mío, mis culpas fueron, las que te hirieron! ¡Yo fui, yo fui! ¡Delirio insano! ¡Infausta suerte! Yo, dura muerte, mi bien te di. Tu amante pecho no fue el soldado; fue mi pecado, quien lo rasgó. ¡Mi horrenda culpa, al infelice, qué es lo que hice! Lo atravesó. Pero la sangre de ese costado, que yo he rasgado, me ha de lavar; Porque con ella a tu homicida, salud y vida le quieres dar. Pues de tu pecho está, bien mío, manando un río de inmenso amor; Yo vengo inmundo, lleno de lodo. Límpiame todo, todo, Señor. Y es esa herida, que es franca puerta, para mí abierta, admíteme'."

Capítulo XVIIB
Sor María Se Entera Más
Sobre el Padre Herido

"ENVÍEME, SEÑORA MADRE," Sor María le pidió a la Virgen, "en mi último vuelo para esas tierras lejanas. Me urge de todo corazón conocer al padre penitente y manco."

"Os cumpliré vuestro deseo, hija," la Virgen le respondió, "siendo que de él aprenderéis el valor del verdadero sufrimiento que contempláis en el rostro de Jesús. Esta lección os será muy útil para cuando regreséis a vuestra celda. A veces os hacéis planes de cómo vuestra vida va a ser, pero Dios sabe mejor. Cuando pensamos que Dios nos manda castigos, en verdad son cosas que menan hacia nuestra purificación por medio del sacrificio.

El Padre Junípero desembarcará en Vera Cruz, México en 1749 acompañado por veinte frailes Franciscanos. Todos montarán a caballo en ruta hacia la Ciudad de México a la excepción del Padre Junípero y otro fraile de Andalusía. Ellos preferirán caminar, según la orden Franciscana que *'los frailes no han de montar a caballo a menos de ser obligados por la manifiesta necesidad o por la enfermedad'*. El Padre Junípero llegará a la Ciudad de México con la herida de su pierna ensangrentada e inflamada.

Mientras que el Padre Junípero contempla su llaga, alzará su voz en alabanza a Dios, con un himno espiritual que había aprendido de unas monjas en la Ciudad de México: 'Busco, yo no sé qué busco. Creo que es un rostro que una vez perdí. Siento, siento una nostalgia de algo que me falta desde que nací. Llaga, llaga siempre abierta. Lleno, de vacío estoy. Llaga, soy toda una llaga, que tan sólo al verte, cicatrizará. Nombre, yo no sé tu nombre, pero sé que rondas muy cerca de mí. Llaga, llaga siempre abierta, Lleno de vacío estoy. Río, soy un río turbio, y Tú, mar inmenso, guíame hacia ti'."

"Me arde el pecho al oír ese himno tan triste, Señora Madre," lamentó Sor María.

"Sí, hija," asentó la Virgen. "Son las palabras líricas de la voz de un alma perdida en el yermo en que echa de menos muy lastimosamente la presencia de Dios en su vida."

"Decidme más, Señora Madre," instó Sor María, "del padre herido en el Nuevo Mundo."

"El Padre Junípero," continuó la Virgen, "será enviado para reemplazar a unos frailes en Sierra Gorda quienes se habían muerto. El fraile Francisco Palú irá también a ayudarle en la misión. En el pueblecito de Jalpán convertirán a los indios Pames, pero no será tan fácil siendo que los indígenas allí adoran a Cachú, como Madre del Sol. Para darle al Padre Herido más autoridad, el Santo Oficio nombró a Junípero Serra como Gran Inquisidor en México.

Allí va a tener que denunciar a una mulata llamada Mécora de los Reyes Acosta de los 'crímenes más detestables de brujería y adoración del diablo'. Otra mulata llamada Cayetana Pérez confesará que en su misión había 'una gran congregación de personas quienes volaban por el aire y que se reunían en una cueva en Saucillo para adorar y hacer sacrificio a los demonios quienes las visitaban disfrazados como chivatos y otros tales animales'."

"Esas mismas acusaciones me hicieron a mí cuando La Inquisición se enteró de que yo volaba por el aire, Señora Madre," Sor María murmuró.

"El Padre Herido no estará muy cómodo con el ser el Gran Inquisidor y aunque sufrirá mucho de su llaga, determinará que avanzaría más adelante en el servicio de Dios entre los indios de las Californias. La voz de Dios lo guiaría para allá."

Capítulo XVIIC
El Padre Junípero es Sepultado
de la Misión de San Carlos Borroméo

"CÓMO LLEGARÁ EL Padre Junípero Serra a Baja California y Alta California, Señora Madre?" Sor María le preguntó a la Virgen María.

"A duras pena, llegará, hija," ella le replicó. "Cuando una persona ambiciona grandes cosas en la vida, se ha de armar de penitencia, que es el modo de ganarlas. El nuevo Gobernador de Baja California, Don Gaspar de Portolá, tendría ansias de conocer al Padre Junípero, mas el momento que comenzará a caminar, el padre va a tener dificultad en mantenerse de pie. En su diario escribiría: *Mi pie izquierdo está tan inflamado que lo he aguantado por más de un año, pero ahora la inflamación alcanza hasta la mitad de mi pierna*'.

El Gobernador Portolá estará tan apenado que el Padre Junípero no sería bastante fuerte para continuar hacia su primera misión, pero la fe del buen padre no le permitiría considerar el abandono de su jornada: *Aunque muera en el camino, no regresaré. Pueden enterrarme donde se les haga más apropiado, aunque sea en tierra de indio, si es la voluntad de Dios*'.

Sin embargo, el Padre Junípero le pedirá a Juan Antonio Coronel, uno de sus muleros, que le preparase un remedio para tratar su llaga. El mulero hesitará porque su experiencia será algo limitada como veterinario. El Padre Junípero le amonestará: *'Hijo, tratadme como trataríais a un animal'*. El mulero calentará unas hierbas medicinales y las molerá con sebo entre piedras y le pondrá el clástico a la herida del padre. Al amanecer, el Padre Junípero se sentirá mucho más refrescado y podrá celebrar la Santa Misa. Cargará con su cruz y seguirá su camino.

En marzo de 1768, el Padre Junípero abordará la nave *San Blas* en el Golfo de Baja California. Dos semanas después desembarcará en la Misión de Loreto pero su infección le será intolerable. Procederá más en adelante y el cinco de mayo, el padre celebrará la Fiesta de la Asunción en la iglesia abandonada de Calamajué. Después, el día de Pentecostés de 1769 fundará su primera misión. Le nombrará *'la Misión de San Fernando Rey de España de Velicatá'* con doce conversos indígenas. El padre anotará que *'andan completamente desnudos como nuestro padre Adán lo fue en el paraíso'* antes de su caída de gracia'. Por fin llegará a San Diego el primero de julio 1769.

A pesar de su llaga, el Padre Junípero fundará la Misión San Diego de Alcalá en 1769. En 1770, fundará la Misión San Carlos Borroméo del Carmelo. En 1771, fundará la Misión del Carmelo como también la Misión San Antonio de Padua el 14 de julio 1771. Seguirá con la Misión San Gabriel Arcángelo. El día 8 de septiembre 1771, fundará la Misión San Luis Obispo de Tolosa. El primero de septiembre 1772, fundará la Misión San Juan Capistrano. El primero de noviembre, fundará la Misión San Francisco de Asís, en 1776, fundará la Misión de Santa Clara de Asís, y el 12 de enero 1777, establecerá la Misión San Buenaventura.

En la capilla de la Misión San Juan Capistrano, construida diez años después en 1782, el Padre Junípero Confirmará arriba de cinco mil indígenas.

El día 28 de agosto 1784, Junípero Serra fallecerá a la edad de setenta años. Será sepultado debajo del santuario de la Misión San Carlos Borromeo."

"Qué en paz descanse el misionero," comentó Sor María. "Y ahora que he visto cómo van a ser las cosas, ¿qué tengo que hacer, Señora Madre?"

"Todavía no puede descansar en paz el padre, puesto que todavía no ha vivido su vida. Pero ahora se llegó el tiempo de que acabéis los narrados, de los cuales, el mudo tiene que aprender de mí, Después, no falta más que prepararos para vuestra propia muerte," replicó la Virgen.

Capítulo XVIIIA
Sor María Canta Loores a la Virgen María

RECIÉN LLEGADA DE las Californias en el Nuevo Mundo, Sor María se sentó en la orilla de su lecho a alcanzar su resuello. Admiraba la rapidez con la cual los ángeles le habían transportado. Hacía muchas semanas que había estado ausente del convento. Se levantó allí en su celda y comenzó a leer las cienes y cienes de páginas del pergamino arriba de la mesita. Comenzó a mirar sus primeras notas y leyó: "El Altísimo me dio muchos mandamientos como también la Reina del Cielo. Ambos me ordenaron que escribiese mis observaciones sobre la vida de la Santa Virgen. Yo, sin embargo, tenía miedo poner en dudas estos mandamientos celestiales hasta 1637 cuando comencé a escribirlos por primera vez"

Pausó Sor María, recordando que cuando primero había comenzado a escribir los narrativos de la Virgen María, muchos la habían tratado de loca. Su mismo Confesor, creía que las mujeres no debían de escribir, de manera que Sor María quemó su manuscrito y trató de no pensar más en ello. Anotó: "Tuve que sufrir las más severas acusaciones y menosprecios a causa de esto, no solamente de mi Confesor, pero también de mis superiores, todos los quienes conocían mi vida tan bien como la conozco yo. Tratando de esforzarme de emendar mis palabras, me amenazaron con censura. El más Soberano Rey y la Reina del Cielo repitieron su deseo que los obedeciese. Con el gran favor de Dios comencé a escribir esta narrativa de nuevo el día ocho de diciembre 1655, cuál era el día de la Inmaculada Concepción."

Sor María se ahincó a meditar, pensando en las primeras palabras de la Virgen. Alzó su voz en alabanza: "Bendita sea tu pureza y eternamente lo sea, que un sólo Dios se recrea en tan graciosa belleza. A ti, celestial princesa, Virgen Sagrada María, yo te ofrezco en este día, alma, vida y corazón. Míranos con compasión, no nos dejes Madre mía, digo un AVE MARIA sin la culpa original. Concédenos, Madre mía, la penitencia final. Virgen de la Encarnación, Madre del Verbo Divino, échanos tu bendición y guíanos por buen camino, Amén."

Siguió leyendo de su manuscrito y se le llenó en corazón al contemplar lo que había escrito: "Se me apareció un gran y misterioso signo en el Cielo; Vi a una Mujer, a una dama peregrina y real con aspecto de una reina, coronada de estrellas, vestida con el sol y con la luna a sus pies. Los mismos ángeles santos me dijeron: 'Ésta es la dama bendita que San Juan vio en el Libro del Apocalipsis. Vi esta y otras maravillas'."

Todavía el pleno efecto de sus reportajes de cómo podía estar en dos lugares as la misma vez, perplejaba a la mayoría de mundo. Entre los que querían aprender más sobre los detalles de sus bilocaciones, eran los frailes Franciscanos, siendo que su ímpeto era en ganar más almas indígenas para la Iglesia. Varias veces Sor María ya había evitado los crueles autos de fe de la Inquisición. Siempre daba gracias a Dios por el socorro y auxilio que le había otorgado el Rey Felipe IV de España.

Una vez ya había parado de escribir los narrativos místicos que la Virgen le dictaba en sus contactos con ella, puesto que algunos detalles en ellos ponían a sus escritos en duda porque revelaban mucho que no se hallaba escrito en la Biblia. Cuando the Virgen explicaba los significados ocultos de lo que decía, el Magisterio

Eclesiástico de los cardinales y obispos más astutos, tenían dificultad en creer en sus revelaciones particulares. Sor María todavía no alcanzaba a saber que sus escritos monumentales llegarían a sobrepasar más que 2676 páginas.

Capítulo XVIIIB
La Virgen y Sor María Se Comunican Corazón a Corazón

"AYÚDEME, SEÑORA MADRE," Sor María le pidió a la Virgen una tarde, "a comprender los significados de algunos de los pasajes más profundos de las Sagradas Escrituras."

"¿Qué os confunde, hija?" la Virgen María le preguntó.

"En su parábola de los trabajadores en la viña, Jesús dice que 'los primeros serán los últimos y los últimos serán los primeros'. ¿Cómo podré comprender esta oración cuya primera parte termina con otra frase tan opuesta a ella?"

"No es tan importante quien sois o qué habéis hecho en esta vida mientras que creáis firmemente en Él, cuando vuestro tiempo os llegue para encontrarlo. Al que siempre confía en la Palabra de Dios se le llegará el momento cuando todo se clarificará. Siempre confiar en Dios no solamente ahora, pero por muchos años después de que habéis fallecido, porque habrá muchos que os van a mal citar. Serán los que tratarán de desbaratar vuestra vida, desgarrándola con sus lenguas envidiosas," La Virgen le amonestó.

"Algunas personas desafiarán las palabras que escribiréis sobre mí porque todavía es muy pobre su conocimiento del significado de las Sagrada Escrituras. Por eso es importante que os dé el conocimiento de la profundidad del mensaje que Dios manda al mundo. Al parecer inicial, en el pobre espíritu de los hombres, cada pensamiento existe en un solo nivel. Dios, sin embargo, percibe a cada pensamiento de sus hijos desde arriba hasta abajo, desde la derecha hasta la izquierda, desde adelante a detrás, y desde su aspecto visible hasta lo invisible porque la verdad celestial no tiene límites.

En muchas religiones, Jesús se conoce como *'Abdulá'* como dicen los árabes, o como *'Servus Dei'* como decían los romanos en latín. En latín, *'servus'* significa ambos *'siervo'* y *'salvador'* a la misma vez. Cuando les lava los pies a sus discípulos, Jesús es el siervo, mas, cuando da su vida por ellos, Jesús es el salvador. El *siervo* es también el *salvador*, en otras palabras, el último es el primero y el primero es el último."

"Ahora estoy comenzando a comprenderlo mejor, Señora Madre," le dijo Sor María. "Cuando dice: *'mi yugo es fácil'* no es porque nos quiere aliviar de todo nuestro trabajo, pero es porque os está invitando a entrar como su compañero en el mismo yugo como un tiro de bueyes. Por eso agrega: 'haz tu diligencia, que yo te ayudaré'."

"Muy bien, hijita," sonrió la Virgen María. "Paso a paso se llega a Roma. Jesús también proclamó: 'Os doy loores, Padre, Señor del cielo y de la tierra porque, aunque que has ocultado estas cosas de los sabios y instruidos, las has revelado a los inocentes'." La Virgen estaba muy contenta con la manera en que iba progresando Sor María.

Sor María se acostó en su lecho, colmada de un éxtasis espiritual. Vio a la Virgen flotando a su lado y se comprendían una a la otra sin tener que decir ninguna palabra poseídas por una misma simbiosis transcendente. Esta vez no había angelitos sosteniéndola en el aire. Era su pura comprensión profunda de la fe en Dios que la mantenía en ese estado. La Virgen se estaba comunicando con ella, corazón and corazón así como San Juan comprendía a Jesús cuando le puso su oído en el mero pecho del Señor en la Última Cena. Así como las olas del mar se rompen sobre las rocas en la playa, los pensamientos de la Virgen María inundaban el alma de Sor María con una felicidad desconocida.

Capítulo XVIIIC
Son Tres Corazones: el Sagrado, el Inmaculado y el Castísimo

"NO SÉ CÓMO será que el Sagrado Corazón de Jesús y el Inmaculado Corazón de María puedan compartir el mismo conocimiento," se preguntó Sor María, escribiendo a medianoche, recargando la cabeza a solas, sobre la mesa en su celda.

Mientras que Sor María dormía, la voz de la Virgen le hablaba, diciéndole: "Cuando una mujer está en cinta, la sangre de su corazón fluye hacia el corazón del bebé. Al mismo tiempo la sangre del bebé toma su ser de la sangre de su madre y se lo regresa a la madre. Cuando yo me puse en estado, mi sangre alimentaba al Nino Jesús en mi vientre, dándole a conocer lo que es ser humano y al mismo tiempo, su sangre corría en mis venas, dándome a conocer, la naturaleza de su divinidad como Hijo de Dios.

Cuando perdí al Niño Jesús por tres días y lo hallé enseñándoles a los doctores en el templo, mi corazón ardilla de tristeza por Él. Pero reconocía que, en ese momento, ya Jesús había llegado a pleno conocimiento de su propia divinidad. Mi sangre humana todavía lo amaba, pero la divinidad de su Padre Celestial lo guiaba. En la Boda de Caná, cuando Jesús pensaba que el tiempo todavía no se había llegado para manifestarse al mundo, mi sangre le hablaba a la suya, diciéndole que sí estaba listo. Cuando los bárbaros verdugos azotaban a Jesús durante su Pasión, mi sangre en Él, lamentaba con cada golpe."

Sor María sonreía entre sueños porque, aunque estaba dormida, había entendido la relación entre el Sagrado Corazón de Jesús y el Inmaculado Corazón de María. Tenía ahora que conocer la tercera parte que completaba el triángulo de corazones santos. Era el de su padre putativo, San José. Él era padre humano de Jesús que guiaba los sueños.

Todavía con la cabeza recargada en la mesa, Sor María comprendió que el corazón de San José le enseñó al Santo Niño la gracia de guardar la castidad porque el cuerpo humano es el mero tabernáculo del Espíritu Santo. Nunca se conoció en la Sagrada Escritura de que San José dijera alguna palabra. Así también aprendió Sor María que la castidad se recrea en la belleza del silencio. El silencio es la clave de una vida pura. En un tiempo futuro otro hijo de Sor María, un hombre santo en México llamado José María Escriba, iba a alabar a la castidad diciendo: 'Muchas personas viven en este mundo como los ángeles castos. ¿y Vos? - ¿Por qué no os contáis entre los castos también'?"

Sor María despertó de repente de su letargo. Eran las tres de la mañana. Tal era su gozo que no le sorprendió ni menos de que se fue levantada por el aire, tendida en forma de una cruz. De sus labios le brotó un himno de alabanza: "Santo Dios, santo fuerte, santo inmortal: líbranos, Señor, de todo mal. Santo Dios, hasta de muerte, siempre vivo para amarte, y sin dejar de adorarte, digo que eres santo fuerte. Esperando aquella suerte, de tu patria celestial, cantemos santo inmortal, a Jesús, padre y consuelo, pues voy a verte al cielo, Santo, Santo, Santo. Señor Dios de los ejércitos, llenos están los cielos y la tierra de Tu gloria. Gloria al Padre, Gloria al Hijo, y gloria al Espíritu Santo. Gloria a la Santísima Trinidad, y al Santísimo Sacramento del altar."

Todavía tendida en su éxtasis, tuvo una visión en la cual vio a su propio cuerpo recostado en un ataúd de cristal. La Virgen le habló suavecita diciéndole: "Hay que prepararos para hacer el tránsito entre la vida, la muerte y la resurrección."

Capítulo *XIXA*
Sor María Se Mete en el Ataúd
por a La Primera Vez

TODAVÍA NO HABÍA amanecido cuando Sor María despertó en su lecho. A penas se veía una poca de luz por la ventanita de su celda. Estaba tratando de recordar la última cosa que pasó antes de acostarse anoche. Se levantó de donde estaba e inmediatamente se puso de rodillas. Se le vino a memoria la oración que su madre siempre rezaba con ella antes de entregarse al sueño las dos:

"Esta cama en que me acuesto, es la sepultura en que me han de enterrar, y estas cobijas serán la tierra que, a mí, me han de echar. Esta almohada que me pongo. Aquí en este lugar, será la piedra tan dura que allí me han de afijar. Bendígote cama, de esquina a esquina. Que no se arrime cosa mala; mas que la Virgen María. Bendígote cama, de encanto a encanto. Que no se arrime cosa mala, mas que el Espíritu Santo."

De repente se puso de pie: Ahora se le vino a memoria una visión que se le fue revelada en la cual se veía tendida en un ataúd de cristal. La Virgen misma le había sugerido a Sor María que practicase para su propia muerte un poquito todos los días con tenderse como si ya estuviese muerta. Recogió las manos y las cruzó sobre su pecho. No sentía nada horroroso descansando en esa posición.

Su madre le había platicado una vez cuando era joven que, más antes en el convento, algunas de las monjas se postraban bocabajo sobre la misma tierra, una a la vez. Mientras que besaban la santa tierra, podían sentir el polvo entre sus dientes apretados y recordaban las palabras de Dios a su siervo Adán: *"Memento homo, quia pulvis es et in pulverem reverteris."* (Recuerda hombre que polvo eres y a polvo volverás.) Mientras que estaba murmurando la oración, Sor María sintió que la Virgen la estaba mirando.

"Allí tendida en un ataúd de cristal os parecéis a una princesa encantada en un cuento de hadas," la Virgen le dijo. "Ahora sí os pueden llamar 'la Monja Azul'."

"No es un apellido que yo hubiera escogido para mí misma," Sor María replicó, sin abrir los ojos. "No me gusta porque asemeja al título del 'Príncipe Azul', cual es una fantasía que nunca existió."

"Cerréis ahora vuestros párpados, hija mía," la Virgen le dijo. "Desechados del sueño de razón y entregados al sueño de la fe. En la fe hallareis la fortaleza necesaria para darles batalla espiritual a todos los demonios quienes nunca cesan de tentaros ni hasta el último momento. En contra del poder de la fe, ni los íncubos ni los súcubos tienen poder sobre vuestra alma.

Sor María suspiró en su ataúd, diciendo: "Ave María Purísima, sin Pecado Original concebida. Por la señal de la Santa Cruz, de nuestros enemigos líbranos, Señor, Dios nuestro, en el nombre del Padre, del Hijo y del Espíritu Santo, Amen. Antes de entregarme al sueño, al que la noche convida, os doy gracias, Jesús mío, por los dones de este día. En lo que yo haya faltado, mi alma es arrepentida, y te pido que me perdonéis, por vuestra sangre divina. A mis padres y parientes, vuestra clemencia bendiga. Por las ánimas benditas, rogad, O Virgen María, Y tú, buen ángel custodio, siempre dame compañía y defiéndeme del demonio, que en torno de mí vigila."

Se quedó encamorrada, mientras que San José la guio a dormir en los brazos de Morfeo.

Capítulo XIXB
Sor María Aprende el Significado
de las Sandalias

MIENTRAS QUE SOR María estaba tendida en el ataúd con los ojos cerrados, la Virgen María le hablaba suavemente: "En el principio del mundo, Dios el Padre, guiado por La Sabiduría, creó a Adán y a Eva con el propósito de que iban a vivir para siempre. Pero por la desobediencia de ambos, cuando se dejaron engañar por la serpiente, la muerte entró en el mundo y vino a formar parte de todos los hijos de nuestros primeros padres," bisbiseó. "La muerte, sin embargo, no es el final de nuestro camino. Como dice el himno: *'No somos carne de un ciego destino.'* La muerte es un sueño profundo donde descansamos en el amor de Dios hasta que entremos en la vida eterna."

"Cuando Vos os quedasteis dormida en Cristo, Señora Madre," Sor María le preguntó, "¿también Vos moristeis en Cristo?"

"No, hijita," la Virgen le replicó. "La muerte nunca tuvo dominio sobre mí. Cuando dejé mi vida terrestre, el mismo Jesús vino por mí y en cuerpo y alma, me asumió al Cielo junto con su Ascendencia, sin daño a mi sueño ni al tránsito a la vida en Dios."

"Jesucristo nos dio la parábola del Hijo Pródigo, Señora Madre," le dijo Sor María a la Virgen. "Nos dijo que el Cielo es semejante a un hombre rico que tenía a dos hijos; el primero era fiel y obediente pero el menor quería seguir su propio camino y hacer su propia voluntad. Le pidió a su padre toda su herencia y, cuando se la dio, se fue a gastar sus riquezas persiguiendo una vida vil y dándole gusto a su lujuria. A ese tiempo pegó una fámina y el hijo pródigo regresó a la casa de su padre, humilde arrepentido. Su padre, alcanzando a verlo de larga distancia, salió a recibirlo con los brazos abiertos. ¿Qué es el significado de esta parábola, Señora Madre?"

"Como adivinasteis, hija," le respondió la Virgen, "el padre representa a Dios Padre quien reparte todas sus riquezas tanto entre los malos como entre los buenos. Cuando el hijo pródigo regresa a casa arrepentido, su padre les manda a sus siervos vestirlo con un buen hábito, ponerle un anillo en el dedo y manda ponerle sandalias en los pies. ¿Cómo interpretáis esos símbolos, hija?" le preguntó suavemente.

"El traje que le puso su padre, representa el traje de gloria que Dios Padre nos da cuando regresamos contritos a Él. El anillo que le puso sobre el dedo a su hijo es el símbolo de la autoridad sobre el mal que lo había dominado, pero el significado de las sandalias, Señora Madre, todavía no puedo devisar."

"Las sandalias, hija mía," sonrió la Virgen, "significan nuestros pasos en la vida: las sandalias nos pueden guiar hacia Dios, nos pueden largar de la presencia de Dios, o nos pueden conducir a caminar al lado de Dios."

"Gracias, Señora Madre," Sor María le dijo a la Virgen, quedándose en un delirio supremo. "Os agradezco vuestra explicación. Nuestras humildes sandalias, a veces tan menospreciadas, pueden menar al resto del cuerpo hacia la vida eterna donde Dios nos limpiará de los polvos de la vida y nos lavará los pies como se lo hizo a los Apóstoles."

"A veces la falta de sandalias os pueden recordar que hay de ser humilde ante Dios," agregó the Virgen María. "Cuando Vos profesaste vuestros votos como monja Concepcionista y Franciscana, os descalzaron, así como Dios se lo había hecho a Moisés cuando le habló allá en el Monte Horeb." Cuando Sor María despertó, sus hermanas monjas la estaban mirando.

Capítulo XIXC
Sor María Comienza a Agonizar

"¿POR QUÉ ME miráis con tanto misterio?" Sor María les preguntó a sus hermanas monjas.

"Nos habéis pescado de sorpresa, hermana," una de ellas le respondió. Ya estamos tan impuestas a veros perdida en pensamientos de muerte, observando a los huesos de vuestro padre en su sepulcro como si podíais verlo en el más allá de la muerte. Cuando venimos a acompañarlos en las oraciones del alba, os hallamos tendida en el ataúd con unas sandalias a vuestra cabecera. Se nos hicieron extrañas porque todas las de nuestra orden somos descalzas."

Entonces recordó Sor María de la conversación que había tenido con la Virgen la noche anterior sobre el significado de las sandalias. Aseguradamente ella misma se las había puesto a la cabecera cuando se durmió.

"Os veis un poco pálida, Hermana María de Jesús," le dijo otra hermana. "¿Qué no os sentéis bien? Vuestros ojos se ven un poco eclipsados."

"Ya comienzo a fallecer, hermanita," Sor María le replicó desde dónde reposaba. "La Virgen María envió a uno de sus ángeles querubines a revelarme cuanto tiempo me sobra. Voy a estar agonizando entre la Fiesta de la Ascensión del Señor hasta el Día de Pentecostés cuando llegue el Espíritu Santo."

Todas las monjas sollozaron en coro al aprender la noticia pensando que sus días eran contados hasta que Sor María les recordó a ellas que ninguna de las monjas sabía el día ni la hora cuando el Señor vendría a recogerlas. Se estaba acordando de la parábola de las cinco vírgenes descarreadas y las cinco vírgenes prudentes. Se asustaron cuando Sor María les dijo: "No os preocupéis por mí porque yo soy la más insigne lombriz y la más vil pecadora. No soy digna de que el Señor venga a mi morada."

Se miraban unas a las otras con gran asombro, siendo que todas consideraban que esta doncella que volaba en las manos de los ángeles y se aparecía en varias partes del mundo, ser una mujer santa. No comprendían su profunda humildad en vez de vanarse en su presencia.

"¿Quién os guiará a dar vuestros primeros pasos hacia la eternidad, hermana?" le preguntaron las monjas presentes.

"Será el hombre que le enseñó al Santo Niño lo que es ser humano y cómo unir su humanidad a su divinidad," Sor María les explicó. "En términos teológicos, ésta se llama la *Unión Hipostática* por la cual Jesús es completamente humano y completamente Dios a la misma vez. Fue su padre putativo, San José quien le enseñó a convivir sus dos naturalezas en una."

"San José es el padre de los sueños y el santo patrón del silencio sagrado," clamaron todas las hermanas monjas juntas.

Entretanto, Sor María cerró los ojos y con una sonrisa beatífica, comenzó a entonar el himno del buen morir: "San José de la Muerte Dichosa, en tus brazos queremos morir. Y después de morir, esperamos hasta el Cielo contigo subir, hasta el Cielo contigo subir. San José de la Muerte Dichosa, que moriste en los brazos de Dios, acudimos a ti ferverosos, cuando llegue la muerte veloz, cuando llegue la muerte veloz."

Una luz resplandeciente se vio llegar hacia el ataúd. Sister María murmured:

"*In manus tuas, Domine, spiritum meum commendo.*"

Capítulo XXA
Todo lo del Antiguo Testamento Se Cumple en el Nuevo

YA SOR MARÍA había dejado de resollar. No se podía mover pero todavía oía lo que estaba pasando alrededor de ella. El sentido del auditorio era el último que se cerra después de morir. Sus hermanas monjas estaban llorando por ella. El sacerdote acudió a doblar la campana para anunciarle al mundo que ella ya había fallecido. Sor María Ágreda de Jesús estaba descansando en paz mientras que el rigor de la muerte tomaba posesión de su cuerpo.

La voz de la Virgen María la contactó en el tono inaudito que usan dos corazones que se comunican sin hablar. "¿En qué estáis pensando, en este momento, hija?" le preguntó.

"Estoy aguardando a que llegue San José para romper mi sueño y levantarme hacia Vos, Señora Madre," Sor María le replicó. "Estaba recordando que en un tiempo muy lejano, en el Antiguo Testamento sucedió que un joven llamado José; uno de los doce hijos de Jacobo, fue vendido por sus hermanos celosos a una caravana de Ismaelitas. Lo envidiaban porque su padre le había regalado un traje magnífico de muchos colores. Este joven listo carecía solo en la cárcel egipcia esperando a que cambiase su destino. Allí donde estaba, interpretó el sueño del copero del Faraón, positivamente. Mientras que estaba allí encarcelado, oyó de un sueño que turbaba al Faraón de Egipto.

En su sueño, el Faraón vio a siete vacas gordas salir del Río Nilo. Después de ellas salieron siete vacas flacas y se comieron a las siete vacas gordas. El sueño le arrebataba la paz nocturna al Faraón. Pronto se le fue sugerido al Faraón por su copero, que había un joven en la cárcel que podía interpretar sueños muy bien.

El joven José fue llamado a la presencia del Faraón. Cuando el Faraón le presentó su sueño, José supo revelarle la verdad de los símbolos sonámbulos. Le habló al Faraón diciéndole que las siete vacas gordas representaban a siete años de abundancia agrícola donde habría mucho para comer. Las siete vacas flacas que las devoraron representaban a siete años de fámina por el Egipto. Le avisó al Faraón que tenía que recoger grano en abundancia los primeros años para tener con qué sostener a sus súbitos en los siete años de escasez. Inmediatamente el Faraón puso a José a cargo de ese proyecto.

Siglos después en el Nuevo Testamento, San José oyó la voz del ángel de Dios que le dijo que se llevase a la Sagrada Familia de Belén y refugiarse del Rey Herodes, en Egipto. Así es como el Niño Jesús pudo crecer a la edad adolescente, sin peligro del Rey Herodes. Me parece que el primer José preparó el camino para el segundo José."

"Está bien que entretengáis tales pensamientos en este momento, hija," le respondió la Virgen María. "Todo lo que se predice en el Antiguo Testamento se anticipa y se cumple en el Nuevo Testamento. Toda la vida de Jesús es un resumen del Antiguo Testamento."

"Ha de ser que cuando Moisés y Elías se reúnen con Jesús sobre el Monte Tabor durante La Transfiguración, es el punto exacto cuando se junta el Antiguo Testamento con el Nuevo," dijo Sor María. "Moisés representa la Ley y Elías representa a los profetas del Antiguo Testamento. Jesús representa la Nueva Ley de ambos."

"El traje multicolorado que Jacobo le dio a José, es un símbolo de la promesa que Dios Padre les da a los que hacen su voluntad. Su habilidad de interpretar sueños se desarrolla con San José para quien el sueño y la realidad son idénticos," dijo la Virgen.

Capítulo XXB
La Virgen Canta los Loores a San José

"ME ALEGRO TANTO al percibir, m'hija, que le tenéis mucha devoción a mi esposo compañero," oyó Sor María que la Virgen le decía. "San José tiene una santidad eminente cual ningún mortal puede comprender afuera de la visión beatífica. Cuando lo vean postrado ante Dios mismo, quedarán todos admirados de que ese hombre humilde, lo conocerán como el más noble entre los santos del Jerusalén Celestial."

"El que no dice nada, todo lo oye, Señora Madre," le replicó Sor María.

"Por eso es el patrón de la muerte dichosa," agregó la Virgen. "En los primeros momentos que avanza la muerte para un ser humano, no tiene más haliento que para escuchar. El silencio es la clave que abre la puerta de un mundo para otro."

"Ahora lo comprendo mejor le dijo Sor María con señas.

"En el Día del Juicio, cuando toda la humanidad será juzgada, los desgraciados lamentarán sus pecados sin la ayuda de San José que los socorra como intercesor," continuó la Virgen. "Él es el único que puede cultivar las amistades con el Justo Juez. Todos los seres humanos aprenderán que han menospreciado y subvaluado los privilegios otorgados por mi esposo bendito. No se dan cuenta de cómo su intercesión puede venir a su auxilio ante la Divina Presencia. Él puede amansar el poder de la divina venganza del Altísimo como el mejor abogado."

La Virgen le ofreció un consejo a Sor María: "Siempre sed muy agradecida a la Divina Bondad que os ha iluminado vuestro entendimiento de este misterio; por eso os lo revelo a Vos. Rezad aun en estos últimos momentos para que se propague la devoción a San José por todo el mundo. Dad gracias al Señor de que os ha favorecido con tan altos privilegios y por haberos dado tanto gozo en conocer sus excelencias.

Rebuscad su intercesión en todas vuestras necesidades. Siempre animad a otros que lo veneren y que vuestras propias hijas espirituales se distingan por su devoción a él. Lo que él pida de Dios se hará manifesto en el mundo. Muchos dependen en su intercesión cuando se hacen dignos de recibirla. Dios le ha concedido todos esos privilegios a San José gracias a su amable perfección y les otorgará sus misericordias a todos los que se refugien debajo de su amparo."

Sor María no sabía si soñaba la voz de la Virgen o si verdaderamente le estaba hablando. Tal era su extasía aun que sintió a su cuerpo levantarse del ataúd y flotar unos cuantos metros por el salón. No tenía ningún peso y se movía con la más mínima brisa.

Sor María sintió unas alitas suaves volando hacia ella. No podía distinguir nada siendo que la aciegaba una luz brillante, blanca y pura. Era la mañanita del día 24 de mayo, 1665. Había pasado el alba y apenas eran las nueve, pero parecía que el sol ya había llegado a su zenit como si fuese el mediodía. En este Día de Pentecostés, cómo lo hizo cuando descendió sobre los Apóstoles, el Espíritu Santo vino a recibir el alma de Sor María mientras que unas voces celestes cantaban *"Veni, Sancte Spiritum."* Mientras que las voces recitaban la hora canónica, otra voz celeste y poderosa repetía: "Ven, ven, ven." En un extasia dulce cual era la voz de la Virgen, Sor María subió a tomar su puesto entre los electos.

Capítulo XXC
La Virgen Defiende a Sor María en Contra del Mismo Infierno

¡GRANDE ERA EL regocijo de los espíritus infernales al saber de que Sor María había fallecido! Contaban entre sus mayores enemigos a esa doncella que ensalzaba tanto a la Virgen María con sus alabanzas y escrituras. Ella había clarificado muchos misterios desconocidos y había revelado las parábolas más profundas de la Sagrada Escritura. La muerte de Sor María Ágreda de Jesús era la mejor noticia para ellos. El Emperador Supremo Luzbel, llamó su Primer Ministro Lucífugo, para ganarle las albricias. En torno, él mandó a llamar a Baúl, Agares, y a Margas; quienes le ayudan a controlar las riquezas y tesoros del mundo.

El Gran General Satanaquía, quien tiene poder sobre todas las brujas, les dio órdenes a sus siervos: Prusias, Amón, y a Asmodeo a que los acompañasen en esa celebración fúnebre. El Príncipe Belcebú bailaba de alegría junto con su Capitán Agaliarepet. Ése maldito es el que descubre los secretos más ocultos del mundo. Sus tres siervos, Bué, Gasón, y Mefisto se burlaban a la monja muerta, a quien percibían estar en un estado inútil.

El Teniente General Malfloretas, les dio órdenes a sus compañeros Batín, Pursán, y a Abijah de que creasen una noche y de una oscuridad impenetrable y que mandasen a los granizos a que cayesen a su alrededor. La despedida de Sor María tenía que ser una ocasión celebrada por todos los malhechores en toda la creación.

Tratando de causar la mayor confusión, el Gran Duque Astarot dio una orden a su Jefe Superior Sargantanas a que transportase a todos los otros espíritus malignos a impedir cualquier pasaje por Sor María. Los rindió a todos invisibles con la ayuda de los demonios: Lorai, Valefar, y Forán. Finalmente, el Mariscal de Campo Nebiros, causó enfermedades entre las hermanas religiosas en el convento con la asistencia de Aíperos, junto con los malignos espíritus encargados de las pestes infames.

La muerte de Sor María parecía un asunto triste y su vida terrestre se veía como un tiempo malgastado, como producto de una fe inútil e insignificante. Cuando todo parecía un causo perdido, una oración brotó del alma de Sor María: "San Miguel Arcángel, defiéndenos en la lucha; sed nuestro amparo contra la perversidad y las acechanzas del demonio; que Dios manifieste sobre él Su poder; ésta es nuestra humilde súplica. Y tú, Príncipe de la milicia celestial, con la fuerza que Dios te ha confiado, arroja al Infierno a Satanás y a los demás espíritus malignos que vagan por el mundo para la perdición de las almas amén."

Se abrieron las puertas del Cielo y Sor María podía ver a la Virgen María estirándole sus brazos para darle la bienvenida al Jerusalén celestial. La acompañaban una muchedumbre de ángeles y santos, cuyas intercesiones ante la Santísima Trinidad causaron la derrota de todos los demonios e iluminaron el *Camino de la Perfección*, como le llamaba Santa Teresita. Al ver a la Virgen María; ese humilde y pura Madre de Dios, arrebataban los espíritus malignos para largarse de su presencia tan pronto como posible. Sor María sonrió de confianza al contemplar a "María, terror de los Infiernos;" nombre cual le agregó a su letanía de loores. San Miguel no tardó en atrancar las aldabas del Infierno, dándole las llaves a Nuestra Señora de la

Inmaculada Concepción. La Reina del Cielo presentó a Sor María ante la corte celestial. Conoció a las miles y miles de almas que se habían salvado por medio de su intercesión y por su escritura de *La Mística Ciudad de Dios*.

Capítulo XXIA
Sor María Se Aparece
en Varias Partes Cuando Fallece

LOS DEMONIOS VENGATIVOS habían huido juntos de toda prisa, hasta las meras trancas del inframundo. Allí se reunieron para cogitar en cómo podrían atacar a Sor María otra vez a la primera ocasión posible.

Entretanto, Sor María estaba en su ataúd inmóvil, pensando en cómo el mundo sigue caminando después de la muerte, insensible a los que ya no gozan de él. Sor María se puso a pensar en San Lorenzo, el diácono de Roma, quien fue inmolado vivo en una parrilla por haberle rehusado los tesoros terrestres al Prefecto de Roma. En vez, le entregó los tesoros celestes quienes eran los desposeídos, los maltratados y los golpeados del mundo.

Recostada allí en el silencio, se puso a meditar en el milagro que ocurre en el tránsito de la muerte a la vida eterna. Se puso a componer un himno, recontando la vida del santo. Sola, entre sí dijo: "Concédenos viento, más viento San Lorenzo, barras de oro."

Pausó por un momento y pronto se le ocurrió la historia de su muerte en Dios: "Una vez allá en Roma en una sagrada loma, el Prefecto, por extenso llamó al Diácono Lorenzo. Le pidió por todo el oro; de la Iglesia el tesoro, que se lo trajera pronto; San Lorenzo se hizo el tonto. En vez de traerle joyas a montones en las ollas, recogió

por los caminos a los leprosos e indignos. 'Éstas son nuestras riquezas las traemos a las mesas, ofrecidas al Sagrario, como el más santo
rosario'.

El Prefecto rabia y jura y a Lorenzo pues, tortura. Por las bromas
que ha gastado, a la muerte es condenado. De una vez ya lo que-
maron. En el fuego lo acostaron bien atado a la parrilla, a rostizarlo
todo el día. Desde el fuego se reía, de ese gusto que tenía. 'Doy mi
vida por los ciegos. Por los pobres corro riesgos. Por los cojos y los
mudos, sufro penares tan duros. De ellos es este martirio, como un
celestial delirio. Ya yo estoy bien cocinado; bien blandito mi costado,
el corazón rete-asado: Denme vuelta al otro lado'. Y de allí con toda
el alma, se fue a recibir su palma, a orar allá en el Cielo, por los pobres
en el suelo."

Aun mientras que cantaba los loores de San Lorenzo, Sor
María sentía que se repetía toda su vida en muchos lugares sin salir
del ataúd. Veía aquellas tierras lejanas que había visitado cienes
de veces en el Nuevo Mundo. Su espíritu se les había aparecido
a los penitentes de las moradas en el Sudoeste. Se veía hablando
con los indios Júmanos en la misión del Pueblo de Isleta. Miraba,
con mucho cariño a los lugares visitados por sus hijos espirituales:
Sor Blandina Segale, Sor Francisca Xavier Cabrini, Sor Catarina
Drexel, el Padre Eusebio Kino y el sacerdote herido; Junípero Serra.
Se vio a sí misma volando por arriba de los grandes desiertos, bendiciendo a todas las tribus con la señal de la Santa Cruz cual es el
símbolo de la Zea.

El momento que falleció Sor María, muchos de sus devotos
reportaron milagros por todos los rincones del mundo. Los agoni-
zantes cristianos sanaron de sus aflicciones o murieron en los brazos
de San José de la Muerte Dichosa, según la voluntad de Dios, los
afligidos de cuerpo y alma recibieron un consuelo, y las almas en el
Purgatorio sintiendo que las visitaba un bálsamo fresco dándoles un
toque de esperanza.

En su ataúd, Sor María se sonreía porque ella sabía que no era acción por medio de ella, sino era la misma Inmaculada Concepción de la Madre de Dios que se servía de la muerte de María para manifestar su propia gloria por medio de la Monja Azul.

Capítulo XXIB
La Virgen Proclama
a Sor María "Incorrupta"

POR VARIAS HORAS antes de muerta, una muchedumbre de devotos se había congregado para velarla mientras de que rezaban por Sor María. Muchas lucecitas de sus cirios alumbraban la noche mientras que lamentaban. Ahora que Sor María había pasado a mejor vida, la desesperación por verla no tenía límites. Las monjas del convento se vieron obligadas de poner a un deputado cerca de su ataúd para mantener disciplina, respeto y orden.

Pero ¿dónde estaría la amada religiosa? Su cuerpo yacía en el ataúd, mas los informes de que los muchos la vieron en tantos sitios en Europa, puso a la Santa Madre Iglesia en el medio de un enigma. El Magisterio temía que los más devotos quisieran proclamarla santa y exigir su inmediata canonización. Mucho de lo que Sor María había escrito tocante a la Virgen no tenía prueba más que las palabras en su manuscrito. Pasarían varias décadas antes que se proclamasen tres dogmas infalibles: La Inmaculada Concepción de María, La Perpetua Virginidad de María, y la maternidad de María como Madre del Dios Vivo. Todavía tenían que investigarse su Dormición junta con su Asunción y su Coronación como Reina del Cielo.

Mientras que Sor María Ágreda de Jesús descansaba, la Virgen María le habló hasta por tres días después de muerta. "Permitiré de que vuestro cuerpo permanezca en un estado de incorruptibilidad por muchos siglos para que sirva como signo de que todo lo que os he narrado en mi autobiografía es justo y recto. Algún día seréis conocida como '*La Santa Incorrupta*'. Vuestro cuerpo tendrá gran honradez como una reliquia de lo qué es honrarme.

En la plenitud del tiempo cuando se había llegado el momento para reunirme con mi Hijo Jesús, Él mismo bajó del Cielo en el primer instante de mi Dormición para recogerme entre sus brazos tanto en alma como en cuerpo. Yo, ya había pedido de que mis hijos espirituales fuesen permitidos a ser testigos de mi transfiguración. Así fue de que todos los Apóstoles, desparramados por todos los rincones del mundo, estuvieron presentes conmigo, impulsados por el Espíritu Santo.

El primero que llegó desde la Isla de Patmos y se postró a mis pies, fue el menor de mis hijos, San Juan Evangelista. Su hermano Santiago el Mayor ya había muerto; decapitado y enterrado en Compostela, pero ni esto no lo impidió de venir también. San Pedro vino de Roma y se ahincó a mi cabecera. Santo Tomás llegó de La India dónde predicaba mis loores. De Gaula vino San Felipe. San Bartolomé y San Matías vinieron desde Armenia y de Grecia. Santiago le Menor vino desde Jerusalén. De la Persia vinieron San Simón y San Judas Tadeo. San Mateo se presentó desde Abisinia. Todos fueron testigos de mi Asunción."

Con cada revelación que la Virgen le hacía, Sor María Ágreda de Jesús se colmaba más y más de regocijo. "¡Cómo quisiera haber podido estar presente entre los Ángeles, los Patriarcas, los Mártires, los Santos y las Vírgenes cuando Dios Padre, Dios Hijo y Dios Espíritu Santo coronaron a la Virgen como Reina del Cielo!" Esa extasía suprema que cursaba a través de su cuerpo le llenaba cada vena y arteria con una santa delicia celestial.

Desde un principio, la veneración de su cuerpo causó gran alarma entre las monjas del convento. Sus devotos ansiaban por tocarla y por llevarse reliquias de su cabello, su hábito y de sus rosarios tocados al cuerpo de la Venerable. Sor María Agreda de Jesús nada más se sonreía en descanso cierta de que su veneración verdaderamente era una devoción a la Virgen María.

Capítulo XXIC
Se Ofrece una Oración
para Sor María Ágreda de Jesús

ERA PRECISO RESGUARDAR el cuerpo de Sor María Ágreda de Jesús del arrebatado fervor de los visitantes devotos que venían a orar por su intercesión de todas partes. Se les fue propuesto a las monjas de que si pudieran encajar su ataúd abierto en un recuadro de vidrio, entonces quedaría más seguro. Un deputado guiaba a las filas de gente con gentileza pero también con firmeza. El rostro de Sor María lucía como el marfil sobre una estatua.

Ya han pasado las décadas y siglos desde su muerte en 1665. Su devoción se ha aumentado más y más conforme se van difundiendo sus hechos en la vida. Quizá entre sus hechos más renombrados, no se cuentan tanto sus bilocaciones y encuentros entre España y el Nuevo Mundo. El foco de su vida era el publicar sus escritos revelatorios sobre los aspectos menos conocidos de la vida de la Virgen María en *La Ciudad Mística de Dios, Milagro de Su Omnipotencia y abismo de la Gracia Historia Divina, y vida de la Virgen Madre de Dios, Reina y Señora Nuestra, María Santísima, Restauradora de la culpa de Eva y Medianera de la Gracia.*

Llegan los peregrinos a la cripta solitaria en el convento y se postran ante ella repitiendo una oración a la Madre de Dios: *"O dulcísima María, Virgen Madre del Creador, Refugio del pecador,*

Causa de nuestra alegría. Dulcísima vida mía, Mi alma se goza en verte. Pongo en tus manos mi suerte. Qué me esperes, en mi última hora. Favoréceme, Señora en la hora de mi muerte." Se levantan con devoción, y besando el recuadro de vidrio que contiene el ataúd de Sor María, le piden: "Haz hermanita, que mi oración llegue a los oídos de la Virgen."

La Virgen María oye las peticiones de la Venerable María Ágreda de Jesús. Nuestro deber aquí en la tierra es de hacer que también María Ágreda oiga las voces de sus devotos por todo el mundo. Siguen clamando que puedan alcanzar a verla al momento cuando algún día sea declarada como "Bienaventurada" y finalmente como "Santa." El proceso de documentar la vida y las virtudes se hace por petición a la Sociedad para la Propagación de los Casos de los Santos y por buenos que sean, tiene que aguardarse hasta después de cinco años de muertos. El período de espera se usa para acertar de que la reputación de la persona

es honrado por sus devotos. Después de que la persona es declarada beata, tres milagros cumplidos por medio de su intercesión tienen que ser probados.

Los cuerpos incorruptos de los santos son para nosotros un bálsamo de consuelo y seña del triunfo de Jesucristo sobre la muerte. Para todo el mundo ha de ser una confirmación del dogma eclesiástico de la Resurrección de la Carne y de la vida perdurable de que los santos gozan junto con nosotros en el Cuerpo Místico de Cristo.

Conforme se le iban cerrando los sentidos, el sacerdote vino a despedirla de este mundo, ungiéndole los labios, los ojos, los oídos, la frente, el pecho y las manos con los santos oleos. Le aplicó el crisma como se lo había hecho el día en que nació, pero ahora la bautizó a la vida eterna. La Virgen María le repetía las palabras de San Pablo a los romanos en su carta, diciéndoles: "*Y sabemos de que en todas las cosas, Dios trabaja por el bien de todos los que ha llamado a su propósito. A todos, Dios los preconocía, también los predestinó a ser hechos en la imagen de su Hijo, para que fuese Él, entre tantos hermanos y hermanas, el primogénito. Así es que a los que predestinó, también llamó; y a los que llamó, también justificó; a los que justificó, Él también glorificó." In pace requiescat, (Que es paz descanse, Amén.)*

Capítulo XXC
La Virgen Defiende a Sor María en Contra del Mismo Infierno

¡**GRANDE ERA EL** regocijo de los espíritus infernales al saber de que Sor María había fallecido! Contaban entre sus mayores enemigos a esa doncella que ensalzaba tanto a la Virgen María con sus alabanzas y escrituras. Ella había clarificado muchos misterios desconocidos y había revelado las parábolas más profundas de la Sagrada Escritura. La muerte de Sor María Ágreda de Jesús era la mejor noticia para ellos. El Emperador Supremo Luzbel, llamó su Primer Ministro Lucífugo, para ganarle las albricias. En torno, él mandó a llamar a Baúl, Agares, y a Margas; quienes le ayudan a controlar las riquezas y tesoros del mundo.

El Gran General Satanaquía, quien tiene poder sobre todas las brujas, les dio órdenes a sus siervos: Prusias, Amón, y a Asmodeo a que los acompañasen en esa celebración fúnebre. El Príncipe Belcebú bailaba de alegría junto con su Capitán Agaliarepet. Ése maldito es el que descubre los secretos más ocultos del mundo. Sus tres siervos, Bué, Gasón, y Mefisto se burlaban a la monja muerta, a quien percibían estar en un estado inútil.

El Teniente General Malfloretas, les dio órdenes a sus compañeros Batín, Pursán, y a Abijah de que creasen una noche y de una oscuridad impenetrable y que mandasen a los granizos a que cayesen a su alrededor. La despedida de Sor María tenía que ser una ocasión celebrada por todos los malhechores en toda la creación.

Tratando de causar la mayor confusión, el Gran Duque Astarot dio una orden a su Jefe Superior Sargantanas a que transportase a todos los otros espíritus malignos a impedir cualquier pasaje por Sor María. Los rindió a todos invisibles con la ayuda de los demonios: Lorai, Valefar, y Forán. Finalmente, el Mariscal de Campo Nebiros, causó enfermedades entre las hermanas religiosas en el convento con la asistencia de Aíperos, junto con los malignos espíritus encargados de las pestes infames.

La muerte de Sor María parecía un asunto triste y su vida terrestre se veía como un tiempo malgastado, como producto de una fe inútil e insignificante. Cuando todo parecía un causo perdido, una oración brotó del alma de Sor María: "San Miguel Arcángel, defiéndenos en la lucha; sed nuestro amparo contra la perversidad y las acechanzas del demonio; que Dios manifieste sobre él Su poder; ésta es nuestra humilde súplica. Y tú, Príncipe de la milicia celestial, con la fuerza que Dios te ha confiado, arroja al Infierno a Satanás y a los demás espíritus malignos que vagan por el mundo para la perdición de las almas amén."

Se abrieron las puertas del Cielo y Sor María podía ver a la Virgen María estirándole sus brazos para darle la bienvenida al Jerusalén celestial. La acompañaban una muchedumbre de ángeles y santos, cuyas intercesiones ante la Santísima Trinidad causaron la derrota de todos los demonios e iluminaron el *Camino de la Perfección*, como le llamaba Santa Teresita. Al ver a la Virgen María; ese humilde y pura Madre de Dios, arrebataban los espíritus malignos para largarse de su presencia tan pronto como posible. Sor María sonrió de confianza al contemplar a "María, terror de los Infiernos;" nombre cual le agregó a su letanía de loores. San Miguel no tardó en atrancar las aldabas del Infierno, dándole las llaves a Nuestra Señora de la

Inmaculada Concepción. La Reina del Cielo presentó a Sor María ante la corte celestial. Conoció a las miles y miles de almas que se habían salvado por medio de su intercesión y por su escritura de *La Mística Ciudad de Dios*.

Capítulo XXIA
Sor María Se Aparece en Varias Partes Cuando Fallece

LOS DEMONIOS VENGATIVOS habían huido juntos de toda prisa, hasta las meras trancas del inframundo. Allí se reunieron para cogitar en cómo podrían atacar a Sor María otra vez a la primera ocasión posible.

Entretanto, Sor María estaba en su ataúd inmóvil, pensando en cómo el mundo sigue caminando después de la muerte, insensible a los que ya no gozan de él. Sor María se puso a pensar en San Lorenzo, el diácono de Roma, quien fue inmolado vivo en una parrilla por haberle rehusado los tesoros terrestres al Prefecto de Roma. En vez, le entregó los tesoros celestes quienes eran los desposeídos, los maltratados y los golpeados del mundo.

Recostada allí en el silencio, se puso a meditar en el milagro que ocurre en el tránsito de la muerte a la vida eterna. Se puso a componer un himno, recontando la vida del santo. Sola, entre sí dijo: "Concédenos viento, más viento San Lorenzo, barras de oro."

Pausó por un momento y pronto se le ocurrió la historia de su muerte en Dios: "Una vez allá en Roma en una sagrada loma, el Prefecto, por extenso llamó al Diácono Lorenzo. Le pidió por todo el oro; de la Iglesia el tesoro, que se lo trajera pronto; San Lorenzo se hizo el tonto. En vez de traerle joyas a montones en las ollas, recogió

por los caminos a los leprosos e indignos. 'Éstas son nuestras riquezas las traemos a las mesas, ofrecidas al Sagrario, como el más santo
rosario'.

El Prefecto rabia y jura y a Lorenzo pues, tortura. Por las bromas
que ha gastado, a la muerte es condenado. De una vez ya lo que-
maron. En el fuego lo acostaron bien atado a la parrilla, a rostizarlo
todo el día. Desde el fuego se reía, de ese gusto que tenía. 'Doy mi
vida por los ciegos. Por los pobres corro riesgos. Por los cojos y los
mudos, sufro penares tan duros. De ellos es este martirio, como un
celestial delirio. Ya yo estoy bien cocinado; bien blandito mi costado,
el corazón rete-asado: Denme vuelta al otro lado'. Y de allí con toda
el alma, se fue a recibir su palma, a orar allá en el Cielo, por los pobres
en el suelo."

Aun mientras que cantaba los loores de San Lorenzo, Sor
María sentía que se repetía toda su vida en muchos lugares sin salir
del ataúd. Veía aquellas tierras lejanas que había visitado cienes
de veces en el Nuevo Mundo. Su espíritu se les había aparecido
a los penitentes de las moradas en el Sudoeste. Se veía hablando
con los indios Júmanos en la misión del Pueblo de Isleta. Miraba,
con mucho cariño a los lugares visitados por sus hijos espirituales:
Sor Blandina Segale, Sor Francisca Xavier Cabrini, Sor Catarina
Drexel, el Padre Eusebio Kino y el sacerdote herido; Junípero Serra.
Se vio a sí misma volando por arriba de los grandes desiertos, bendiciendo a todas las tribus con la señal de la Santa Cruz cual es el
símbolo de la Zea.

El momento que falleció Sor María, muchos de sus devotos
reportaron milagros por todos los rincones del mundo. Los agoni-
zantes cristianos sanaron de sus aflicciones o murieron en los brazos
de San José de la Muerte Dichosa, según la voluntad de Dios, los
afligidos de cuerpo y alma recibieron un consuelo, y las almas en el
Purgatorio sintiendo que las visitaba un bálsamo fresco dándoles un
toque de esperanza.

En su ataúd, Sor María se sonreía porque ella sabía que no era acción por medio de ella, sino era la misma Inmaculada Concepción de la Madre de Dios que se servía de la muerte de María para manifestar su propia gloria por medio de la Monja Azul.

Capítulo XXIB
La Virgen Proclama
a Sor María "Incorrupta"

POR VARIAS HORAS antes de muerta, una muchedumbre de devotos se había congregado para velarla mientras de que rezaban por Sor María. Muchas lucecitas de sus cirios alumbraban la noche mientras que lamentaban. Ahora que Sor María había pasado a mejor vida, la desesperación por verla, no tenía límites. Las monjas del convento se vieron obligadas de poner a un deputado cerca de su ataúd para mantener disciplina, respeto y orden.

Pero, ¿dónde estaría la amada religiosa? Su cuerpo yacía en el ataúd, mas los informes de que los muchos la vieron en tantos sitios en Europa, puso a la Santa Madre Iglesia en el medio de un enigma. El Magisterio temía que los más devotos quisieran proclamarla santa y exigir su inmediata canonización. Mucho de lo que Sor María había escrito tocante a la Virgen no tenía prueba más que las palabras en su manuscrito. Pasarían varias décadas antes que se proclamasen tres dogmas infalibles: La Inmaculada Concepción de María, La Perpetua Virginidad de María, y la maternidad de María como Madre del Dios Vivo. Todavía tenían que investigarse su Dormición junta con su Asunción y su Coronación como Reina del Cielo.

Mientras que Sor María Ágreda de Jesús descansaba, la Virgen María le habló hasta por tres días después de muerta. "Permitiré de que vuestro cuerpo permanezca en un estado de incorruptibilidad por muchos siglos para que sirva como signo de que todo lo que os he narrado en mi autobiografía es justo y recto. Algún día seréis conocida como 'La Santa Incorrupta'. Vuestro cuerpo tendrá gran honradez como una reliquia de lo qué es honrarme.

En la plenitud del tiempo cuando se había llegado el momento para reunirme con mi Hijo Jesús, Él mismo bajó del Cielo en el primer instante de mi Dormición para recogerme entre sus brazos tanto en alma como en cuerpo. Yo, ya había pedido de que mis hijos espirituales fuesen permitidos a ser testigos de mi transfiguración. Así fue de que todos los Apóstoles, desparramados por todos los rincones del mundo, estuvieron presentes conmigo, impulsados por el Espíritu Santo.

El primero que llegó desde la Isla de Patmos y se postró a mis pies, fue el menor de mis hijos, San Juan Evangelista. Su hermano Santiago el Mayor ya había muerto; decapitado y enterrado en Compostela, pero ni esto no lo impidió de venir también. San Pedro vino de Roma y se ahincó a mi cabecera. Santo Tomás llegó de La India dónde predicaba mis loores. De Gaula vino San Felipe. San Bartolomé y San Matías vinieron desde Armenia y de Grecia. Santiago le Menor vino desde Jerusalén. De la Persia vinieron San Simón y San Judas Tadeo. San Mateo se presentó desde Abisinia. Todos fueron testigos de mi Asunción."

Con cada revelación que la Virgen le hacía, Sor María Ágreda de Jesús se colmaba más y más de regocijo. "¡Cómo quisiera haber podido estar presente entre los Ángeles, los Patriarcas, los Mártires, los Santos y las Vírgenes cuando Dios Padre, Dios Hijo y Dios Espíritu Santo coronaron a la Virgen como Reina del Cielo!" Esa extasía suprema que cursaba a través de su cuerpo le llenaba cada vena y arteria con una santa delicia celestial.

Desde un principio, la veneración de su cuerpo causó gran alarma entre las monjas del convento. Sus devotos ansiaban por tocarla y por llevarse reliquias de su cabello, su hábito y de sus rosarios tocados al cuerpo de la Venerable. Sor María Agreda de Jesús nada más se sonreía en descanso cierta de que su veneración verdaderamente era una devoción a la Virgen María.

Capítulo XXIC
Se Ofrece una Oración para Sor María Ágreda de Jesús

ERA PRECISO RESGUARDAR el cuerpo de Sor María Ágreda de Jesús del arrebatado fervor de los visitantes devotos que venían a orar por su intercesión de todas partes. Se les fue propuesto a las monjas de que si pudieran encajar su ataúd abierto en un recuadro de vidrio, entonces quedaría más seguro. Un deputado guiaba a las filas de gente con gentileza pero también con firmeza. El rostro de Sor María lucía como el marfil sobre una estatua.

Ya han pasado las décadas y siglos desde su muerte en 1665. Su devoción se ha aumentado más y más conforme se van difundiendo sus hechos en la vida. Quizá entre sus hechos más renombrados, no se cuentan tanto sus bilocaciones y encuentros entre España y el Nuevo Mundo. El foco de su vida era el publicar sus escritos revelatorios sobre los aspectos menos conocidos de la vida de la Virgen María en *La Ciudad Mística de Dios, Milagro de Su Omnipotencia y abismo de la Gracia Historia Divina, y vida de la Virgen Madre de Dios, Reina y Señora Nuestra, María Santísima, Restauradora de la culpa de Eva y Medianera de la Gracia.*

Llegan los peregrinos a la cripta solitaria en el convento y se postran ante ella repitiendo una oración a la Madre de Dios: *"O dulcísima María, Virgen Madre del Creador, Refugio del pecador,*

Causa de nuestra alegría. Dulcísima vida mía, Mi alma se goza en verte. Pongo en tus manos mi suerte. Qué me esperes, en mi última hora. Favoréceme, Señora en la hora de mi muerte." Se levantan con devoción, y besando el recuadro de vidrio que contiene el ataúd de Sor María, le piden: "Haz hermanita, que mi oración llegue a los oídos de la Virgen."

La Virgen María oye las peticiones de la Venerable María Ágreda de Jesús. Nuestro deber aquí en la tierra es de hacer que también María Ágreda oiga las voces de sus devotos por todo el mundo. Siguen clamando que puedan alcanzar a verla al momento cuando algún día sea declarada como "Bienaventurada" y finalmente como "Santa." El proceso de documentar la vida y las virtudes se hace por petición a la Sociedad para la Propagación de los Casos de los Santos y por buenos que sean, tiene que aguardarse hasta después de cinco años de muertos. El período de espera se usa para acertar de que la reputación de la persona

es honrado por sus devotos. Después de que la persona es declarada beata, tres milagros cumplidos por medio de su intercesión tienen que ser probados.

Los cuerpos incorruptos de los santos son para nosotros un bálsamo de consuelo y seña del triunfo de Jesucristo sobre la muerte. Para todo el mundo ha de ser una confirmación del dogma eclesiástico de la Resurrección de la Carne y de la vida perdurable de que los santos gozan junto con nosotros en el Cuerpo Místico de Cristo.

Conforme se le iban cerrando los sentidos, el sacerdote vino a despedirla de este mundo, ungiéndole los labios, los ojos, los oídos, la frente, el pecho y las manos con los santos oleos. Le aplicó el crisma como se lo había hecho el día en que nació, pero ahora la bautizó a la vida eterna. La Virgen María le repetía las palabras de San Pablo a los romanos en su carta, diciéndoles: *"Y sabemos de que en todas las cosas, Dios trabaja por el bien de todos los que ha llamado a su propósito. A todos, Dios los preconocía, también los predestinó a ser hechos en la imagen de su Hijo, para que fuese Él, entre tantos hermanos y hermanas, el primogénito. Así es que a los que predestinó, también llamó; y a los que llamó, también justificó; a los que justificó, Él también glorificó." In pace requiescat, (Que es paz descanse, Amén.)*